被毁灭的人

The Demolished Man

Alfred Bester

[美] 阿尔弗雷德·贝斯特 著

赵海虹 译

北京日报出版社

图书在版编目（CIP）数据

被毁灭的人 /（美）阿尔弗雷德·贝斯特著；赵海虹译 . -- 北京：北京日报出版社，2023.2

ISBN 978-7-5477-4399-7

Ⅰ. ①被… Ⅱ. ①阿… ②赵… Ⅲ. ①幻想小说 - 美国 - 现代 Ⅳ. ① I712.45

中国版本图书馆 CIP 数据核字 (2022) 第 173548 号

THE DEMOLISHED MAN © 1953 BY ALFRED BESTER
This edition arranged with THE MARSH AGENCY LTD through Big Apple Agency, Inc., Labuan, Malaysia.
Simplified Chinese edition copyright © 2023 by Dook Media Group Limited.
All rights reserved.

中文版权：© 2023 读客文化股份有限公司
经授权，读客文化股份有限公司拥有本书的中文（简体）版权
图字：01-2022-6124号

被毁灭的人

作　　者：［美］阿尔弗雷德·贝斯特
译　　者：赵海虹
责任编辑：王　莹
特约编辑：窦维佳　　宋　琰
封面设计：Alvin Epps　　李子琪
出版发行：北京日报出版社
地　　址：北京市东城区东单三条8-16号东方广场东配楼四层
邮　　编：100005
电　　话：发行部：（010）65255876
　　　　　总编室：（010）65252135
印　　刷：三河市龙大印装有限公司
经　　销：各地新华书店
版　　次：2023年2月第1版
　　　　　2023年2月第1次印刷
开　　本：889毫米×1270毫米　1/32
印　　张：8.75
字　　数：203千字
定　　价：49.90元

无穷无尽的宇宙中，万事因循旧轨，无异无新。被微不足道的人类视为意外的事件，在上帝的巨眼观照之下，也许是必然会发生的寻常事。这个生命中奇特的刹那、那桩非同寻常的事件，还有关于环境、机遇、邂逅的惊人巧合……都将在太阳系的某颗行星上一再重演。这个星系每两亿年循环一次，已循环九次①之多。

　　那里有绵延不绝的无数世代，无数文明。人们满怀虚幻的自豪感，认为自己的世界是时空中独特的存在。他们自以为独一无二、无可替代、无法复制。执迷于这种狂想的人数不尽，未来，这样的人还会越来越多……以至无穷无尽。下面就是关于那样一个时代和那样一个人的故事……被毁灭的人。

---

① 根据奥尔特常数，在太阳处，银河系的自转线速度为二百五十千米/秒，自转周期为2.5亿年，不过"九次"的数据不可考。——译者注（若无特别说明，本书脚注均为译者注）

第一章

　　爆炸！震荡！地下室的门突然洞开。房间深处，一排排、一摞摞，是钱，等着人们抢夺、掠取、洗劫。那是谁？谁在地下室里？啊，上帝，**没有面孔的男人**[1]！虎视眈眈，森然逼近，沉默无语，令人恐惧。快跑，跑啊……

　　跑啊，不然我就会错过巴黎气铁[2]和那位有着花容月貌、身材惹火的美人。飞奔赶去还来得及。可是，大门前的那个人并不是守卫。老天啊！是那没有面孔的男人。虎视眈眈，森然逼近，沉默无语。别叫，别再尖叫了……

　　但是我没有放声惊叫。我正在亮光闪闪的大理石舞台上歌唱，音乐回荡，灯火通明。然而除我之外，圆形剧场里空空荡荡，像隐在阴影里的巨大洼地。空旷……只有一个观众，沉默无语，虎视眈眈，森然逼近。**没有面孔的男人。**

---

①　本书的字体和排版形式与人物的意识和活动密切相关。例如楷体表示人物的思想活动，黑体表示强烈的情感震动。——编者注
②　作者设计的一种交通工具。

但是这一次，他叫出了声。

本·瑞克醒了。

他静静地躺在浮床上，心跳不止，目光在室内的物体上漫无目的地游移。碧玉的墙壁；流动着夜色般的光泽、一碰就会不断地（甚至令人厌烦地）向你点头行礼的清官瓷人；可以显示三颗行星和六颗卫星上不同时间的多用钟；还有床本身——一个水晶池子，灌满了99.9华氏度①的碳酸甘油。他假装平静，却怎么也静不下来。

门轻轻开了，乔纳斯浮现在阴影中——一个身着深褐色睡衣的影子，长着马脸，举止如殡葬人员。

"又那样了？"瑞克问。

"是的，瑞克先生。"

"声音很大？"

"非常大，先生。而且非常害怕。"

"你那是什么见鬼的驴耳朵啊，"瑞克咆哮，"我从来不害怕。"

"是的，先生。"

"出去。"

"好的，先生。晚安，先生。"乔纳斯倒退着走出去，关上了门。

瑞克大叫一声："乔纳斯！"

贴身男仆再次现身。

"抱歉，乔纳斯。"

"没关系的，先生。"

---

① 约等于37.7摄氏度。

"有关系，"瑞克给了他一个亲切的微笑，"我对待你像对亲人一样随便，可我付你的薪水不能让我这样为所欲为。"

"您太客气了，先生。"

"下次我向你大喊大叫的时候，同样回敬我就是。为什么只有我可以随便发火？"

"哎呀，瑞克先……"

"照我说的做，我给你加薪。"瑞克又一次微笑，"就这些，乔纳斯。谢谢你。"

"谢谢您，先生。"男仆退下了。

瑞克从床上起身，在穿衣镜前拿毛巾擦脸，练习刚才的微笑，"精心选择对手，"他咕哝着，"不要随便树敌。"他望着镜中的形象：厚实的双肩，窄窄的腰，肌肉发达的双腿，皮肤光滑的脸上嵌着一双大眼睛，轮廓分明的鼻子，敏感的小嘴巴，嘴唇冷酷地紧绷着。

"为什么？"他问，"这相貌让我和魔鬼①换我都不干。我的地位和上帝差不多，为什么还会那样大喊大叫？"

他穿上长袍，望了一眼多用钟，一瞬间看尽了太阳系的时间全图。这种下意识的技巧是他的祖先们无法企及的。刻度盘的显示如下：

---

① 西方文化传统中，魔鬼常以魅惑人心的俊美形象出现。

公元2301年

金星	地球	火星
平均太阳系日 22	2月15日	双12月35日
正午 + 09	0205 格林尼治时间	2220 中央流沙

月球	木卫一	木卫二	木卫四	土卫六	海卫一
2D3H	1D1H	6D8H	13D12H	15D3H	4D9H
		(蚀)			（天体通过子午线）

夜晚，中午，夏天，冬天……瑞克可以不假思索，脱口道出太阳系中任意一个星体上任何一个地区所处的季节和时间。在纽约，这是一个噩梦之后寒气浸人的冬日早晨。他会留出几分钟，和他聘来的那位超感精神病理学家好好谈谈。一定要阻止这种尖叫。

"E代表Esper，"他喃喃自语，"Esper代表超感官的感知能力……代表心灵感应，窥探心灵者，大脑偷窥者。你以为一个心灵感应医生可以阻止尖叫；以为一个超感医学博士收了钱就能钻透你的思想，让你停止尖叫？该死的心灵感应大夫，大家还以为这是灵长类演化以来最伟大的进步呢！E代表进化？放屁！E代表骗钱^①！"

他猛地拉开门，气得直哆嗦。

"但是我不怕！"他吼道，"老子从来不害怕！"

他走下走廊，凉鞋在银色的地板上急促地噼啪作响：咔嗒、咔嗒、咔嗒、咔嗒，根本不在意会打搅宅子里其他人的睡眠，也没有意识到这凌晨的咔嗒声惊醒了十二颗充满恨意和恐惧的心。他撞开分析师的套间房门，走进去，一头倒在那张长沙发上。

---

① Evolution（进化）和Exploitation（剥削，引申译为骗钱）的首字母都是E。

二级超感医生卡森·布瑞因已经醒来，准备好接待瑞克。作为瑞克的家庭分析师，他只能"像护士那样休息"，也就是说，睡觉时都不能忘了自己的病人。病人一旦需要，马上就得起床。对于布瑞因来说，那一声尖叫就是起床铃。此时他已坐在长沙发旁，穿着刺绣长袍，优雅得体（他的工作年薪两万美元），头脑清醒，小心翼翼（他的雇主很慷慨，但也很苛刻）。

　　"请讲，瑞克先生。"

　　"又是没有面孔的男人。"瑞克发牢骚。

　　"噩梦？"

　　"你这恶心的吸血鬼，钻进我脑子里自己找吧。不，抱歉，我真孩子气。是的，又做噩梦了。梦里我想抢银行，接着又想去赶气铁。后来有什么人在唱歌，我想是我自己在唱。我尽量跟你说完整些，什么细节都不漏过……"一段长长的停顿之后，瑞克突然脱口而出，"啊，你透思①到什么了吗？"

　　"你确定不认识那个没有面孔的男人吗，瑞克先生？"

　　"我怎么确定？我从来没有看见过他的脸。我只知道……"

　　"我认为，你是能够看见的。你只是不愿意罢了。"

　　"听着，"瑞克心虚地发作了，"我付你两万美元的薪水，如果你最好的本事就是说这些混话……"

　　"你真这么想吗，瑞克先生？或者这只是焦虑综合征的一部分？"

　　"没有那回事儿，我没有焦虑，"瑞克大声叫道，"我没有害怕。我从来没有——"他止住了，意识到咆哮无济于事，透思士

---

①　作者设定的超感时代专用语，指通过大脑思维（心灵感应）读出对方的思想与深层意识的行为和技术。

机敏的思维触角可以透过他颠三倒四的语言触及语言背后的真意。

"不管怎么说，你错了。"他阴沉着脸，"我不知道他是谁。那是个没有面孔的男人。就这些。"

"你在回避最重要的问题，瑞克先生。你一定要强迫自己正视它。我们尝试一下自由联想。请不要使用词汇，只是想。抢劫……"

"珠宝、手表、钻石、股票、债券、金币、筹码、现金、金块、德。"

"最后那个是什么，再来一次？"

"想岔了，本来要想独，独钻……未经切割的大钻石。"

"不是想岔了，而是一次重要的调整，或者说思想在矫正自己。我们继续。气铁……"

"长长的、小轿车、车厢、空调……这毫无意义。"

"有意义的，瑞克先生。这是一个跟生殖有关的双关语。将空调的'空'换成'继承人'①，你就能品出味儿来。请继续。"

"你们这些偷窥者也太聪明了，我们再瞧瞧吧。气铁……地铁、空气压缩技术、超音速、'传送你，传送喜悦'——某个公司的宣传口号，见鬼！那个公司叫什么来着？记不得了。不管怎么说，这想法是从哪儿来的呢？"

"根据前意识②，瑞克先生，再试一次，你多少会明白些。圆形剧场……"

---

① 原文为air-conditioned（空调）。如将"air"（空气）换为读音相近的"heir"（继承人），则有对传宗接代之事进行控制之意。

② 精神分析之父弗洛伊德将人的心理分为三个层次：意识、前意识和无意识。其中，前意识是指意识之外可以通过回忆变为意识内容的一切。

"座位、后排、楼厅、包厢、畜栏、马厩、火星马、火星彭巴斯草原……"

"这就对了，瑞克先生，火星。过去的六个月里，你做了九十七个关于没有面孔的男人的噩梦。他已经成了你头脑里盘桓不去的敌人，他让你沮丧不安，在你梦里激起恐惧。这些梦有三个共同的特征：金钱、运输和火星。那个没有面孔的男人，连同金钱、运输和火星……一再反复。"

"那对我来说毫无意义。"

"它一定意味着什么，瑞克先生。你一定能够认出这个可怕的人，不然你为什么拒绝认出他的脸来试图逃避呢？"

"我没有拒绝任何事儿。"

"我提示一条更明确的线索，被改变的'德'和'独'，还有名字被遗忘的公司的口号：'传送你，传送——'"

"我告诉过你，我不知道他是谁！"瑞克猛地从长椅上跳起来，"你的线索不起作用。我不认识他。"

"没有面孔的男人让你充满恐惧，并非因为他没有脸。你知道他是谁。你恨他，怕他，但是你知道他是谁。"

"你是透思士，你说。"

"我的能力有限，瑞克先生。没有帮助，我无法深入阅读你的思想。"

"你说的帮助是什么意思？你是我能雇到的最好的超感医生。如果——"

"你没这么想，更没这么做，瑞克先生。为了在这种紧要关头保护隐私，你故意雇用了我这样一个二级超感师。现在，你为自己的过分谨慎付出了代价。想要停止这种尖叫，你只能咨询一位一级透思士……比方说，奥古斯塔斯·泰德或者塞缪尔·@金斯……"

"我会考虑的。"瑞克咕哝着转身要走，当他打开门时，布瑞因喊道："顺便提一句，'传送你，传送喜悦'是德考特尼联合企业的口号，和'独'到'德'的变化有什么样的关系？想想吧。"

"没有面孔的男人！"

瑞克毫不犹豫，猛地关上通向布瑞因的思想大门。他趔趄着穿过走廊，回到自己的套间。恶意与仇恨的怒潮吞没了他。"他是对的。正是德考特尼让我发出那种尖叫。不是因为我怕他。我怕的是我自己，我一直知道，在头脑深处一直知道。我知道，一旦直面自己的灵魂深处，我就一定要杀掉那个浑蛋德考特尼，没有面孔，因为它代表着谋杀。"

∞

一身行头、满腔怨气的瑞克冲出自己的公寓，来到街上。在那里，一部"帝王"跳跃器载上他，轻轻一跃便把他送到了巨塔，那座塔有几百层楼高，成千上万的雇员正在"帝王"的纽约办公室工作。

帝王塔是一个庞大得令人难以置信的企业的神经中枢，一座集运输、通信、重工业、制造业、销售、研究、勘探、进口事业于一体的金字塔。"帝王实业与资源有限公司"，购买和出售，贸易和投资，制造和毁灭。它的子公司模式和公司经营模式过于复杂，需要一个全日制的二级超感会计师来追索它迷宫般的资金流动情况。

瑞克进了自己的办公室，身后跟着他的首席三级超感秘书和他的助手，带着早晨需要他处理的庞杂工作。

"放下，滚蛋。"瑞克咆哮道。

他们把文件和电子记忆水晶堆在他桌上，匆忙离开，毫无怨言。他们早已习惯了他的狂暴。瑞克在办公桌后入座，因为被德考特尼激发的狂怒而颤抖不已，最后，他喃喃道："再给那个恶棍最后一次机会。"

他打开办公桌的锁，拉开保险抽屉，取出劳埃德集团①为最高的A-1级别代理机构管理者们提供的专属密码本，密码以4个字母为一组。他在本子中间找到了他需要的大部分代码。

QQBA・・・・・・合作关系
RRCB・・・・・・我们
SSDC・・・・・・你们
TTED・・・・・・合并
UUFE・・・・・・利益
VVGF・・・・・・情报
WWHG・・・・・・接受提议
XXIH・・・・・・众所周知
YYJI・・・・・・提议
ZZKJ・・・・・・机密
AALK・・・・・・均等
BBML・・・・・・合同

在代码本上做了记号之后，瑞克啪地打开视像电话，对着办公

---

① Lloyds，疑指今天的英国劳埃德保险集团在未来世界的延续。劳埃德代理系统建立于公元1811年，为经营业绩良好、在当地商业地位和信誉得到认可的公司提供代理服务。

室内部接线员的影像说：“给我接密码发报办公室。”

屏幕一闪，切换到一个烟雾弥漫的房间，房里到处是一堆堆的书、一卷卷的带子。一个穿着褪色衬衫、肤色苍白的男人瞅了一眼屏幕，当即跳了起来。

“瑞克先生，您有什么吩咐？”

“早上好，哈素普。你看上去需要休假了。”不要无谓树敌。“去太空岛玩儿上一星期吧。费用由‘帝王’开销。”

“谢谢您，瑞克先生。非常感谢。”

“这是密电。给克瑞恩·德考特尼。发送——”瑞克参考了一下密码本，“发送YYJI TTED RRCB UUFE AALK QQBA。尽快给我答复，十万火急。行吗？”

“行，瑞克先生，我会用火箭速度发出去。”

瑞克切断了电话。他把手猛戳进桌上的一堆纸张和水晶中去，拣出一块水晶，投进回放器。他首席秘书的声音说：“帝王公司总利润下降2.1134个百分点。德考特尼公司总利润上升2.1130个百分点……”

“见他的鬼！”瑞克咆哮道，“从我的口袋里装到他口袋里去了。”

他咔嚓一声关掉回放器，满腔愤恨、心急火燎地站起身。得到回复需要几个小时，德考特尼的回复将主宰他未来的人生。他离开自己的办公室，开始在帝王塔的各个楼层和各部门之间闲逛，强装成和平常那个冷酷的监工没什么区别的模样。他的超感秘书低调地跟着他，像一只训练有素的狗。

“训练有素的母狗！”瑞克想，然后说出声来：“我很抱歉。你透思到了吗？”

"不要紧，瑞克先生。我能理解。"

"你理解？我可不行。全怪那个该死的德考特尼！"

在人事部，工作人员测试、考察、筛选求职者，人数和往常一样多——文员、技工、专业人士、中级管理人员、顶级专家。初步淘汰完全依靠标准测试和面试完成，结果却从来没让帝王公司超感人事主管满意过。瑞克进屋时，他正带着冰冷的怒气傲慢地来回踱步。瑞克的秘书事先发了一个超感通知，通知他老板驾到，但他却不以为意。

"为了最后筛选，每个求职者要花我十分钟。"人事主管对一个助理厉声道，"每小时六人，每天四十八人。被我最后打发走的人一定要低于35%，否则我就是在浪费自己的时间，而这就意味着你在浪费帝王公司的时间。我受雇于帝王，并不是为了刷掉那些一看就知道不合适的人。这是你的工作，把它干好。"他转向瑞克，学究气地点点头，"早上好，瑞克先生。"

"早上好。有麻烦？"

"只要我的这班助手能弄明白超感并不是魔法，而是一种受工作时间限制的技能，我就什么麻烦都没有了。布罗尼的事儿你怎么决定，瑞克先生？"

秘书："他还没有读过你的备忘录。"

"年轻女士，我想指出一点：除非你们能让我以最高效率来工作，否则就是对我的浪费。布罗尼备忘录放在瑞克先生的桌上已有三天了。"

"布罗尼这鬼家伙是谁？"瑞克问。

"瑞克先生，首先，说说背景：超感行会中大约有十万名三级超感师。一个三级超感师可以探查到有意识的大脑活动——可以发现对象正在思考的是什么问题。三级超感师是最低等的心灵感应者。帝王公司安全部门的大部分职位都由三级人士担任，我们雇用了超过五百名……"

"这些他都知道，每个人都知道，说到点子上，废话篓子！"

"我会的。如果可能的话，请允许我用我自己的方式阐述这个问题。除此之外，行会中大约有一万名二级超感师。"人事部主任冷冷地继续说，"他们是像我这样的专家，可以穿透头脑意识表层，发现前意识。大多数二级超感师从事专业领域的工作：物理学家、律师、工程师、教育者、经济学者、建筑师，诸如此类。"

"全都要花大价钱。"瑞克咆哮道。

"为什么不呢？我们出售独特的服务，帝王公司认同这个事实。目前，帝王雇用了一百多名二级超感师。"

"你到底能不能开门见山？"

"最后，行会中只有不到一千名一级超感师，一级专家能够进行深度透思，穿过意识表层和前意识层，直达无意识层①，也就是大脑的最底层，里面都是原始的基本欲求之类的东西。很自然，这些人担负着最重要的工作。比如泰德、哥阿特、@金斯、莫塞勒这类分析师从事教育或专门的医学治疗；林克②·鲍威尔这样的犯罪学家则在警方精神侦查部工作……还有政治分析家、政府谈判代表、内阁特别顾问，等等。迄今为止，帝王实业与资源有限公司还从来没有机会聘请到任何一级超感师。"

"接着说。"瑞克哼哼道。

---

① 弗洛伊德认为，无意识是指人类被压抑而无法通过回忆召唤到意识中的一切。
② "林肯"的昵称。

"现在我们有了这样一个机会，瑞克先生。我相信公司也许可以请到布罗尼。简单地说……"

"你总算要简单地说了，谢天谢地，我求之不得。"

"简单地说，瑞克先生，帝王雇用的超感人才数量庞大，我建议公司成立一个专门的超感人事部，由一位像布罗尼那样的一级超感师领导，专门从事面试心灵感应者的工作。"

"他奇怪你为什么做不了这份工作。"

"瑞克先生，之所以先向你介绍这些背景资料，就是为了说明我为什么承担不了这项工作。我是二级超感师，可以迅速有效地通过心灵感应术筛选普通求职者，但是无法以同样的速度和效率应对别的超感师。所有超感师都惯于使用思维屏障，其效力因等级而异。有效面试一位三级人士要花费我一个小时，而要对付一位二级超感师，我必须花费三个小时。一级人士的思维屏障我则根本不可能穿越。本周我们必须雇用一位像布罗尼这样的一级超感师。当然，花费肯定是惊人的，但我们的需求已经刻不容缓。"

"干吗这么着急？"瑞克问。

"看在上帝的分儿上！别把情况告诉他！那不是小事儿，会惹得他狂性大发的。他本来已经够烦心的了。"

"我有我的工作，女士。"人事主管对瑞克说："事实是，先生，我们雇用的超感师并不是最好的。德考特尼联合企业自始至终像撇奶油一样，把最好的超感人才全弄走了，我们则什么都捞不着。因为缺乏适当的机构设置，我们一次又一次被德考特尼逼到毫无选择的地步，只好雇用能力较差的人，而德考特尼却不声不响地聘请了最好的人才。"

"去你妈的！"瑞克吼叫，"去他妈的德考特尼。好，就成立这么个部门。还有，告诉那个布罗尼，叫他动手，也逼一下德考特尼。你最好也行动起来。"

瑞克转身离开人事部，去了销售部。和人事部一样，这里等着他的也是令人不快的坏消息。帝王公用事业和资源公司正在与德考特尼企业集团的殊死搏斗中步步落败，每一个部门都一败涂地：广告部、工程部、科研部、公共关系部。失败是无法回避的事实。瑞克明白，自己已经没有退路了。

他回到自己的办公室，怒气冲冲，来回疾走长达五分钟。"没有用，"他喃喃自语，"我知道只能干掉他。他不会接受合并。凭什么要接受？他已经打垮我了，而且他知道这一点。我必须杀掉他，我需要帮助，超感帮助。"

他啪地打开视像电话，对接线员说："娱乐部。"

屏幕上出现一个灯火通明的休闲室，装饰着铬和珐琅，房里有好几张赌台，还有一个自动酒吧。看上去像一个休闲中心，以前的确也是。事实上，这里现存着帝王总部神通广大的间谍机构。娱乐部的主管是一个名叫威斯特的长胡子学者，此人正埋头下一盘象棋残局。他抬头一看，马上起身致意。

"早上好，瑞克先生。"

这一声正式的"先生"提醒了瑞克。"早上好，威斯特先生。只是常规检查。家长式作风，你懂的。这些天员工的娱乐情况如何？"

"还过得去，瑞克先生。只有一点，先生，我认为公司内部的赌博之风愈演愈烈。"他装出挑剔的语气，直到不知底细的两个公司好员工喝完他们的饮料离开以后，才放松下来，躺靠在椅子上，"可以放心说话了，本。"

"哈素普破解密码了吗？"本·瑞克问艾勒瑞·威斯特。

透思士摇摇头。

"正在努力？"

威斯特笑着点点头。

"德考特尼在哪里？"

"正在回塔拉①的途中，在阿斯特拉号上。"

"知道他的计划吗？他将在何处停留？"

"不知道。想查一下吗？"

"我不知道。这要看……"

"要看什么？"威斯特好奇地瞥了他一眼，"真希望心灵感应模式可以通过电话传导，本。我倒想知道你正在琢磨什么。"

瑞克冷酷地微笑起来："感谢上帝，我们还有电话。至少有个这玩意儿保护我们不受读脑者的侵扰。你对犯罪有什么看法，艾勒瑞？"

"与一般看法一样。"

"谁的一般看法？每个人的？"

"行会的一般看法。行会不喜欢犯罪，本。"

"超感行会有什么大不了的？你知道金钱的价值、成功的价值……为什么你不机灵一点儿呢？为什么要让行会替你思考？"

"你不明白，我们在行会里出生，在行会里生活，最后还要死在行会里，我们有权选举行会的领导人，行会就是我们的一切。行会彻底统治着我们的职业生活。它训练我们，为我们评定级别，设

---

① 地球的别称。小说中用"塔拉"替代"地球"，暗示当时世界已经迈入真正的太阳系时代，塔拉（地球）只是人类活动的区域之一。

立职业伦理标准，并且监督我们严格遵守。它保护普通人，通过这种方式也保护了我们自己，就像医学协会一样。医生获得行医资格时要许下希波克拉底誓言，保证不违医德，我们也有与此相似的准则，叫作超感誓言。如果我们中间有谁违背誓言，只有上帝才能拯救他……我觉得你正在暗示我应该违背自己的誓言。"

"也许。"瑞克大有深意地说，"也许我在暗示你：打破透思士的誓言值得一试。也许我正从金钱的角度考虑这个问题……大量金钱，比你或者任何一个二级透思士一辈子见过的钱还要多。"

"别说了，本。我没兴趣。"

"如果你们违背了誓言会怎样？"

"我们将被放逐。"

"就这些？只要口袋里落下一大笔财富，这种惩罚算什么？从前也有聪明的透思士和行会决裂。他们被放逐了，又如何？聪明点儿吧，艾勒瑞。"

威斯特淡淡地一笑。"你是不会明白的，本。"

"那就让我明白明白。"

"你提到的那些被放逐的超感师……比如杰瑞·丘奇，他们没你想的那么聪明。事情是这样的……"威斯特想了想，"在真正的外科手术出现之前，曾经有过一种残疾人群体，叫作聋哑人。"

"不能听，不能说？"

"对，他们通过一种手语彼此交流，也就是说，他们不能和聋哑人之外的任何人交流。明白了吗？他们只能生活在他们自己的团体中，否则就活不下去。如果不能和朋友交谈，人是会发疯的。"

"然后呢？"

"有些聋哑人开始勒索。他们让那些在社会上比较成功的聋哑人每周缴'税'。如果对方拒绝支付，他们就放逐他，对方只能乖乖缴钱。这是二选一：或者缴钱，或者彻底孤独，最后发疯。"

"你的意思是你们透思士就像聋哑人？"

"不，本。又聋又哑的是你们正常人。如果我们和同类隔绝，孤零零一个人生活在你们中间，我们会疯的。所以别把我扯进去。如果你心里打着什么肮脏的主意，我不想知道。"

威斯特当着瑞克的面挂断了电话，瑞克一声怒吼，抓起一只黄金镇纸猛掷向水晶屏幕。没等四溅的碎片落地，他已经冲进走廊，向大楼外奔去。

他的超感秘书知道他正朝哪里去，他的超感司机知道他想去哪里。瑞克回到自己的公寓，迎面而来的是他的超感管家。管家立刻宣布午餐提前开始，不需瑞克开口便打电话点了他要的食物。瑞克暴烈的情绪略微缓和，他大步走回自己的书房，转向那个在房间一角发出微光的保险柜。

所谓保险柜，不过是一个时隐时现的蜂巢状的文件架，设置了一种不断变化的单循环脉冲频率。当它的脉冲和保险柜的安全模式相符时，就会每秒闪动一次。这个保险柜能辨识指纹的显微图像，唯有瑞克左手的食指才能开启。

瑞克将指尖放在光芒中心。光消散了，随即现出文件架。他将手指保持原位，伸出右手向架上探寻，拿出一个小小的黑色笔记本和一只红色大信封。他移开食指，保险柜重新进入锁定状态。

瑞克飞快地翻阅笔记本……诱拐……无政府主义者……纵火犯……贿赂（已证实）……贿赂（有可能）……在"有可能"那一项下，他发现了五十七个显赫的人名，其中一个是奥古斯塔斯·泰德，超感医学博士。他满意地点点头。

他撕开红信封，查看里面的内容。一共五张写得密密麻麻的纸，手书写就，已经有几百年历史了。这是帝王实业公司的创始人、瑞克家族的祖先留下的。信纸中有四张纸分别标着：计划A、计划B、计划C、计划D。第五张纸的页首写着：介绍。瑞克缓慢地阅读着那些古老的、蜘蛛脚一般细长的草书字体：

致我的后人：拒绝对显而易见的事实做过多分析，这正是智力的体现。你打开了这封信，说明我们彼此心灵相通，无须多费唇舌。在此我准备了四套谋杀方案，每一套都是概要性的大纲，具有较强的普遍性，也许对你有所帮助。我把它们传给你，作为你所继承的瑞克家族遗产的一部分。四套方案都是提要性质，细节必须由你自己根据你所处的时代、环境和需求自行添加。

警告：谋杀的本质从未改变。在任何一个时代，它都是杀人者与社会的对抗，以被害者为牺牲品。与社会对抗的基本要点也是一成不变的：敢于冒险，大胆无畏，充满自信。有此三点，你必能立于不败之地。一旦拥有这样的资本，社会将无力抗衡。

本·瑞克缓慢地一页页阅读那些计划。家族事业的创始人竟然有如此远见，在数百年前便考虑到了每一项可能的突发事件，瑞克不由得对自己这位祖先钦佩得五体投地。计划本身已经过时了，但是它们点燃了想象。想法开始涌现，开始成形，再加以考虑、扬弃，被迅速出现的新灵感取代。一段话吸引了他的注意力：

如果你相信自己是一个天生的杀人者，避免制订过于审慎的计划，应由你的本能起决定作用。智力也许有疏漏，但杀人者的本能却是不可战胜的。

"杀人者的本能，"瑞克吐了口气，"向上帝起誓，这个我有。"

电话只鸣响了一声，自动机器就打开了。随着一阵飞快的咔嗒声，记录器开始向外吐出纸带。瑞克大步扑到桌边查看。消息简短而致命：

给瑞克的代码：回复WWHG①。

"WWHG。'拒绝提议'。拒绝！拒绝！我早就知道！"瑞克大喊，"好吧，德考特尼。你不肯通过合并来解决问题，我就用谋杀来解决问题。"

---

① 按照密码本的注释，WWHG意味着接受提议。

第二章

　　奥古斯塔斯·泰德，一级超感医师，精神分析费为每小时一千信用币^①……他的时间虽然金贵，但鉴于极少有病人需要他劳心一小时以上，实际收取的费用并不高昂；不过，这个价目令他的日工资到达八千信用币的级别，也就是一年超过两百万信用币。少有人知道这笔钱中多大的比例需要支付给行会，用于培养其他的透思士，以及进一步开展行会的优生学计划——让世界上每一个人都具有超感能力的计划。

　　但奥古斯塔斯·泰德知道，上缴行会的95%份额是他的铭心之痛。因此，他成为"超感义士团"的一员，这是行会内部的极端右翼政治团体，致力于使高级超感师拥有独裁权力、保留个人收入。正是这个会员身份使他列入了本·瑞克的贿赂（有可能）的黑名单。瑞克大踏步走进泰德高雅的诊疗室，向泰德那小小的身躯望了一眼——身子有些不成比例，但裁缝的巧手掩饰了这个缺陷。瑞克

---

① 作者虚构的未来币，整个太阳系的通用货币。

坐下来，低声喃喃："快瞧瞧我的脑子吧。"

穿着讲究的小个子透思士目光闪烁，打量着瑞克，瑞克也聚精会神地注视着泰德。泰德一边打量瑞克，一边飞快地迸出这些话来："你是帝王公司的本·瑞克。公司资产总额为一百亿信用币。我应该知道你。我的确知道你。你卷入了一场和德考特尼联合企业的殊死决斗，对吗？今天一早提议合并。密码消息：YYJI TTED RRCB UUFE AALK QQBA。建议遭拒绝。对吗？在绝望中你下定决心要……"泰德突然打住了话头。

"继续。"瑞克说。

"要谋杀克瑞恩·德考特尼，以此作为夺取他的联合企业的第一步。你想要我帮忙……瑞克先生，这太荒谬了！如果你要这么想下去，我只能检举你。你知道相关的法律。"

"机灵点儿，泰德。你要帮助我打破这条法律。"

"不，瑞克先生。我没有理由帮助你。"

"这是一级超感师说的话吗？你要我相信这种话？相信你没有能力欺瞒世上的任何人、任何组织和这个世界？"

泰德微微一笑。"给苍蝇的蜜糖，"他说，"这是一种很典型的花招……"

"透思我吧，"瑞克打断他，"这能节省时间。读读看我脑子里有什么。你的天赋和我的资源是无敌的组合。我的上帝！我只谋杀一次就收手，这个世界应该谢天谢地才是。我们俩联手，甚至可以对整个宇宙为所欲为。"

"不，"泰德决心已定，"不会有那种事儿。我只能检举你，瑞克先生。"

"等等。想知道我会怎么报答你吗？好好透思我吧，深一点儿。我会给你多少钱？我的最高上限是多少？"

泰德闭上双眼。模特般精致的脸痛苦地收缩起来。然后他惊异地睁大双眼。"你是认真的。"他喊道。

"没错，"瑞克轻声道，"还有，你知道我真心实意地想付给你这笔钱，对不对？"

泰德缓慢地点点头。

"而且你明白，'帝王'加上'德考特尼'，有能力很好地践约。"

"我简直快相信你了。"

"你可以相信我。五年来，我一直为你的超感义士团提供资助。如果你更深地透思我，你就会知道原因。我跟你一样痛恨这该死的超感行业协会。协会道德规范不利于商业……让赚钱的人恶心。你们的这个组织、你们的同盟有朝一日可以打破超感行会的……"

"这些我都已经知道了。"泰德厉声说。

"一旦'帝王'和'德考特尼'都装进了我的口袋里，我就可以更好地帮助你们的小团体打破行会。我可以让你做新的超感行会的终身主席。这是无条件的保证。你一个人办不到，但如果和我联手，你就可以做到。"

泰德闭上双眼，喃喃道："七十九年来，没有任何一次谋杀得逞。超感师让谋杀的预谋无所遁形。即便能在事前避开超感师，事后也一定无法逃过他们的追查，罪行一定会暴露无遗。"

"通过超感行为获知的内容不允许用作庭证。"

"是的，但是一旦有超感师发现了罪行，他总是可以找出物证，以证明他探查到的思想。林肯·鲍威尔，警察署精神侦查部的主任，他是致命的，绝对绕不开这个人。"泰德睁开双眼，"你想忘记刚才的对话吗？"

"不，"瑞克喝道，"先和我一起想明白：为什么谋杀都会失败？因为读心者在世界上到处巡逻游弋。有什么可以阻止一个读心者？另一个读心者。但是没有一个杀手有这样的头脑，去雇用优秀的透思士来为他打掩护、做心理干扰；即使他有这样的头脑，他也没有办法做成这样一桩交易。我却已经完成了交易。"

"你完成了？"

"我要进行一场战斗，"瑞克继续说，"我要以全社会为对手进行一场战役。让我们把它当成一个战术和策略的问题。我的困难只不过是一支军队可能遇到的困难。仅有大胆、勇敢和信心还不够。军队需要情报，仗是靠情报打赢的。我需要你做我的情报参谋。"

"同意。"

"仗我来打，情报由你提供。我需要知道德考特尼会在哪里、我可以在哪里发动袭击、何时发动袭击。杀人我会亲自动手，但你必须告诉我何时何地有这样的机会。"

"明白。"

"我不得不先渗透外围……切断德考特尼身边的防御系统。那就意味着，你要为我侦察情况。你要侦察普通警卫，发现透思士，向我发出警告，如果我无法躲开他们，你要替我堵住他们的思维阅读通路。我完成刺杀撤退时，必须穿过另一个由普通警卫和透思士组成的防御体系。你要帮助我和后方周旋。谋杀之后你要留在现场。你必须找出警察怀疑的对象、怀疑的理由。如果我知道怀疑已经指向我，我可以转移它；如果我知道怀疑指向了别的什么人，我可以让它板上钉钉。只要有你的情报，这场仗我就可以打，可以赢。我说的是不是真心话？透思我吧。"

在漫长的停顿之后，泰德说："这是真话。我们可以干。"

"你愿意干吗？"

泰德犹豫片刻，终于点了点头。"是的，我愿意干。"

瑞克深深吸了口气。"好。现在说说我正在计划的步骤。我想我可以借用一款叫'沙丁鱼'的古老游戏来完成这次杀人计划，它将为我创造机会干掉德考特尼。我已经想好用什么招数干掉他——我知道如何不用子弹就让上炸子儿①的古董枪开火。"

"等等，"泰德插话，"这些意图你怎么瞒过偶然遭遇的透思士呢？我只有和你在一起的时候才可以掩蔽你，但我不会任何时候都和你在一起。"

"我可以搞一个临时性的思维屏蔽。乐曲巷有个写歌的，我可以骗她来帮我一把。"

"或许管用，"泰德透思了片刻，这才说，"但是我忽然想起一件事儿。如果德考特尼有保镖怎么办？你难道打算先和他的保镖拼个半死？"

"不。我希望没有那个必要。一个叫乔丹的生理学家刚刚为'帝王'发明了一种冲击视神经的爆炸物。我们本想用它来镇压暴乱。我会用这东西对付德考特尼的保镖。"

"明白了。"

"你会和我一起工作……勘察敌情、搜集情报。我现在就需要一条情报。每次德考特尼去城里时，他总是到玛丽亚·博蒙特那里

---

① 一种枪弹。弹头射入人体后爆炸，破坏范围较大。

做客。"

"'金尸'？"

"就是她。我要你帮我弄清楚，德考特尼这次旅行是否也打算在她那里停留？一切计划都以此为前提。"

"简单。我可以替你明确德考特尼的目的地和计划。今晚在林肯·鲍威尔的家中有一个社交聚会。德考特尼的私人医生很可能在那里。眼下他正在访问塔拉。我会通过他来查一查。"

"你不害怕鲍威尔？"

泰德轻蔑地一笑。"瑞克先生，我如果怕他，就不会和你做这桩买卖了。别把我当成杰瑞·丘奇。"

"丘奇！"

"是的。别装出吃惊的样子。丘奇，一个二级超感师。十年前，正是因为他和你搞的那次小把戏，他才被行会踢了出去。"

"该死的！你从我脑子里找出来的，嗯？"

"你的思维加上我知道的掌故。"

"好吧，那种事儿不会重演。你比丘奇更厉害，更机灵。鲍威尔的派对上你需要什么特别的东西吗？女人？礼服？珠宝？金钱？招呼'帝王'就行了。"

"什么都不需要，不过还是非常感谢你。"

"出手大方的罪犯，就是本人。"瑞克微笑着起身要走。他没打算和泰德握手。

"瑞克先生！"泰德突然喊道。

瑞克在门口回转身。

"那尖叫会继续。**没有面孔的男人**并不是谋杀的象征。"

"什么！我的天！那些噩梦还没个完？你这该死的偷窥者。你怎么知道的？你怎么能……"

"别傻了。你以为你可以和一级高手耍花样吗？"

"到底是谁耍花样？你这浑蛋，那些噩梦是怎么回事儿？"

"不，瑞克先生，我不会告诉你的。我怀疑除了一级超感师没人能告诉你，而在这次会面之后，你自然不敢再见其他一级人士了。"

"看在上帝的分儿上，伙计！你会帮助我吗？"

"不，瑞克先生。"泰德坏笑，"这是我小小的武器。让我们保持平衡，力量的平衡。你知道，共同的依赖可以保证彼此的忠诚。有透思能力的罪犯——就是本人。"

∞

就如所有高级透思士一样，一级透思士林肯·鲍威尔博士住在私家别墅里。这并不是为了摆阔，而是为了保护隐私。微弱的思维发射无法穿越石壁，但是一般公寓的塑料单元房房壁太薄，无法阻止思维发射，对于一位透思士来说，在那种多人共居一楼的公寓里生活，就像生活在地狱一样，所有的情绪和感情都赤裸裸地暴露在人前。

鲍威尔身为警局高官，薪水尚能负担这所位于哈德孙河①坡道、俯瞰北岸的石灰石小宅子。这里只有四间房，二楼是卧室和书房，一楼是起居室和厨房。宅子里没有用人。就如大多数高级超感师一样，鲍威尔大部分时间需要独处。他宁可自己动手。这时他正在厨房里，为晚上的聚会做准备，检查饮料和点心是否充足；他一

_____

① 美国纽约州东部的河流。

边准备，一边吹着口哨儿，那是一支哀伤、婉转的曲子。

他年近四十，身材高大匀称，散漫，行动迟缓，宽宽的嘴巴仿佛随时会露出笑意。但此刻他的脸上的表情看起来失望而难过。他正在反省自己那最糟糕的、又蠢又笨的坏毛病。

这位超感师的特别之处在于他敏锐的感应能力，外部环境随时都会影响他的性情。问题是他的幽默感有点儿过头，他的反应总是过于夸张。他受一种自称为"不诚实的亚伯"①的情绪侵袭。当有人向林肯·鲍威尔提出一个毫无恶意的问题时，"不诚实的亚伯"就会跳出来回答。他炽热的想象会烹制出最疯狂的夸张故事，而且他会以一脸正直的表情诚恳地将这个故事推销出去。他无法压抑自己体内的这个大话王。

就在当天下午，警察局局长克拉比问起一桩常规的勒索案时，仅仅因为他拼错了一个名字，鲍威尔就得到了灵感，虚构了一份戏剧性的报道，关于一桩逼真的罪案、一次大胆的午夜搜捕和虚构的考本耐克警官的英雄事迹。现在局长想要奖赏这位考本耐克警官一枚勋章。

"不诚实的亚伯，"鲍威尔苦涩地喃喃，"你可真让我够受的。"

宅子里的门铃和谐地响了。鲍威尔惊异地瞥了一眼手表（客人现在到实在是太早了），然后用C调②对思维传感锁指示"开"。就如音叉在相应的音调下振动一般，传感锁对这个意识做出了反应。

---

① 美国第十六任总统亚伯拉罕·林肯因为人正直、诚实而有"诚实的亚伯"之称，鲍威尔的名字"林肯"和这位总统的姓相同，所以他讽刺爱说大话的另一个自我为"不诚实的亚伯"。

② 超感师的思维能量就像音阶一样分为不同的级段。C调等同于后文中的C级思量（思维能量）。

前门滑开了。

一种感觉冲击立刻涌上前来：雪／薄荷／郁金香／塔夫绸。

"玛丽·诺亚斯。来这里帮助单身汉准备派对？太好了，祝福你！①"

"我能派上用场就好，林克。"

"每个男主人都需要一位女主人。玛丽，我该怎么做小鱼烤面包呢？"

"我刚发明一种新做法。我会为你做的。烤酸辣酱&……"

"&？"

"那样比较生动，亲爱的。"

她进了厨房。她身材矮小，思维却丰富、灵敏；她是个深色皮肤的姑娘，思维的图像却白得晶莹剔透。尽管她的皮肤黑黝黝的，但思维中的她简直就像一位白衣修女。两者相较，呈现在思维中的她才是真实的。你的思想决定了你是什么样的人。

"我希望我可以换一种思维，亲爱的，彻底改造我的思想。"

"改变你（我吻你是因为你是现在的你）自己，玛丽？"

"如果我真能（你从来没有真的吻过我，林克）改变就好了。每次见面我都让你想到薄荷，我自己都厌倦了。"

"下一次我会加上更多白兰地和冰块。好好摇摇。完成啦！'毒刺玛丽'②。"

"就那么干。还要加上雪。"

---

① 因为超感师之间通过大脑思维交流，所以可以直接向对方描绘各种不同的图形、字体和符号。此处的"祝福你"原文使用了贺卡常用的字体。

② 鲍威尔为了逗玛丽高兴，就"薄荷"一词开了个玩笑。"毒刺"（Stinger）这种鸡尾酒的配料中有薄荷、冰块和白兰地。

"为什么把雪删了？我爱雪。"

"而我爱你。"

"我也爱你，玛丽。"

"谢谢，林克。"但这是他说出来的。他总是说出来，他从不那么"想"。她飞快地转过身子。她眼中噙着的泪水刺痛了他。

"又来了，玛丽？"

"不是又来了。一直都是，一直都是。"而她的意识更深处在呼喊："我爱你，林肯。我爱你。你就像是我关于父亲的意象、安全的象征、温暖的象征，充满保护他人的热情。别总是拒绝我……你总是这样……永远这样……"

"听我说，玛丽。"

"别说，求你了，林克。不要用语言。如果我俩之间还要用语言，我会受不了的。"

"你是我的朋友，玛丽，你一直是。我把每一次失望、每一次快乐都同你分享。"

"但不是为了爱。"

"不，亲爱的宝贝儿。别这么受伤。不是为了爱。"

"上帝可怜我吧，我有足够的爱，够我们俩分。"

"一个人的爱，上帝可怜我们吧，玛丽，那不够两人的份。"

"你必须在满四十岁前和一位超感师结婚，林克。行会要求你必须如此。你知道的。"

"我知道。"

"那么让友谊发挥作用吧。和我结婚吧，林克。给我一年，那就够了。用短短的一年来爱你，然后我就放你走。我不会缠着你。我不会让你恨我。亲爱的，这是多么微不足道的要求啊……多么微不足道的施舍……"

门铃鸣响了。鲍威尔无能为力地望着玛丽。"客人来了。"他喃喃，然后用C级意识指示思维传感器"开"。在同一瞬间，她用更高的五级意识指示"关"。两相抵消之后，门依然关着。

"先回答我，林肯。"

"我不能给你需要的答案，玛丽。"

门铃又一次鸣响。

他坚定地握住她的肩膀，把她拉近，凝视着她的眼睛。"你是二级透思士。尽你最大的能力来读我吧。我脑子里有什么？我心里有什么？我的回答是什么？"

他移开了所有的屏障。他意识的深渊陡然向她敞开，思维如瀑布般轰鸣着喷涌而下，这股向她扑面而来的思想洪流带着感情，让人温暖；却又湍急汹涌，令人惊恐……可怕，但又充满诱惑，令人向往，但是……"雪，薄荷，郁金香，塔夫绸，"她有气无力地说，"去见你的客人吧，鲍威尔先生。我来给你做小鱼烤面包。我也只有这个在行。"

他吻了她一下，然后转向起居室，打开前门。顷刻之间，光的喷泉四射着扑溅到房间里，客人随之而至。超感派对开始了。

坦率　　　　　　　　小鱼烤面包?　　　　　　　　　为什么

　地说　　　　　谢谢　　好吃　　　　　　是的,

　　艾勒瑞　　　　　玛丽, 它们很　　　　泰德

　　我　　　　　　　　　　　　　　　　我

　　　认为　　　　　　　　　　　　　正在为

我们　　　你　　　　　小鱼烤面包?　　德考特尼工作

　把　　　　在　　　　　　　　　　　我想

　　盖伦　　　　帝王　　　　　　　　　他

　带来帮他庆祝。干不　　　　　　　　很快

　　　　他　　　　长了。　　　　　　就

　　刚刚接受了行会级别考试。　　　　要

　如果　　　　　即　　　然后　　　　来

　你　　　　　将　　　已经　　　　　了

感兴趣的话　　　接管帝王　　　升级

　鲍威尔,我们准备　　的

　　　　要　　商业

　　　选　　　　间谍

　　　你　　小鱼烤面包?　　部。

　　当

　　行会

　主席。　　小鱼烤面包?

　　　　　　啊, 好的。

　　　　　　　谢谢

　　　小鱼烤面包?　　你,

　　　　　　玛丽……

*本页图是多名透思士用思维勾画的, 大家齐心协力要做成一个规则图形。由于各自的思维经纬交叉, 许多信息遗失了。

031

"@金斯！切威尔！泰德！留神！你们这些人就不看看你们的思维图样（？）我们都串一块儿了……"

思维模式的闲谈停了下来。客人们稍做审视，然后哄堂大笑。

"这令我想起自己在幼儿园的日子。可怜可怜今晚的主人吧。如果我们一直不停地这样编织下去，我会串轨的。我们多少得有点儿条理吧。美感就更别提了。"

"你想要什么图样，尽管说，林克。"

"你有什么样儿的？"

"竹篮式的编织图形？数学曲线？建筑设计图？"

"什么都好。任何图形。只要别让我的大脑发痒就行。"

抱歉，林克，我们还没有充分意识到这是一个派对

泰德	觉得	超感
但是	艾伦	男人
我	西瓦	保持
没有任何当选的主席依然保持		未婚
有	来了	会
权力	但是	毁坏
毫无偏见地说	我觉得艾尔这个人	本
揭露	不要	行会的
任何	思维接触	整个
关于	他	优生
德考特尼	就要来了，根据	计划
	可是	

当玛丽·诺亚斯漏下了一个孤零零的"可是"没法收拾的时

候，人们又爆发出一场哄笑①。门铃又鸣响了，进来的是二级超感师、太阳系平衡法的鼓吹者和他的女朋友。她是一个端庄文静的小家伙，外表惊人地漂亮，对于这群人来说是个新人。她的思维模式很浅薄，无法做出深层次的回应。显然是个三级超感师。

"问候。问候。为迟到表示深深歉意。迟到是为了买橙花和结婚戒指。我在半路上求婚了。"

"恐怕我已经接受了。"女孩微笑着说。

"别说话，"那律师②对她开火了，"这可不是一场乱哄哄的三级超感派对，我告诉过你不要用说的。"

"我忘了。"她又一次脱口而出，她的惊骇与羞耻让屋里的热闹气氛进一步升温。鲍威尔迈步上前抓住姑娘颤抖的手。

"别睬他，他是个新近才升二级的势利鬼。我是林肯·鲍威尔，这里的主人，警局的福尔摩斯。如果你的未婚夫打你，我会让他后悔的。来见见你的怪人同类吧。"他引着她绕室一周，"这是古斯·泰德③，混充一级。他旁边的，萨姆&萨莉@金斯④。萨姆和泰德一样。萨莉是一位幼儿保姆，二级。他们刚刚从金星回来。到这里来拜访……"

"你——你，我是想说，你们好？"

"那个坐在地板上的胖家伙是沃利·切威尔，建筑师，二级。坐在他（大腿）²⑤上的金发女人是琼，他的妻子。琼是个编辑，二级。那是他们的儿子盖伦，正在和艾勒瑞·威斯特谈天。盖伦是个

---

① 由于玛丽技不如人，两次思维勾画都未形成完整的规则图形。
② 指盖伦。他是太阳系平衡法的鼓吹者，二级超感师，职业是律师。
③ 奥古斯塔斯·泰德的昵称。
④ 指前文中泰德提到过的塞缪尔·@金斯和他的妻子萨莉，萨姆是塞缪尔的昵称。
⑤ 指两条大腿。

工学院的在校大学生，三级……"

年轻的盖伦愤怒地指出，他刚刚晋升了二级，而且已长达一年无须使用语言交流了。鲍威尔打断了他，在姑娘理解能力以内向她解释，自己为何故意犯了这样一个错误。

"啊，"盖伦对姑娘说，"是的，我俩同是三级的兄弟姐妹。我很高兴你在这里。这些高深莫测的高级透思士已经让我有点儿害怕了。"

"哦，我不知道。我一开始也被吓着了，但是我现在不害怕了。"

"这是女主人，玛丽·诺亚斯。"

"你好，要小鱼烤面包吗？"

"谢谢，它们看上去很可口，鲍威尔夫人。"

"现在来做个游戏如何？"鲍威尔忙不迭地提出，"有人要猜字画谜吗？"

∞

在门外，杰瑞·丘奇蜷缩在石灰石的拱门阴影中，他紧贴在鲍威尔别墅的花园门外，用他的整个心灵倾听着。他身子发冷，一言不发，一动不动，心灵饥渴。他满腹怨怼，满腔仇恨，满怀轻蔑，他饿极了。他曾经是个二级超感师——现在却饥渴难耐，造成如此现状的根源是那条凶险的放逐法令。

透过房缘薄薄的枫木镶嵌板，多重叠加的思维图形渗透出来；那是一个不断变化、交叉繁复、让人无比喜悦的图案，而丘奇，被逐出行会的二级超感师，在过去十年中，仅能靠贫瘠肤浅的语言勉强满足精神的需要，他渴望与同类交流——重返超感世界。

"我提到德考特尼是因为我刚遇到的一个病例，可能与他的情形相似。"

那是奥古斯塔斯·泰德，正在巴结@金斯。

"哦，真的吗？非常有趣。我想比较一下记录。事实上，我之所以来塔拉，就是因为德考特尼要来。可惜德考特尼现在——嗯，来不了。"@金斯显然用词谨慎。感觉上泰德正在追查些什么，也许不是。丘奇推测，其间发生了一次含而不露的思维屏蔽和反屏蔽的较量，就像感应到对方气场的两个决斗者彼此来回兜圈子。

"瞧，透思士。我觉得你那样对待那个姑娘太过分了。"

"听他那夸夸其谈，"丘奇喃喃，"鲍威尔，那只把我踢出行会的臭虫，正翘着他的大鼻子①冲那个律师讲道学呢。"

"可怜的姑娘？说傻丫头才对，鲍威尔。我的上帝，你越来越不会选字眼了。"

"她只是个三级。公平点儿。"

"她让我不痛快。"

"你觉得这样做合适吗？这么看一个要和你结婚的姑娘？"

"别充浪漫的傻蛋，鲍威尔。我们只能和透思士结婚。既然如此，我当然愿意找一张漂亮的脸蛋儿。"

起居室里的猜字画谜游戏还在继续。诺亚斯正努力用一首古老的诗拼出一个图形②。

---

① 也有好管闲事之意。
② 出自英国维多利亚时代著名诗人和评论家马修·阿诺德（Matthew Arnold, 1822—1888）的名诗《多佛海滩》："今夜大海宁静，潮水正满，月色皎皎，临照海峡；——法兰西海岸上，光明稍纵即逝；英格兰的悬崖矗立着，闪亮而开阔，挺立在静谧的海湾。到窗口来吧，夜里的空气多么甜蜜……"

今夜大海宁静,潮水正满,月色皎皎临照海峡;——法兰西的海岸上,光明稍纵即逝;英格兰的悬崖,矗立而闪亮,阔开着,挺立在静谧的海湾。到窗口来吧,夜里的空气多么甜蜜

那是什么见鬼的玩意儿?玻璃杯里的一只眼睛?哎?哦,不是玻璃杯,是啤酒杯[1]。简单。眼睛在啤酒杯里,爱因斯坦。[2]

"你觉得让鲍威尔来做这个工作如何,艾勒瑞?"那是切威尔,带着他的假笑,挺着那个大主教的肚子。

"当行会主席?"

"是的。"

---

[1] 诗歌图形拼出的是一个带着一只眼睛的啤酒杯(因为杯右边有把手的痕迹,所以不是玻璃杯),啤酒杯英文为"stein",而眼睛是"eye",连起来就是"Eye in a stein",打一人名,谜底是爱因斯坦(Einstein)。

[2] 这句话和下文中出现的一些描述都是用丘奇的口吻来说的。

"非常能干的家伙。浪漫，但是能干。如果他是个已婚男人，真是最佳人选了。"

"那就是他的浪漫之处。他很难找定一个姑娘。"

"你们这些超感大师不都是这样吗？感谢上帝我不是一级的……"

厨房里传来打碎玻璃的声音，"传教士"鲍威尔又在训诫那个矮个子讨厌鬼古斯·泰德。

"别在意玻璃，古斯。我只能摔碎它来为你打掩护。你像一颗新星一样辐射着焦虑。"

"去你的，我才没有呢，鲍威尔。"

"去你的吧，没有？关于本·瑞克是怎么回事儿？"

这个小家伙是真的戒备了。你可以感觉到他思想的外壳变硬了。

"本·瑞克？哪儿来的本·瑞克？"

"你带来的，古斯。一整晚他都在你的头脑里翻腾着，我没法视而不见。"

"不是我，鲍威尔。你一定是接收了别的思维。"

思维中出现了一匹马大笑的图像。

"鲍威尔，我发誓我没……"

"你和瑞克搞在一起了吗，古斯？"

"没有。"但是你可以感觉到一重重思维屏障猛地砸下来，堵死了思维的通路。

"要从过去的教训里汲取经验，古斯。瑞克会让你陷入麻烦的。当心点儿。记得杰瑞·丘奇吗？瑞克把他给毁了。别让这种事儿在你身上重演。"

泰德移步回到起居室，鲍威尔则留在厨房里，冷静而迟缓地清理破碎的玻璃。丘奇靠在后门上，身体僵硬，抑制着自己心中沸腾的仇恨。切威尔的儿子正在律师的女朋友面前卖弄，唱了一首情歌，同时用思维勾画出各种影像烘托歌声。大学里的花招。妻子们正在用正弦曲线激烈争论。@金斯和威斯特正在交流，他们隔行交织的思维语言组成了复杂的感官图像，令丘奇的精神饥饿感更加明晰锐利。

"你想要杯喝的吗，杰瑞？"

花园的门打开了。鲍威尔的侧影出现在光线中，手里举着一杯冒泡的饮料。柔和的星光照亮了他的面孔，他深深凹陷的双眼充满了同情和理解。丘奇手足无措，大脑一片茫然。他爬起身来，胆怯地接过那杯递给他的饮料。

"别把这个报告行会，杰瑞。我这么做是坏了规矩，会倒霉的。我经常破坏规则。可怜的杰瑞……我们应该为你做点儿什么。十年也太长了……"

突然间，丘奇用力将饮料泼到鲍威尔脸上，随后转身逃跑了。

第三章

周一上午9点，泰德那张模特脸出现在瑞克的视像电话屏幕上。

"这条线路安全吗？"他直截了当地问。

作为回答，瑞克指了指可以保证这一点的密闭装置。

"好吧，"泰德说，"我想我已经为你完成了任务，昨夜我透思了@金斯。但是在我汇报之前，我必须警告你：对一级人士进行深度透思时有可能会犯错误，@金斯非常谨慎。"

"我理解。"

"克瑞恩·德考特尼乘坐'阿斯特拉号'从火星出发，周三早晨抵达塔拉，随后他将秘密造访玛丽亚·博蒙特的别墅。就待一晚，秘不见客……不多耽搁。"

"一晚，"瑞克喃喃，"然后呢？他有什么计划？"

"我不知道。显然德考特尼正计划搞一个大动作……"

"就是对付我！"瑞克咆哮道。

"也许吧。@金斯认为，德考特尼压力太大，过度紧张，以致丧失了自我调节能力。生的本能和死的本能发生了混淆。他遭受了情感方面的重大打击，正在迅速衰弱……"

"去你妈的！我的身家性命都压上去了！"瑞克大怒，"别拖拉，快直说。"

"这很简单。每个人都在两种原动力下保持平衡——生的本能和死的本能。两种冲动都有共同的目的——达到涅槃。生的本能通过扫除一切阻力来达到目的；死的本能尝试通过自我毁灭来实现涅槃。对于能够自我调适的人来说，两种本能融为一体，保持平衡。在巨大的压力之下，它们分解了，平衡被打破了。那正是德考特尼身上发生的情况。"

"一点儿不错！而且是冲我来的！"

"@金斯周四早上会和德考特尼见面，为了劝阻德考特尼实现某种企图。不管那是什么企图，@金斯很害怕这件事情，而且决心要制止它。他从金星飞过来就是为了阻止德考特尼。"

"没有这个必要了，我会亲自阻止德考特尼。他不需要保护我，我会保护我自己。这是自卫。泰德……不是谋杀！自卫！你干得好。我需要的正是这些。"

"你还需要更多情报，瑞克。还有，今天已经周一了。你必须在周三之前准备完毕。"

"我会准备好的，"瑞克咆哮，"你最好也做好准备。"

"我们输不起，瑞克。如果我们失败了……就全完了。你懂吗？"

"我们两个全完了，我明白这一点。"瑞克的声音变得干涩起来，"是的，泰德，这件事儿你我同上了一条船，而我既然干上了就要一路干到底……直到毁灭为止。"

整个周一他都在计划，敢于冒险，大胆果断，同时充满信心。他用铅笔写下大纲，就好像一位艺术家在填色之前小心翼翼地在纸上打好精细的线描底稿，但他并未敲定最后的细节。那一部分全靠周三当日的"杀手本能"指引。周一晚上他把计划放在一边，睡了一夜……却又一次梦见那**没有面孔的男人**，尖叫着惊醒。

周二下午，瑞克早早离开帝王塔，顺路拐进了希尔顿地区的世纪声频书店——那里以出售电子记忆水晶而知名。纤巧的珠宝安放在优雅的布景上，最近的时尚是"音乐女士"的歌剧胸针（"不管她走到哪里，都要听音乐"①）。世纪书店还有成架的古旧印刷书籍。

"我冷落了一位朋友，想选本特别的书向她赔礼道歉。"瑞克对店员说。

店员们狂轰乱炸地推销了一通。

"都不够别致，"他抱怨说，"你们这些人为什么不雇一位透思士替你们的顾客省省心呢？你们找来的最离奇、最古老的书是什么样的？"他开始在店里漫步，一批不安的店员像一条尾巴一样跟在他身后。

瑞克装腔作势地表演了一番，在那位焦急的经理找来超感营业员之前，他在书架前停了下来。

"这是什么？"他惊讶地询问。

"古董书，瑞克先生。"营业员开始解释视觉古董书②的原理

① "音乐女士"估计是那个时代音乐系列商品的时尚广告人物，而引用的话是流行的广告词。
② 即我们现在普遍使用的纸制书籍。

和操作，同时瑞克则缓慢地寻找他的目标——一本破烂的褐色书卷。他记得很清楚：五年前他匆匆浏览过这本书，并在自己那小小的黑色"机会本"上记了下来。老杰佛瑞·瑞克并非瑞克家族唯一笃信有备无患的人。

"有意思，不错，真有意思。这本是什么？"瑞克取下那本褐色书卷，"《让我们一起玩儿派对》。上面的出版日期是？开玩笑吧！那么久以前就已经有派对了？"

那职员向他保证古人有许多时髦得让人吃惊的习惯。

"看看内容，"瑞克咯咯笑着，"'蜜月桥''普鲁士扑克''邮局''沙丁鱼'……到底是什么玩意儿？第九十六页，咱们瞧一瞧。"

瑞克不停地翻动纸页，直到找到一个粗体的标题——欢乐的派对游戏。"看这个。"他大笑，假装很惊讶的样子，他指着那个被他牢记着的段落。

沙丁鱼

一个玩家被选出来扮演"沙丁鱼"的角色。熄灭所有的灯，沙丁鱼任意躲在屋中某处。几分钟以后，其他玩家开始分头搜索。第一个找到"它"的人不得声张，不管"它"在哪里都要静悄悄地和"它"躲在一起。接着，每一个找到这些沙丁鱼的玩家都加入"它们"，躲在同一个地方。而最后一人，也就是失败者，被留在外面的黑暗中独自徘徊。

"我就买这一本，"瑞克说，"它正是我想要的书。"

那天傍晚，他花了三个钟头小心翼翼地破坏这本原本就残破不堪的书。加热、加酸、添上污点，甚至使用剪刀，就这样，他破坏了这本游戏说明书；每一次灼烧、每一笔抹划、每一刀裁剪，都是对德考特尼痛苦挣扎的身体的一次重击。当他的模拟谋杀结束时，他把每一个游戏都消解成不完整的碎片，唯有"沙丁鱼"完整无缺。

瑞克将书包裹起来，写上鉴定者格雷厄姆的地址，将它投落进气递邮件系统的空气槽。扑的一声，接着是砰的一声，包裹被送走了。一个钟头以后包裹返回，已经加上了格雷厄姆的密封官方鉴定——鉴定师没有识破瑞克搞破坏的把戏。

他把那本书按礼品规格包装，并附上了古旧书的鉴定（这是惯例），然后把它投进空气槽，送往玛丽亚·博蒙特的宅邸。二十分钟后他接到回复："亲爱的！亲爱的！亲爱的！我意（以）为你已经万（完）全忘记了迷人的我。太好了！今弯（晚）到博蒙特的别墅来吧。我们要举行一个派对。我们将用你这个甜蜜的礼物来做游戏（回条上的错别字表明它是玛丽亚亲手所写）。"在玛丽亚送回的信息胶囊上贴着一颗人造红宝石星星，上面浮现出一幅玛丽亚的画像。自然，那是一幅裸体肖像。

瑞克回答："糟透了，今晚不行。我的万贯家产中的一笔不翼而飞，我今晚得忙这件事儿。"

她回答："那就周三，你这个机灵鬼。我会用我的宝贝弥补你的损失。"

他回答："乐意接受。我会带客人来，我吻你的全部……"然后他回到床上。

然后冲那没有面孔的男人尖叫。

∞

周三早晨，瑞克探访了帝王的科学城（"家长式作风，你懂的"），和科学城里聪明的年轻人度过了一小时的头脑风暴时间。他讨论了他们的工作，以及倘若他们对帝王忠心耿耿会有一个怎样光辉的未来。他还讲了一个古老的脏笑话：一位禁欲者当上了开拓宇宙的拓荒者。深入外太空后，此人来了个紧急迫降，正好落在一辆灵车上。（尸体惊叫起来："别搞我，我不是本地人，我只是个游客！"）聪明的青年们隐忍地附和而笑，心里有点儿瞧不起这个大老板。

既然只是随性到处转悠，瑞克顺便逛进禁区，拿走一枚视神经冲击胶囊。它是一小块铜质立方体，只有火帽[①]的一半大，杀伤力却大一倍。只要一炸开，就会喷发出让人眼花缭乱的蓝色闪光，让视网膜上的视紫红质[②]电离化——导致受害者变盲，毁坏他对时间和空间的感知。

周三下午，瑞克去戏剧区中心地带的乐曲巷，拜访了"心理歌曲公司"。这家公司是一位聪明的年轻女人经营的，她为他的销售部门写了一些颇有才气的广告歌曲。去年当"帝王"想尽办法平复罢工运动时，她还创作了一批极有煽动性的反罢工歌曲以助宣传声势。她的名字是达菲·威格&。在瑞克看来，她是现代职业女性的

---

① 火工品的一种。金属壳内装有可燃剂、氧化剂和起爆药组成的击发药，受撞击即发火或起爆。

② 视网膜细胞中的感光物质，也是使眼睛产生视觉的最基本的物质。

榜样——诱惑男人的纯情女。

"喂，达菲？"他礼貌性地吻了她一下。她体态窈窕，同销售曲线那样起伏，相貌很漂亮，就是年轻了点儿。

"瑞克先生？"她古怪地望着他，"总有一天我要雇一位透思士，为我弄明白你这个吻是什么意思。我一直在想，这个吻可能不单单是礼节性的。"

"说对了。"

"坏蛋。"

"吻一个姑娘，就是在和自己的钞票吻别。二者之间选哪一个，当男人的不得不早做选择呀，达菲。"

"你吻了我。"

"仅仅因为你和头像印在信用币上的那位女士长得很像。"

"匹普。"她说。

"波普。"他说。

"比姆。"她说。

"巴姆。"他说。

"我想宰了那个发明这种时尚①的浑球。"达菲阴沉地说，"好吧，帅哥。你遇上什么麻烦了？"

"赌博，"瑞克说，"艾勒瑞·威斯特，我的娱乐部主管，抱怨帝王企业内赌博风行，说已经玩儿得太过火了。我个人倒并不在意。"

"让员工欠债，他们就不敢提出加薪。"

"你实在是太机灵了，年轻的女士。"

---

① 指上文的问候方式。这些词语本身没有意义。

"这么说，你想要一首戒赌的歌？"

"类似的吧。朗朗上口，别太直接了，延时起效，不是直接宣传的调调。我希望这种影响作用于前意识层面。"

达菲点点头，飞快地记着笔记。

"调子好听一点儿，天知道以后我会听到多少人用这个调子哼哼叽叽、吹口哨儿什么的。"

"你这个卑鄙的家伙。我所有的曲子都值得一听。"

"倒有那么一首。"

"写给你们公司的就有上千首。"

瑞克爆出一声大笑，顺口道："都是些千篇一律的调调……"

"才不是。"

"你写过的曲调哪一首最长命？"

"最长命？"

"你知道我的意思。就像那些广告歌，简直没法把它们从脑子里赶出去。"

"哦，'百事'①。我们都这么叫它。"

"为什么？"

"鬼晓得。他们说因为第一首这样的歌是多少个世纪以前，一个叫百事的家伙写的。我才不信呢。我写过一次那种曲子……"达菲回想，"直到现在我都不愿再想起那个调子。只要一想，保证能缠你一个月。我被它足足折磨了一年。"

"你吹什么牛啊！"

"全是实话，我以童子军的荣誉保证，瑞克先生。那首歌叫

---

① 指Pepsi（百事）。

046

《紧张再紧张》，我为一个关于疯狂数学家的节目写的歌，节目后来砸锅了。他们想要一首浑蛋歌，他们满意了，可听众实在受不了，他们被迫停了这档节目，亏了一大笔钱。"

"咱们来听一听。"

"我可不想整你。"

"来吧，达菲。我真的很好奇。"

"你会后悔的。"

"我不相信你。"

"好吧，猪头，"她说，然后将一个击键乐器面板拖到身边，"这是报复你那个敷衍了事的吻。"

她的手指和手掌优雅地在面板上滑动，房间里顿时充满了一种彻头彻尾千篇一律的曲调。让人痛苦难耐、无法忘怀的乏味。它简直集中了瑞克听过的所有老调和俗套。无论你回忆起什么样的悦耳曲调，它总是一成不变地把你带入烂熟的《紧张再紧张》的调子。达菲开始唱：

八，先生；七，先生；

六，先生；五，先生；

四，先生；三，先生；

二，先生；一！

紧张再紧张；

紧张再紧张。

紧张，忧惧，

纠纷从此开始。

"哦，我的天！"瑞克惊呼出声。

"我在这个调子里加了些已经失传的真正诀窍，"达菲一边演奏一边说，"注意到'一'后面的那一拍子了吗？那是一个半终止音。然后在'开始'处有一个变音，将歌曲的结束部分又变成了半终止音，所以你永远无法停止它。这拍子让你不停绕着圈子跑，比如：'紧张，忧惧，纠纷从此开始。'不断反复。'紧张，忧惧，纠纷从此开始。'不断反复。'紧张，忧……'"

"你这个小魔鬼！"瑞克跳起身，双手猛地堵住耳朵，"我被诅咒了！这种折磨要持续多久？"

"不超过一个月。"

"紧张，忧惧，纠……我可算毁在你手里了。有什么摆脱的方法吗？"

"当然，"达菲说，"很简单，毁了我就行。"她紧紧贴上他，给了他一个年轻人的炽烈的吻。"笨瓜，"她咕哝，"猪头，呆子，蠢货，你打算什么时候把我从这个阴沟里拉出来？聪明点儿吧，坏蛋。为什么你不像我想象的那么聪明呢？"

"我比你想象的更聪明。"他说着，离开了。

就如瑞克计划的那样，这首歌在他的头脑中深深地扎下了根，在他一路走下街道的时候，一再响个不停。紧张再紧张；紧张再紧张。紧张，忧惧，纠纷从此开始。不断反复。对于没有超感能力的常人来说，这是一个最佳的思维屏障。一个透思士可以从中发现什么呢？紧张再紧张；紧张再紧张。紧张，忧惧，纠纷从此开始。

"我比你想象的更聪明。"瑞克喃喃自语，他招呼了一部跳跃器，去上西区杰瑞·丘奇的当铺。

紧张，忧惧，纠纷从此开始。

不管反对者如何大声疾呼，典当业依然是最古老的行当。安全便捷地出借金钱是人类社会最古老的职业。它从久远的过去延续到可见的未来，如同当铺本身一样一成不变。只要你走进杰瑞·丘奇的典当铺，那家杂乱地塞满各个时期遗留物的地下商店，你就如同置身于一个亘古不变的博物馆里。丘奇消瘦萎靡，眼神直勾勾的，他的面色沉郁，因为内心所承受的痛苦变得意志消沉，他本人最好地体现了永恒的放贷人形象。

丘奇从阴影中慢吞吞地走出来，面对面地站在瑞克面前，一缕阳光穿过柜台斜照过来，他站在那里，被这一道光照了个正着，在黑暗的店铺中显得格外醒目。他没有吃惊，也没有认出瑞克，他与他这十年的死敌擦身而过，走到柜台后面，说："你好，有什么需要？"

"你好，杰瑞。"

丘奇并未抬头，只把手伸出柜台。瑞克想握住它，那只手却挣脱了。

"不！"丘奇大叫，一半是咆哮，一半是歇斯底里的大笑，"用不着，谢谢你。把想抵押的东西给我就行。"

这个透思士酸腐的小把戏让瑞克栽了跟头。没有关系。

"我没有抵押品，杰瑞。"

"穷到这分儿上了？这么大的势力是如何垮掉的啊？但是我们早就料到了，嗯？我们都垮了，我们都垮了！"丘奇瞥了他一眼，想透思他。尽管透思吧！紧张，忧惧，纠纷从此开始。让他穿过脑海中这疯狂的喋喋不休的旋律吧。

"我们都垮了，"丘奇说，"我们所有人。"

"我当然也有那一天，杰瑞。但我现在还没垮台呢。我一直都很走运。"

"我以前不走运，"那透思士恶毒地看着他，"我遇上了你。"

"杰瑞，"瑞克耐心地说，"我从来不是你的灾星，是你运气不好把自己给毁了。不是……"

"你这杂种，"丘奇用一种温柔得怕人的声音说，"你在没命之前会臭掉、烂掉。从这里滚出去，我不想和你有任何瓜葛。不想！明白吗？"

"连我的钱都不要？"瑞克从口袋里掏出十枚闪着微光的金币，把它们放在柜台上。这种试探非常微妙。和信用币不同，金币是黑暗的地下世界的货币。紧张，忧惧，纠纷从此开始……

"我最不想要的就是你的钱。我要你的心脏被切开，我要你血流满地，我要蛆虫活生生地吃掉你的眼睛……但是我不想要你的钱。"

"那你想要什么，杰瑞？"

"我告诉过你！"那透思士尖叫，"我告诉过你这个天杀的、恶心的——"

"你想要什么，杰瑞？"瑞克冷冷地重复问题，眼睛一动不动地盯住那个皱缩的男人。紧张，忧惧，纠纷从此开始。他依然能够控制丘奇，尽管丘奇曾经是二级透思士。控制与透思能力无关，它与性格有关。八，先生；七，先生；六，先生；五，先生……他一直控制着丘奇，他也能永远地控制他。

"你想要什么？"丘奇阴沉地问。

瑞克嗤之以鼻。"你是透思士，你告诉我。"

"我不知道。"丘奇停顿片刻后嘀咕，"我读不出来。有一段疯狂的音乐把一切都搅成了一锅粥……"

"那么只好由我来告诉你，我想要一支枪。"

"什么？"

"Q-i-ā-n-g，枪。古老的武器，它通过爆炸方式发射子弹。"

"我没有任何这样的东西。"

"不，你有的，杰瑞。科诺·奎扎德以前曾经对我提过。他看到过它：钢铁制，可折叠。非常有趣。"

"你要它干什么？"

"透思我，杰瑞，找出答案。我没有什么要隐藏的，这里面没有阴谋。"

丘奇扭转脸朝上看，然后厌恶地停住了。"不值得为那个费工夫。"他咕哝着，拖着脚步回到阴影中。远远地传来一声铁抽屉哐当合上的巨响。丘奇回来时带着一个黑沉沉的钢坨，把它放在柜台上的金币旁边。他按下一个钮，金属块弹开了，变成一套钢制旋转式装置，一把连发式左轮手枪和一把匕首。它是一套某某世纪的匕首枪……精工制造的谋杀工具。

"你要它干吗？"丘奇再次问。

"想找到什么可以敲诈勒索的信息，嗯？"瑞克微笑，"抱歉，它是一件礼物。"

"一件危险的礼物。"被驱逐出行会的透思士再一次乜斜他，怒笑道，"又想毁掉什么人了，嗯？"

"完全不是这么回事儿，杰瑞。这是一件礼物，要送给我的一个朋友。奥古斯塔斯·泰德医生。"

"泰德！"丘奇瞪着他。

"你知道他吗？他收集古董。"

"我知道他。我知道他。"丘奇像哮喘发作一样呼哧呼哧笑了起来，"但是我现在更加了解他了。我开始为他难过了。"他停止了大笑，用明察秋毫的目光看着瑞克。"当然，对于古斯来说，这将是一件可爱的礼物，一件完美的礼物，因为它已经上了膛。"

"哦？它是上了膛的？"

"哦，绝对是。它已经上了子弹，五颗可爱的子弹。"丘奇又咯咯笑起来，"一件给古斯的礼物。"他碰了碰一个凸轮，一个圆柱体突然噼啪一声从枪的一侧弹了出来，露出五个装满铜壳子弹的弹仓。他看看弹仓，又看看瑞克。"这是给古斯的五颗毒牙。"

"我告诉过你没有阴谋，"瑞克坚决地说，"我们必须把这些牙齿给拔了。"

丘奇惊讶地望着他，然后他快步走下走廊，回来时带着两个小工具。他飞快地从弹仓里拧下每一颗子弹，再把无害的弹仓上好，将子弹匣推回枪膛，咔的一声推回了转轮，将手枪放在金币的旁边。

"都安全了，"他欢快地说，"亲爱的小古斯安全了。"他期待地望着瑞克。瑞克伸出双手，一只手把钱推向丘奇，另一只手按住枪朝自己方向拉。在这一刻，丘奇又变了主意。欢快的疯癫情绪消失了，他用铁钳般有力的手抓住瑞克的手腕，紧张、激动地弯腰横钻过柜台。

"不，本，"他说，第一次称呼他的名字，"不是这个价。你知道的。虽然你脑子里充满了那首疯狂的歌，但是我知道你懂我的意思。"

"好吧，杰瑞。"瑞克沉着地说，没有松开抓枪的手，"什么价，多少？"

"我想复职。"这位透思士说，"我想回行会，我想重新获得生命，那就是代价。"

"我能做什么？我不是透思士，我不属于行会。"

"你并非无能为力，本，你有的是办法，有的是钱，你可以搞定行会，你可以让我复职。"

"不可能。"

"你可以贿赂、勒索、恐吓……奉承、迷惑、吸引。你能做到，本。你可以为我做。帮帮我，本，我曾经帮助过你。"

"我为你的帮助支付过报酬。"

"那我呢？我付出了什么？"那透思士尖叫起来，"我付出了我的整个生命！"

"你为自己的愚蠢付出了代价。"

"看在上帝的分儿上，本，救救我。救我，不然就杀了我吧。我已经是个活死人了，只是没有自杀的勇气罢了。"

瑞克停顿了一下，残忍地说："杰瑞，我认为，自杀是你最好的选择。"

那个透思士猛然倒退，仿佛被烙铁烫了一样。那张枯萎的脸上呆滞的双眼瞪着瑞克。

"现在，告诉我价钱吧。"瑞克说。

丘奇一口啐在那些钱币上，他抬起头，用充满仇恨的炽热目光瞪着瑞克。"不要钱。"他回答，随后转身消失在地窖的阴影里。

第四章

纽约城里的宾夕法尼亚火车站在某世纪晚期被毁之前是一个时间的连接点，但是千百万的旅行者对此一无所知。至于它毁灭的原因，早已湮没在历史的迷雾中。这个巨大的终点站的内部建筑复制了古罗马的卡拉卡拉浴场①。玛丽亚·博蒙特占地宽阔的别墅也是如此，而她那一千个腻友兼死敌，都叫她"金尸"。

当本·瑞克揣着他的谋杀计划，和泰德医生肩并肩悄然走下西面的坡道时，他的思绪间歇性地与自己的官能感觉进行沟通。楼下宾客的模样……制服、衣裙、发出磷光的肉体，修长的玉腿上柔光闪烁……紧张再紧张……

人声，乐声，通报声，回声……紧张，忧惧，纠纷从此开始……肉体与香水；佳肴和美酒，奇妙地混合在一起，还有金光闪闪的华贵装饰……紧张，忧惧……

---

① 修建于公元206—217年，由卡拉卡拉皇帝揭幕而得名，可容一千五百人。在古罗马，浴场犹如一个大型的休闲中心，除了沐浴设备外，还有运动场、图书馆和花园艺廊。到了现代，这里时常上演露天歌剧。玛丽亚的别墅也是这样一种地方。

这是一个镀金的死亡陷阱。死亡……上帝啊，谋杀之术已经失传了七十年……一种失落的艺术……和放血、外科、炼金术一样，失传已久……我将重新召回死亡。不是精神病和争吵者一时冲动之下草率、疯狂的杀戮……而是理性、深思熟虑、计划周密、冷血无情……

"看在上帝的分儿上！"泰德喃喃，"小心，伙计。你的谋杀正在现形。"

八，先生；七，先生……

"这样好多了。过来的是个透思秘书，负责透思来宾，排查其中的不速之客。继续唱。"

这是一位身材修长、苗条柔软的年轻男人，装腔作势、平头金发，穿紫罗兰宽松上衣和银色女式裙裤："泰德博士！瑞克先生！我都说不出话来了。真的，我连都说不出来字一个了①。请进！请进！"

六，先生；五，先生……

玛丽亚·博蒙特分开众人，迎上前来，她张开双臂，赤裸的胸部也伸展开来……她的身体通过气体力学外科手术做成了夸张的东印度人的体形：膨胀的臀部、膨胀的腿肚和膨胀的镀金乳房。对于瑞克来说，她是色情业大船的船头徽章——闻名遐迩的"金尸"。

"本，亲爱的家伙！"她以做过隆胸手术的人特有的怀抱拥抱了他，巧妙地将他的手嵌进自己的乳沟。"那礼物太太奇妙了。"

"你的整形术做得太太太夸张了，玛丽亚。"他在她耳边喃喃。

"找回你丢失的财产了吗？"

---

① 秘书因为同时见到两个大人物而过分激动，语序颠倒。

"刚有点儿眉目,亲爱的。"

"小心点儿,鲁莽的爱人。在我这场绝妙派对里动手动脚可都会被记录在案的。"

瑞克越过她的肩膀向泰德投了个询问的眼色。泰德摇摇头,让他放心。"来会会大家吧。"玛丽亚说。她拉住他的手臂,"之后咱们有的是二人时光。"

上方交叉拱顶的灯光又一次改变了光谱,人们的服饰都变了颜色。刚才泛着粉红珍珠母颜色的皮肤现在发出怪诞可怕的冷光。

他左侧的泰德发出预先安排的信号:危险!危险!危险!

紧张,忧惧,纠纷从此开始(不断反复)。紧张,忧惧,纠纷从此开始。

玛丽亚正在介绍另一位超感秘书,装腔作势的男人,平头红发,穿着紫红色宽松上衣和普鲁士蓝女式裙裤。

"拉瑞·费腊,本,我的另一位社会秘书。拉瑞一直想见你,想得要命。"

四,先生;三,先生……

"瑞克先生!我太激动了,我一个字都说不出来了。"

二,先生;一!

瑞克微笑致意,年轻人走开了。泰德依然不离左右地保驾护航,他向瑞克点点头,示意没有危险。顶灯又一次变换,来宾们的衣着局部变成了透明的。瑞克向来排斥这种带紫外线透视区的服装潮流,他穿着一身不透明的外套,稳稳地站着,轻蔑地看着周围那些飘忽、搜索、评估、比较、渴求的目光。

泰德发出信号:危险!危险!危险!

紧张再紧张……

一位秘书出现在玛丽亚的身边。"夫人，"他结结巴巴地说，"出了个小小的意外。"

"怎么回事儿？"

"那个切威尔家的男孩——盖伦·切威尔。"

泰德的面孔缩紧了。

"他怎么了？"玛丽亚穿过人群望去。

"就在喷泉左侧。他是个骗子，夫人。我透思了他，他没有受到邀请。他是个大学生，和别人打赌说他可以混进派对，他打算偷一幅您的画像当作证据。"

"我的画像！"玛丽亚说，目光直勾勾地射进年轻的切威尔衣服上的透视区，"他对我怎么看？"

"夫人，要看透他极其困难。我认为他除了一幅画像，还想从您这里偷走更多的东西。"

"哦，他会吗？"玛丽亚快乐地咯咯笑起来。

"他会的，夫人。要把他赶出去吗？"

"不，"玛丽亚又扫了一眼那个结实的小伙子，然后转回身，"他将得到他的证据。"

"而且无须偷窃。"瑞克说。

"妒忌！妒忌！"她大声抗议，"让我们用餐吧。"

瑞克暂时挪步一旁，回应泰德的紧急信号。

"瑞克，你必须放弃。"

"见鬼，这是……"

"那个切威尔家的男孩。"

"他怎么了？"

"他是个二级。"

"真他妈的！"

"他聪慧早熟……我上周六在鲍威尔家遇见过他。玛丽亚·博蒙特从来不请透思士来做客，我都是靠你才进得来。我原本指望这里不会有外来透思士的。"

"这个透思小鬼却偏偏要来闯派对。真他妈的！"

"放弃计划，瑞克。"

"也许我可以离他远点儿。"

"瑞克，我可以屏蔽那些社交秘书，他们只是三级。但他们再加上一个二级，我无法保证一定能控制他们……即使他只是个孩子。他年轻，也许太紧张，无法好好透思，但是我不能保证。"

"我不放弃，"瑞克怒吼，"我不能！我再也得不到这样好的机会了。即使以后还有机会，我也不会放弃。我不能够，我已经嗅到了德考特尼的臭味。我……"

"瑞克，你不能……"

"别争了，我一定要干到底。"瑞克转过头对着泰德紧张的面孔，他沉下脸来说，"我知道你一直在找机会从这件事儿里脱身，但是你已经办不到了。我们同在一条船上，是拴在一条绳子上的蚂蚱，从现在起，直到毁灭。"

他调整扭曲的面孔，挤出一个冰冷的微笑和女主人一块儿坐进桌边的沙发。和过去一样，现在的情人依然有互相喂食的习惯，但是源自东方的亲密姿态如今却已堕落成充满情色意味的表演：舌尖轻舔手指传递着小口佳肴，甚至常在嘴唇之间直接分享食物；葡萄酒在口与口之间来回流动；糖则用更加亲密的方式传递。

瑞克忍受着这个过程，焦灼难耐的情绪在心里沸腾，他等待着泰德说出那个至关重要的词。泰德的一部分情报工作是找到德考特尼在这座宅子里的藏身之处。他望着那个小个子透思士在用餐者的人流中游走、透思、窥探、寻找，直到他最后绕回来，否定地摇摇头，向着玛丽亚·博蒙特做了一个手势。显然，玛丽亚是唯一的信息源，但是她现在正春心荡漾，无法轻易探测出她的其他想法。他必须依靠杀手的直觉来应对一连串无休无止的危机，而这正是其中之一。瑞克站起身，径直穿过喷泉。泰德截住了他。

"你想干什么，瑞克？"

"这还不明白吗？我必须把那个切威尔家的小伙子从她的脑子里赶出去。"

"怎么赶？"

"难道还有别的办法吗？"

"看在上帝的分儿上，瑞克，别靠近那个男孩。"

"别挡我的道。"瑞克猛然迸发的野蛮冲动让泰德畏缩了。他惊骇地发出一个信号，瑞克努力控制住自己。

"我知道这确实要冒险，但是并没有你想的那么糟糕。首先，他年轻，缺乏经验。其次，他是个骗子，而且很害怕。再次，他的功夫还不到家，不然他就不会那么容易被娘娘腔的秘书给识破了。"

"你能控制自己的意识吗？你能双重思考吗？"

"我脑子里有一首歌，还有一大堆烦心事儿，和这些相比，双重思考简直是件让人愉快的事儿。现在你他妈的别挡我的道，站在一边透思玛丽亚·博蒙特去。"

切威尔一个人在喷泉边吃东西，努力想扮成一名客人，但仍漏洞百出。

"匹普。"瑞克说。

"波普。"切威尔说。

"比姆。"瑞克说。

"巴姆。"切威尔说。

耍完这套时尚把戏之后,瑞克悠闲地在男孩身边坐下。"我是本·瑞克。"

"我是咖伦·切威尔……我是说……盖伦,我……"他显然是被瑞克的大名震住了。

紧张,忧惧,纠纷从此开始。

"这首该死的歌,"瑞克喃喃,"几天前第一次听到它,从此就再也不能把它从脑子里赶出去了。玛丽亚知道你是个闯入者,切威尔。"

"啊?不!"

瑞克点点头。紧张,忧惧……

"现在我应该撒腿就跑吗?"

"不带上画像?"

"你连这也知道?这房里一定有个透思士。"

"有两个。她的社交秘书。发现你这样的人就是他们的工作。"

"那画像该怎么办呢,瑞克先生?为这事儿我押了五十块信用币,你应该知道打赌意味着什么。你是一个赌……我的意思是,金融家。"

"很高兴我不是透思士,嗯?没关系,我没有觉得受侮辱。看到那个拱门了吗?笔直穿过去,然后右转,你会发现一间书房。墙壁上挂满了玛丽亚的肖像,都是用人造宝石制作的。你自便吧,她永远不会发现丢了一幅。"

那男孩跳了起来,食物撒了一地。"谢谢,瑞克先生。有朝一日我会报答你的。"

"比如？"

"你会吃惊的。我恰好是一个……"他差点儿说漏嘴，却控制住了自己，脸唰地红了，"你会发现的，先生。再次感谢你。"他飞快地穿过底层大厅向书房冲去。

四，先生；三，先生；二，先生；一！

瑞克回到女主人身边。

"淘气的爱人，"她说，"你给哪个姑娘喂食去了？我要把她的眼珠抠出来。"

"切威尔家的孩子，"瑞克回答，"他问我你把画像收藏在哪儿了。"

"本！你没有告诉他吧！"

"当然说了，"瑞克露齿而笑，"他已经上路去拿了，然后他就会溜走。你知道我嫉妒。"

她从沙发上跳起来，飞快地奔向书房。

"巴姆。"瑞克说。

晚上11点光景，晚餐仪式把这群人的兴致吊了起来，他们的热情汹涌澎湃，必须要独自在黑暗中释放一下①。玛丽亚·博蒙特从不让她的客人扫兴，而瑞克希望她今晚也不会。当泰德从书房回来，简明地给出了德考特尼藏身之地的指示时，他就知道了。她一定会玩儿那个"沙丁鱼"游戏。

"我不知道你是怎么应付过去的，"泰德耳语，"你简直在大声广播嗜血的意念，每一个思维频段都在广播。他就在这里，没

---

① 指喂食游戏刺激起宾客的淫欲，需要在黑暗的、相对私密的环境中发泄这种欲望。

有仆从，只有玛丽亚提供的两个保镖。@金斯是对的。他虚弱得要命，奄奄一息……"

"让他的病见鬼去吧！我会把他治好的。他在哪里？"

"穿过西面的拱门，右转，上楼，穿过天桥，右转，画廊。在《鲁克丽丝受辱记》①和《遭劫掠的萨宾女人》②两幅画之间的门……"

"听起来很有象征性。"

"打开门，向上走一段楼梯就是接待室。两个保镖在接待室里，德考特尼在里面。那是玛丽亚的祖父建造的古老婚礼套间。"

"上帝啊！我将再次使用那套间，举行他的谋杀仪式，事后我还能安全脱身。小古斯，别以为我不能。"

"金尸"开始大声叫嚷，唤起大家的注意。她的脸因为流汗而透红发亮，她站在两座喷泉之间的讲台上、沐浴在强烈的粉红色光束中。玛丽亚拍手示意安静。她湿润的手掌拍击在一起，回声在瑞克的耳中轰鸣：死亡，死亡，死亡。

"亲爱的！亲爱的！亲爱的！"她叫嚷，"我们今晚将享受巨大的快乐，我们将给你提供我们这里独特的娱乐。"一声压抑的呻吟从客人中间传来，一个醉汉的声音说："别搞我，我只是个游客。"

在众人的笑声中可以听见玛丽亚的声音："淘气的爱人们，别失望。我们要做一个绝妙的古老游戏，而且是在黑暗中做这个游戏。"

头顶上的灯开始变暗，然后灯光熄灭了，伙伴们欢呼起来。讲台依旧闪亮，在灯光下，玛丽亚拿出一本破破烂烂的书——瑞克送

---

① 莎士比亚的叙事长诗，此处指根据该诗歌创作的绘画作品。
② 法国画家普桑（1594—1665）的名画。

给她的礼物。

紧张……

玛丽亚缓缓翻动书页，因为不习惯看印刷体字而不停地眨眼。

忧惧……

"这是一个游戏，"玛丽亚大喊，"叫作'沙丁鱼'。多好玩儿啊！"

她吞下了诱饵，她上钩了。三分钟内我就会隐身。瑞克摸了摸自己的口袋——那把枪和视紫红质弹。紧张，忧惧，纠纷从此开始。

"挑出一个玩家，"玛丽亚读，"扮演沙丁鱼的角色。那个人就是我。熄灭所有的灯，而沙丁鱼任意躲在屋中某处。"玛丽亚费力地往下介绍，巨大的大厅渐渐沉入黑暗，只剩台上那一束粉红色的光。

"接下来，每一个找到沙丁鱼的玩家也加入他们，躲在同一个地方，而最后一人，也就是失败者，被留在外面的黑暗中独自徘徊。"玛丽亚合上书，"亲爱的，我们为失败者感到非常遗憾，他将错过好东西，因为我们将用一种可爱的新方法来玩儿这个老游戏。"

当讲台上那最后的一束光融入黑暗之际，玛丽亚剥下她的长袍，露出气体力学外科手术塑造出的奇迹——令人叹为观止的裸体。

"我们要像这样玩儿'沙丁鱼'！"她喊叫。

最后的光闪烁了一下，熄灭了。宾客们欢呼雀跃，大笑声和掌声如雷鸣般震响，随后是衣服从皮肤上脱去时发出的摩擦轻响。偶尔传出撕裂的声音，然后是低声的惊呼以及随之而来的更多笑声。

瑞克终于隐身了。他有半个小时的时间溜进房屋内部，找到并杀死德考特尼，然后回到游戏现场。泰德则负责盯住透思秘书，让他们无法透思他的袭击路线。这是安全的。除了那个切威尔家的男孩儿之外，一切都非常简单、非常安全。他必须抓住这次机会。

他穿过主厅，从拥挤的肉体中挤出去，进入西拱门。他穿过拱门进入音乐厅，然后右转，在黑暗中摸索着寻找楼梯。

在楼梯底层，他被迫爬上肉身组成的障碍物，章鱼般的手臂试着要把他拖下来。他登上了楼梯，十七级没完没了的台阶，他感到自己走着走着，穿过了一条封闭的天桥，桥面覆盖着天鹅绒。突然他被抓住了，一个女人把自己的身体紧压在他身上。

"你好，沙丁鱼。"她在他耳边轻语。她的皮肤随即感受到了他的衣服。"哎哟——"她叫起来，感到了他胸前口袋里那坨坚硬的枪的轮廓。"那是什么？"他扯开她的手，"聪明点儿，沙丁鱼。"她咯咯笑起来，"从罐子里出来吧。"

他把自己从她身边剥离，在天桥的尽头撞伤了鼻子。他右转，打开门，发现自己置身于一间超过五十英尺①长的拱形画廊里。这里的灯也熄灭了，但是冷光画在紫外线聚光灯下发出的光线，使画室里充满了险恶的幽光。画廊是空的。

在栩栩如生的鲁克丽丝和大群萨比奴②妇女之间是一扇与墙壁齐平的打磨光亮的铜门，瑞克在门前停了下来，从他的后衣袋里掏出小小的视紫红质离子弹，试着用他的拇指和食指捏紧这枚小铜块。他的手在激烈地颤抖。愤怒和仇恨在他体内沸腾，而他的致命冲动让他脑海中浮现出德考特尼痛苦不堪的景象，一幕又一幕地上演。

"我主！"他叫嚷，"他也会那样对付我的！他正在撕我的

---

① 1英尺≈0.305米。
② 生活在古代意大利中部的民族，公元前3世纪被罗马征服。

喉咙，我在为生存而战。"他在狂热中把这份祈祷三倍、九倍地叠加。"站在我这一边，亲爱的主啊！今天、明天和昨天。站在我这一边！站在我这一边！站在我这一边！"

他的手指稳定。他捏住视紫红质离子弹，然后推开青铜门。画廊的光亮映出通向接待室的九级台阶。瑞克的大拇指指甲在铜块上猛地一弹，就像弹起一枚硬币。视紫红质离子弹射进了接待室后，瑞克移开双眼。接待室里闪过一道略带紫色的冷光。瑞克如猛虎般一跃而起，跳上楼梯。两个博蒙特家的保镖坐在长椅上，他们就是在这里遇袭的。他们的脸部松垂，视觉被摧毁了，时间感被破坏了。

如果在他完成行动之前，有任何人进来发现了保镖，那他就只有死路一条。如果保镖在他完成之前苏醒过来，他仍只有死路一条。不论发生什么，这都是关于生存还是毁灭的最后赌博。瑞克将自己残余的理智抛之脑后，推开一扇装饰着珠宝的门，进入了婚礼套间。

第五章

瑞克发现自己置身于一间球形房间，房间内部如同一株巨大的兰花花心。墙壁是蜷曲的兰花瓣；地板是金色的花萼；金制的桌椅和沙发躺椅也呈兰花状。但是房屋装修陈旧，花瓣已经褪色剥落，金色的瓷砖地板很古老，拼镶成图案的彩色小石块已经崩裂。一位老人躺在沙发躺椅上，散发着霉味，萎靡不堪，仿佛是一株干枯的野草。那就是德考特尼，像一具直挺挺的尸体。

满腔怒火的瑞克狠狠摔上门。"你还没死呢！你这狗娘养的，"他大吼道，"你不能死！"

委顿的男人惊醒了，瞪着他，然后痛苦地从沙发上爬起来，他绽开了一个微笑。

"还活着。"瑞克欣喜若狂地喊出声来。

德考特尼一步步向瑞克走来，面带微笑，双臂伸开，仿佛欢迎一个归家的浪子。

瑞克又一次警觉起来，他吼叫："你聋了吗？"

老人摇摇头。

"你是说英语的，"瑞克嚷着，"你能听到我说话，你听得懂我的意思。我是瑞克，'帝王'的本·瑞克。"

德考特尼点点头，依然微笑着。他的嘴巴在无声地嚅动，他的双眼因为忽然涌出的泪水而闪烁着。

"你他妈到底怎么了？我是本·瑞克！本·瑞克！你知道我是谁吗？回答我。"

德考特尼摇摇头，点点自己的喉咙。他的嘴巴又一次嚅动起来。先是暗哑的声音，然后是轻得几不可闻的字句："本……亲爱的本……我等得太久了，现在……不能说话，我的喉咙……不能说话。"他试图再一次拥抱瑞克。

"啊哈！别碰我，你这个疯狂的白痴。"瑞克毛发倒竖，像一头动物一样绕着德考特尼转圈，他颈部的汗毛都立了起来，谋杀的情绪在他的血液里沸腾。

德考特尼的嘴里挤出了这样的词："亲爱的本……"

"你知道我为什么会在这儿。你想怎么样？和我做爱吗？"瑞克大笑，"你这个诡计多端的皮条客。想软化我，收拾我吗？"他的手猛地一挥。那老人被这一巴掌打得跌坐在一把兰花形的椅子里，看上去就像花里的一道裂口。

"听着……"瑞克追着德考特尼，俯视着他。他开始毫无条理地大吼大叫："报仇的信念这么多年来一直在燃烧，而你想用犹大的吻来打消我的念头。谋杀犯会把另一边脸也给你吗①？如果是的，那就拥抱我吧，拥抱亲爱的杀人者。亲吻死亡！让死亡学会爱

① 出自《圣经》，耶稣针对"以眼还眼，以牙还牙"说的一句话："有人打你的右脸，连左脸也转过来让他打。"

的真谛，教它虔诚、羞耻、鲜血和……不，等等。我……"他突兀地停住，摇摇头，就像一头发狂的公牛努力要甩脱缰绳。

"本，"德考特尼恐惧地低语，"听着，本……"

"十年来你一直卡着我的喉咙，本来有足够的地盘可以容下我们两个的。'帝王'和'德考特尼'，时间和空间都够，但是你却想要我的血，嗯？要我的心脏。用你污秽的双手掏出我的肠子。**没有面孔的男人！**"

德考特尼狂乱地摇头。"不，本。不……"

"别叫我本，我可不是你的朋友。上星期我给你最后一次机会用和平来洗涤一切，我要求休战，乞求和平、合并。我就像一个尖叫的女人一样乞求你。我父亲如果在世会冲我吐唾沫，每一个战斗的瑞克家族的人都会当面蔑视我。但是我要求和平，不是吗？不是吗？"瑞克凶狠地逼问德考特尼，"回答我。"

德考特尼目瞪口呆，脸上没有一丝血色。终于他轻轻说："是的，你的要求……我接受了。"

"你怎么样了？"

"接受了。等待多年，接受了。"

"接受了！"

德考特尼点点头。他的嘴唇挤出了那些字母："WWHG。"

"什么？WWHG？接受？"

那老人再次点点头。

瑞克大笑着嘶叫："你这笨拙的老骗子。那是拒绝，否定，回绝，战争。"

"不，本。不……"

瑞克的手朝下一伸，一把将德考特尼拎了起来。这老人的身体又虚弱又轻飘，但是瑞克的双手因为感到了他的体重而燃烧起来，手指因为接触到老人的皮肤而发烫。

"于是就只能开战了，是吗？死亡？"

德考特尼摇头，努力打手势示意。

"没有合并，没有和平。死亡，那就是你的选择。嗯？"

"本……不。"

"你会投降吗？"

"是的，"德考特尼低语，"是的，本。是的。"

"骗子！笨拙的老骗子。"瑞克大笑，"但你是危险的，这一点我看得出来。自我保护的伪装，那是你的诡计。你模仿白痴，然后轻松地让我们上套。我才不会上套呢！休想！"

"我不是……你的敌人，本。"

"是的，"瑞克争执说，"你不是，因为你已经死了。我一踏进这口兰花棺材你就已经是个死人了。**没有面孔的男人**！这是我最后一次尖叫，你听得到吗？你永远完蛋了！"

瑞克从胸前口袋里一把拔出枪，他一碰机关，它宛如一朵红色钢花般地绽放了。看到这件武器，德考特尼发出一声微弱的呻吟，他恐惧地向后躲闪。瑞克抓住了他，紧紧揪住他。德考特尼在瑞克的把握中挣扎着，他的脸在乞求，他的双眼呆滞，充满黏液。瑞克换手抓住德考特尼枯瘦的后颈，把他的脑袋拧向自己这面，他必须迫使对方张嘴吞枪，只有这样，他的计谋才能得逞。

就在这一瞬间，一朵兰花花瓣突然绽开，一位衣衫不整的姑娘冲进房间。慌乱之中，瑞克瞥见了她身后的走廊：走廊尽头一间卧室的门大开着，透过姑娘匆忙罩上的白雾般的丝质睡袍，可以看到她赤裸的身体，黄色的头发在空中飞舞，黑色的眼睛因为惊恐张得大大的……闪耀着充满野性的美。

"父亲!"她尖叫起来,"上帝啊!父亲!"

她向德考特尼奔来。瑞克一扭身,插进两人之间隔开他们,仍紧紧抓住老人。女孩短暂地停顿了一下,后退,绕过瑞克冲向左侧,尖声大叫着。瑞克身体一转,用那装置中的匕首凶狠地砍向她。她避开这一刀,却被逼退到沙发躺椅处。瑞克将匕首尖戳进老人的齿缝,迫使他张开嘴。

"不!"她喊,"不!看在上帝的分儿上!父亲!"

她跌跌撞撞地绕开长椅,又一次向她父亲奔来。瑞克将枪口强塞进德考特尼的嘴里,扣动了扳机。沉闷的爆炸声。德考特尼的后脑喷出一股鲜血,瑞克任由德考特尼的躯体跌落在地,他扑向那个姑娘,抓住她。她剧烈地挣扎,尖叫。

瑞克和那女孩都在尖叫。瑞克触电般地痉挛起来,他不得不放开姑娘。姑娘扑倒在地,爬到尸体旁边。她痛苦地呻吟着,同时拔出那把依然塞在尸体嘴里的枪。然后她蜷身扑在那具仍在抽搐的身体上,一言不发、一动不动,凝视着那张蜡像一样的脸。

瑞克大口大口吸着气,痛苦地曲张手掌。耳中的轰鸣平息下来,他强撑着逼近那个姑娘,努力组织自己的思维,在电光石火的瞬间制定应变之策。他从来没有想到会有一个目击者,没有人提过他女儿在这儿。天杀的泰德!他只好杀掉这个女孩。他……

她又一次回头,投过一道惶恐无比的目光。闪亮的黄头发,黑眼睛,深色眉毛,野性的美,闪电般从他眼前掠过。她跳了起来,逃过他迟钝的捕捉,冲向镶嵌着珠宝的门,一把推开,跑进了接待室。当房门缓缓关上的间隙,瑞克瞥见那两个保镖,他们依然萎靡地瘫倒在长椅上,而女孩无声地奔下楼梯,手里握着那把枪……握着毁灭。

瑞克的身体重新发动了，停滞的血液又开始在他的血管里澎湃。他三个大步就到了门边，奔出门去，箭步冲到了画廊。这里是空的，但是通向天桥的门刚刚关上，依然没听到她的声音。也没有任何的警报。还有多久才会响起她震耳欲聋、能震塌整座宅邸的尖叫声？

他快跑下画廊，进入天桥，依然漆黑一片。他跌跌撞撞地穿过去，到达通向音乐室的楼梯口，他又暂停了一下。依旧没有动静，没有警报。

他跑下楼梯，黑暗中的寂静令人恐惧。她为什么不尖叫？她在哪里？瑞克穿过西拱门，喷泉静静飞溅的水花让他知道自己已经到了主厅的边缘。那姑娘在哪里？在整个黑暗的宁静中，她在哪里？还有那把枪！老天！那把要命的枪！

一只手触碰到他的手臂。瑞克吓了一大跳，猛一哆嗦。泰德轻声说："我在把风。你刚好花了……"

"你这混账！"瑞克发作了，"他女儿也在，你怎么没有……"

"安静，"泰德打断他，"让我来透思一下。"十五秒焦灼的宁静之后，他颤抖起来，发出惊恐的哀鸣："我的上帝。哦，我的上帝……"

他的恐惧成了催化剂，瑞克的控制力回来了，他又开始思考了。"闭嘴！"他吼，"还没有完蛋呢！"

"你只好把她也杀掉，瑞克。你必须……"

"闭嘴。先找到她，覆盖整个别墅，你已经从我这里知道她的相貌了。找到她，我会在喷泉那儿等着。快！"

他一把推开泰德，蹒跚着走向喷泉。他在碧玉的池沿上弯下腰，洗了洗滚烫的脸。那里面是勃艮第①葡萄酒。瑞克擦干自己的脸，毫不在意池子另一边传来的隐约声响。显然，那儿有一个或几个人在用酒洗澡。

他飞快地思考。一定要找到那姑娘，杀了她。如果泰德找到她的时候她还带着那把枪，就用那把枪干掉她。如果她把枪扔了怎么办？勒死她？不……喷泉。她的丝质睡袍下面什么都没有穿，可以剥掉睡袍，别人会发现她淹死在喷泉里……不过又是一桩客人洗浴时间过长发生的意外。但是必须尽快……尽快……尽快……在这该死的"沙丁鱼"游戏结束之前。泰德在哪里？那姑娘呢？

泰德从黑暗中磕磕绊绊地来了，上气不接下气。

"如何？"

"她已经走了。"

"你去了这么一会儿，连个屁都别想找到。如果你出卖我……"

"我跟谁出卖你？我和你在同一条船上。我告诉你她不在别墅的任何地方，她走了。"

"有人注意到她离开吗？"

"没有。"

"老天！出了别墅！"

"我们最好也离开这儿。"

"是的，但我们不能逃。只要从这里出去，我们就有一整晚的时间找她。但是我们必须若无其事地离开。'金尸'在哪里？"

"在放映室。"

"看演出？"

---

① 法国省名，是著名的葡萄酒产地。

"不，还在玩儿'沙丁鱼'。他们挤作一堆，就像罐头里的沙丁鱼。别墅里没有挤在那儿的人几乎只有我们了。"

"在外面的黑暗中独自徘徊，嗯？来吧。"

他紧紧地抓住泰德颤抖的手肘，推着他朝放映室走去，边走边可怜地呼喊："嘿……你们大家都在哪里啊？玛丽亚！玛——丽——亚！大家都在哪儿呀？"

泰德发出一声歇斯底里的哽咽，瑞克粗暴地摇晃他。"挺住！我们五分钟后就能离开这里，之后你再担心也不迟。"

"可如果我们被困在这里，就无法找到那姑娘了。我们会……"

"我们不会被困住。记住ABC^①，古斯。大胆、勇敢和自信。"瑞克推开放映室的门。这里也是一片黑暗，但是却有许多身体拥挤着发出的热量。"喂，"他喊，"大家都在哪儿？只有我一个人了。"

没有回答。

"玛丽亚，我一个人在黑暗里。"

一声含混不清的咕哝，然后是哄堂大笑。

"亲爱的，亲爱的，亲爱的！"玛丽亚喊，"你错过了所有的乐趣，可怜的宝贝。"

"你在哪里，玛丽亚？我是来道晚安的。"

"哦，你不能走……"

"对不起，亲爱的。现在晚了，我明天还得去诈骗一位朋友呢。你在哪儿，玛丽亚？"

"到台上来，宝贝儿。"

瑞克走下通道，感觉到了台阶，然后登上舞台。他感到冰冷的

---

① 大胆（Audacious）、勇敢（Brave）和自信（Confident）。

放映球的边缘抵在他身后。一个声音叫道："好吧，现在我们抓住他了。灯光！"

放映球里涌出白色的灯光，瑞克被晃得眼花缭乱，什么都看不见。舞台周围座位上的客人们开始鼓噪哄笑，随即失望地喊叫起来。

"哦，本，你作弊，"玛丽亚尖声喊道，"你还穿着衣服，那不公平。我们抓住的每个人都跟初出娘胎时一样纯洁，一丝不挂。"

"下次吧，亲爱的玛丽亚。"瑞克向前一伸手，优雅地欠身道别，"尊敬的夫人，我向你表达我的谢意，为……"他震惊不已地停住话头。他袖口雪白耀眼的花边上，出现一块不祥的红色斑点。

慑人的寂静中，花边上出现第二块红斑，接着是第三块。瑞克猛地抽回手，一滴红的液体溅在他面前的舞台上，随后，一连串微微闪烁的暗红色小水滴缓缓地、不断地滴落下来。

"血！"玛丽亚尖叫起来，"那是血！楼上有什么人在流血！看在上帝的分儿上，本……你现在不能离开我。开灯！开灯！开灯！"

第六章

　　00:30，接到警区通告的紧急巡警队抵达博蒙特别墅。通告内容是："GZ。博蒙特。YLP-R。"翻译过来就是："据报，公园南路9号博蒙特别墅发生违法事件或意外事故。"

　　00:40，接到巡警报告的公园路所属警区的警长赶到现场，报告内容是："犯罪行为，可能是AAA级重罪。"

　　1:10，林克·鲍威尔到达博蒙特别墅，是急得发疯的副督察打电话把他请来的。通信对话如下：

　　"我告诉你，鲍威尔。这是3A级的重罪，我敢发誓。这一闷棍简直把我打岔了气。我不知道是该庆幸还是害怕，但我们分局没人有本事处理这种大案。"

　　"你们有什么对付不了的？"

　　"你看，鲍威尔，谋杀是异于常人的行为，只有思维模式扭曲的个体才能实施暴力杀人。对吗？"

　　"是的。"

　　"正是这个原因，七十多年来才没有一起3A级罪案可以最终得逞。一个人不可能带着扭曲的思维到处乱走，逐步将他的谋杀计划构思成熟，这期间却不被别人察觉。这种人就跟长仨脑袋的家伙一样，不可能不引起别人注意。你们这些透思士总能在他们行动之前就把他们找出来。"

"尽力而为……只要我们接触到他们。"

"我们现在这个时代，正常人的生活中要经过那么多透思网，无可逃避。除非是隐士才躲得开。但隐士怎么可能杀人？"

"确实如此。"

"现在这里有一桩杀人案，肯定是经过精心策划的……而杀人犯却从未暴露，也未遭举报，甚至没有被玛丽亚·博蒙特的透思秘书发现。这就意味着，此人没有什么引起别人注意的地方，他的思维模式表面上看肯定没什么问题，却又异常到足以动手杀人。这种见鬼的悖论，你让我们怎么应付？"

"明白了。你打算从哪儿着手，有什么线索吗？"

"我们有一大堆互相矛盾的线索需要弄清理顺。一，我们不知道凶手用什么手段杀死了德考特尼；二，他的女儿失踪了；三，有人让德考特尼的保镖在一个小时内全无知觉，我们却不知道他是怎么干的；四……"

"别再报数了，我马上就到。"

∞

博蒙特别墅的大厅里白光刺目，到处是穿着制服的警察。来自实验室的穿白色工作服的技术人员像甲虫一样四处疾走。在大厅正中，派对的客人们（已经穿上了衣服）被圈进一个简陋的围栏里，像关在屠宰场里的一群被骗过的公牛，惊恐地乱转。

身材高大瘦削的鲍威尔身着黑白相间的制服，走下东面坡道，迎面而来的是敌意的浪涛。他迅速联通二级透思士警察杰克逊·贝克的思维。"情况如何，杰克①？"

"一片混乱。"

两人切换思维，转用非正式的警察密码交流：图形随机打乱，意义前后颠倒，再加上一些他们的个人符号。贝克继续道："这里有透思士，谨慎行事。"只用了一微秒，他就让鲍威尔搞清了现状。

"我明白了。真棘手。为什么把每个人都赶出来集中在一楼？你要演哪一出？"

"白脸—红脸那一出。"

"有必要吗？"

"这是一伙坏坯子，骄奢淫逸，腐败堕落，他们永远不会合作的。想从他们那里掏出任何东西，你必须耍点儿手腕才行。这件案子需要从他们那儿弄到线索。我来唱白脸，你来唱红脸。"

"行，这角色不赖，节目开始。"

坡道走了一半，鲍威尔忽然立定，嘴角的戏谑之意消失了。他深邃的黑眼睛里友好的神情也荡然无存，脸上流露出震惊和愤慨。

"贝克。"他厉声道，声音炸响在回音缭绕的大厅里。一阵死寂。每一双眼睛都转向他的方向。

贝克督察朝鲍威尔转过脸来，用粗暴的声音说："在这里，先生。"

"这儿你负责，贝克？"

---

① 杰克逊的昵称。

"是我，先生。"

"在你看来，这也算以适当的方式展开调查？像赶牲口一样把一群无辜的人圈在一起？"

"他们不是无辜的人，"贝克咆哮道，"有人被杀了。"

"这幢宅子里的所有人都是无辜的，贝克。在真相大白之前，他们都应被推定为无罪，应得到合乎礼节的待遇。"

"什么？"贝克冷笑，"就这帮骗子？合乎礼节的待遇？这些腐朽、污秽的上流社会的渣滓？"

"你怎么敢这么说？马上道歉。"

贝克深吸一口气，愤怒地握紧双拳。

"贝克督察，你听到我的话了吗？立刻向这些女士们和先生们道歉。"

贝克对鲍威尔怒目而视，然后转向瞪着他看的客人们。"我道歉。"他咕哝着。

"我要警告你，贝克，"鲍威尔厉声说，"如果再发生类似的事情，我会让你滚蛋，我会直接把你送回你爬出来的鬼地方。现在从我眼前滚开吧。"

鲍威尔下到一楼大厅，对客人们微笑。突然他又一次转变了。他的举止传达出一种微妙的暗示——在内心深处，他也是他们中的一员。在他的措辞中甚至有那么点儿时髦的腐朽堕落的调调。

"女士们，先生们，不用说，我一眼就认出你们来了。不过我不是什么名人，容我自我介绍：林肯·鲍威尔，警察署精神侦查部的主任。主任、精神，两个老掉牙的称呼，对吗？我们不会让大家为它们烦心的。"他朝玛丽亚·博蒙特走去，同时伸出手，"亲爱的玛丽亚夫人，您奇妙的舞会有个多么令人兴奋的高潮啊！我嫉妒你们，你们将创造历史。"

宾客中流过一阵愉快的沙沙声，已经降低的敌意开始消散。玛丽亚不知所措地握住鲍威尔的手，机械地自夸自赞起来。

"夫人……"他带着父亲般的慈爱亲吻她的眉头，让她既快活又困惑，"我知道，我知道，这些穿制服的粗人让你担惊受怕了。"

"亲爱的主任……"她就像一个小女孩，挂在他胳膊上，"刚才真是吓死我了。"

"有没有安静的房间，我们都可以舒服些，熬过这段让人恼火的过程？"

"有的。书房，亲爱的鲍威尔警官。"这会儿她简直真的成为一个小女孩，竟然开始咬舌说话了。

鲍威尔朝身后打了个响指。他对踏步上前的警长说："带夫人和她的客人们去书房，不设看守，不要打扰女士们和先生们。"

"鲍威尔先生，阁下……"警长清了清喉咙，"关于夫人的客人，其中有一位是在报案之后来的。一位律师，1/4缅因先生。"

鲍威尔在人群中发现了乔·1/4缅因，二级，律师。他发给乔一个超感招呼。

"乔？"

"嘿！"

"什么风把你吹到这儿来了？"

"公事。我的主顾（本·瑞克）叫我来的。"

"那头鲨鱼？让我起疑。你和瑞克先在这里待着，我们会弄个水落石出的。"

"你跟贝克真演了一出好戏，大收奇效。"

"该死。你破解了我们的思维图迷阵？"

"哪儿有这个可能，但我了解你们俩，也知道扮演粗暴的警察是温和的杰克逊的拿手好戏。"

正在大厅另一边假装愠怒的贝克插了进来。"别戳穿，乔。"

"你疯了吗？"就如同要求1/4缅因不要打破行会神圣的道德规范一样，贝克的提醒是完全不必要的。1/4缅因放射出一阵愤慨的冲击波，贝克不由得咧嘴笑起来。所有这些都是和鲍威尔的表演同时进行的，他带着圣洁的关怀之情再次亲吻玛丽亚的眉头，然后轻轻地脱离了她颤抖的依偎。

"女士们，先生们，我们书房见。"

成群的宾客在警官的带领下开始移动。他们又重获活力，兴致勃勃地交谈起来。整件事儿开始被大家当成一项妙不可言的娱乐。

穿过那些嗡嗡声和大笑声，鲍威尔突然感到一堵生冷如铁的心灵感应屏障。他认得这个屏障，同时容许自己的惊讶之情传达出去。

"古斯！古斯·泰德！"

"哦，你好，鲍威尔。"

"你？居然偷偷摸摸在这儿厮混？"

"古斯？"贝克插了进来，"在这里？我一直没发现他。"

"见鬼，你到底在躲什么？"

只能感受到由愤怒、懊恼、败坏名声的恐惧、不自在、羞耻所构成的混乱无序的反应。

"别发超感波了，古斯。你的思维已经进入了循环自激状态。沾上一星半点丑闻对你没什么坏处，反而会让你显得更有人味儿。留下来帮忙，我有一种直觉，加一个一级对这件案子有好处，这案子准会变成一桩3A级的疑难案。"

∞

大厅被清空以后，鲍威尔察看留在他身边的三个人：乔·1/4缅因先生是个大块头，粗壮敦实，闪亮的秃头，五官不突出，没什么棱角却显得十分友善；小个子泰德很紧张，不停地抽搐，比他平时抽得还要厉害；还有大名鼎鼎的本·瑞克。鲍威尔是头一回遇见他。瑞克身材高大，肩膀宽阔，意志坚定，散发出巨大的魅力，呈现出超凡的力量。这种力量中有和善的成分，却被长期形成的专断独行的习惯破坏了。瑞克的眼睛很漂亮，眼光敏锐，但是他的嘴巴似乎太小了，过于敏感，嘴唇薄得像一道古怪的伤疤。他是一个非常有吸引力的人，但有些不讨人喜欢的内在成分。

他对瑞克露出微笑，瑞克以微笑回应，两个人很自然地握手。

"你就是用这种方式让大家不提防你吗，瑞克？"

"这是我成功的秘诀。"瑞克咧嘴笑了。他懂鲍威尔的意思，两人有"共鸣"。

"嗯，别让其他客人看到你迷住我，他们会怀疑我们有勾结。"

"不可能，他们不会的。你会蒙住他们，鲍威尔，让他们感到你和他们是一伙儿的。"

他们同时笑了。两人竟惺惺相惜起来，这是危险的。鲍威尔想尽量摆脱这种感觉。他转向1/4缅因。"乔，现在说说吧？"

"关于透思的事儿，林克……"

"用语言，让瑞克能听懂，"鲍威尔打断他，"我们不会耍任何花样。"

"瑞克叫我来做他的代表。不能用思维侦测,林克。这次调查必须停留在客观层面上,我到这里来就是为了确保这一点。每一次检查我都必须在场。"

"你不能制止透思,乔。你没有这样的合法权利,我们可以挖掘出我们能力所及的一切……"

"前提是获得被检查者的许可。我到这里就是为了告诉你,你是否得到了这个许可。"

鲍威尔看着瑞克。"出了什么事儿?"

"你不知道吗?"

"我想听听你的说法。"

乔·1/4缅因断然截住话头。"为什么特别需要瑞克的说法?"

"我想知道他为什么这么快就召来了律师,他和这乱子有牵连吗?"

"我跟很多事情有牵连。"瑞克咧嘴笑道,"要运营'帝王'不可能没有一堆需要保护的秘密。"

"秘密中有没有谋杀?"

"得了吧,林克!"

"你也别替他设屏障了,乔。我只不过稍稍透思一下,因为我喜欢这家伙。"

"好吧,下班以后再去喜欢他吧……在我的工作时间里不行。"

"乔不想让我爱你。"鲍威尔笑着对瑞克说,"我希望你没叫律师,这让我起疑。"

"疑心病是不是你们这一行的职业病啊?"瑞克笑道。

"不。""不诚实的亚伯"接手了,他口若悬河地回答,"你很难相信,警探的职业病不是疑心病,而是一侧性,也就是右撇子或者左撇子天然的取向带来的烦恼。大多数侦探的一侧性会突然改变，这可真让人恼火透了。比如我吧，天生是左撇子，可帕瑞森一案之后却……"

鲍威尔突然咽下了自己的谎话。他从听得出神的听众身边离开两步，深深叹了口气。当他转回他们这边时，"不诚实的亚伯"已经离开了。

"这些我另找时间再说。"他问，"告诉我，玛丽亚和客人们看到血滴到你袖口之后发生了什么？"

瑞克瞅了一眼自己袖口的血迹。"她大喊'谋杀'，然后我们都冲上楼梯，去兰花套间。"

"你们是怎么在黑暗中找到路的？"

"房里是亮的。玛丽亚大喊大叫着让人开灯。"

"灯亮着，所以你一下子就找到了套间的位置，对吗？"

瑞克冷冷地一笑。"我没有找到套间，那是个秘密所在，是玛丽亚领我们去的。"

"那里有警卫……被打昏了还是怎么的？"

"对，看上去已经死了。"

"像石头，对吗？连一块肌肉都动不了？"

"我怎么知道？"

"是吗？"鲍威尔死死盯着瑞克，"还有德考特尼，他又如何？"

"他看上去也死了。见鬼，他确实死了。"

"大家全都站在一边呆看？"

"有人去套间的其他房间找他女儿。"

"那是芭芭拉·德考特尼。不是没人知道德考特尼和他的女儿在这幢别墅里吗，那为什么找她？"

"我们原本不知道。是玛丽亚告诉了我们，然后我们才找的。"

"居然没找到，你们很吃惊吧？"

"非常吃惊。"

"她会去哪里，有没有什么想法？"

"玛丽亚说她杀了那个老头儿，然后逃之夭夭了。"

"你相信吗？"

"我不知道。整件事情完全是发疯。如果那姑娘疯到可以一言不发地逃出别墅，赤身裸体地穿过大街的地步，她手里也许就提着她父亲的头皮。"

"你是否允许我就此透思你一下，以获取背景和细节？"

"我被我的律师管着呢。"

"回答是'不'。"1/4缅因说，"根据宪法，一个人有权拒绝超感审查，不得因此对他心存偏见。瑞克拒绝。"

"我可真是陷进大麻烦里了。"鲍威尔叹了口气，耸耸肩，"好吧，我们开始调查吧。"

他们转身朝书房走去。穿过大厅时，贝克把自己的思维图搅成警方的密码迷阵，他问："林克，为什么你容忍瑞克把你当猴耍？"

"他这样做了吗？"

"当然。那条鲨鱼把你糊弄得团团转。"

"好吧。你最好准备好你的刀子，杰克。这条鲨鱼就要毁灭了。"

"什么？"

"当他忙着糊弄我时，你没有听出漏洞来吗？瑞克不知道德考特尼的女儿在那儿，没有人知道。他没有见过她，没有人见过，他可以推断她杀了人才逃出别墅，这一点任何人都会。但是他怎么会知道她是赤身裸体的呢？"

贝克惊呆了，随后，当鲍威尔穿过北拱门进入书房的时候，贝克发出炽热的、充满崇拜的思维追随着他。"向你鞠躬，林克。我向大师致敬。"

∞

博蒙特别墅的所谓"书房"是按土耳其浴池的风格修建的。地板是由红锆石、尖晶石和太阳石拼成的马赛克。墙壁上纵横嵌着一个个画框，里面是人工合成的红宝石、翡翠、石榴石、橄榄石、紫水晶、黄玉……镶成女主人姿态各异的画像。房间里铺着小块天鹅绒地毯，有相当数量的座椅及长沙发。

鲍威尔进入房间，直接走到中心处，将瑞克、泰德和1/4缅因甩在身后。交谈的嗡嗡声停了下来，玛丽亚·博蒙特挣扎着站起来。鲍威尔打了个手势让她继续坐着，然后看看四周，掂量着应该对身边这一大群骄奢淫逸的人们采用什么策略。过了一会儿，他开始了。

"法律，"他评论，"对死亡事件小题大做，这最愚蠢不过。每天都有上千人死去，但是仅仅因为某人具有这等力量并做出这样的努力来帮助德考特尼升天，法律就坚持要让他变成大众的敌人，我认为这是白痴行为，但是请别引述我的话。"

他顿了顿，点了一支烟。"你们都知道，当然了，我是一个透思士。这个事实很可能让你们中的一些人起了戒心。你们想象着我站在这里，就像某种穿透思想的怪物，刺探你大脑的纵深。好吧……就算我有这个本事，乔·1/4缅因也不会容许我这么做。坦白地说，我要真有这个本事，就不会站在这儿了。我会高踞宇宙的王座，和上帝没什么区别。我注意到了，你们中间还没有人对这种相似性做出评论……"

笑声的涟漪泛起，鲍威尔的微笑让大家消除了戒心。他继续说："不，没有任何透思士有能力针对一大群人进行思想阅读，即使探查一个人也够难的了。成打的思维图形混淆在一起的时候是不可能进行透思的。特别是像你们这样独一无二、特立独行的人聚在一起时，我们发现自己只能任由你们摆布，无能为力。"

"他居然还说我有魅力。"瑞克喃喃道。

"今晚，"鲍威尔继续说，"你们玩儿了一个叫作'沙丁鱼'的游戏。真遗憾，我没有被邀请，夫人。下次一定要记得请我……"

"我会的，"玛丽亚喊道，"我会的，亲爱的主任……"

"在游戏过程中，老德考特尼被杀了。我们几乎可以肯定这是预谋杀人。实验室得出的结果很快会确认这一点。让我们先假设这是一起3A重案，这样一来，我们就可以做另一个游戏……杀人游戏。"

从客人中传回不确定的反应。鲍威尔继续假扮漫不经心，小心地将一起七十年未见的耸人听闻的罪行变成一桩小小的非现实游戏。

"在杀人游戏中，"他说，"一位假设的被害者被杀了。一个假设的侦探发现是谁杀了被害人，他必须向假设的嫌疑对象询问一些问题。每一个人都必须说实话，只有凶手允许说谎。侦探比较这些嫌疑对象的话，推论出谁在撒谎，然后找出凶手。你们肯定会喜欢上这个游戏的。"

一个声音问："怎么做？"

另一个声音喊道："别搞我，我只是个游客！"

一片笑声。

"谋杀调查有三方面，"鲍威尔微笑，"找出犯罪动机、方法和作案时间。后面两条归我们的技术人员负责，第一条我们可以在游戏中发现。如果成功的话，我们就可以一举解决眼下难住技术人员的后两个问题。实验室的人想不出杀害德考特尼的工具是什么，你们知道吗？还有，德考特尼的女儿失踪了，你们知道吗？就在你们玩儿'沙丁鱼'的时候，她离开了别墅。你们知道德考特尼的警卫神秘地短路了吗？我说的是真话，他们的生命被夺走了整整一个钟头。我们大家肯定都想知道这是怎么回事儿。"

他们已经站在陷阱边缘，屏住呼吸，被彻底迷住了。陷阱的发动必须无比谨慎。

"死亡、失踪和时间偷窃……我们可以通过动机找出这一切的谜底。我将扮演那个侦探，你们扮演嫌犯，你们都要向我说实话……当然除了凶手。我们大家都知道他要撒谎，但是我们将抓住他，把胜利的结局带给这个派对——如果你们允许我为你们每一个人做透思。"

"啊？"玛丽亚吃惊地喊出声来。

"等等，夫人。请先弄明白我的意思。我所要求的不过是你们的允许。我并不是要真的透思。因为你看，如果所有无辜的嫌疑对象都同意，那么，剩下那个拒绝的人就一定是有罪的。只有他一个人必须保护自己不受透思。"

"他能耍这种花招？"瑞克对1/4缅因耳语。

1/4缅因点点头。

"我来描绘一下这个情形吧。"鲍威尔巧妙地给大家营造出戏剧气氛，把房间变成了一个舞台，"我会正式发问：'你允许我以超感手段检查你吗？'我问一整圈……"他开始缓慢地绕行房间，依次向每一个客人欠身施礼，"接下来，答案出来了……

'允许'……'允许'……'当然'……'为什么不？''完全可以'……'同意'……'同意'……然后，突然间，一个戏剧性的顿挫。"鲍威尔在瑞克面前站住，挺直身子，凶神恶煞，"'你，先生，'我会重复一遍，'你允许我以超感手段检查你吗？'"大家望着这幅情景，像被催眠了一样。连瑞克都无比惊骇，被那根指着自己的指头和那张凶狠的、杀气腾腾的脸吓呆了。

"犹豫。他的脸唰地红了，然后变成鬼一样的惨白色，因为血被抽掉了。你将听到痛苦的拒绝声：'不！'"主任转过身来，以一个震撼人心的手势吸引了全场注意，"于是，在那人心耸动的一瞬间，我们知道，抓到了杀人者！"

他几乎得手了。几乎。惊险、新奇、刺激，就像衣服上打开的紫外线透视区，让人穿透衣服和皮肉，深入自己的灵魂……但是，玛丽亚的客人们灵魂中藏着私生子、伪证、通奸、邪恶……藏着魔鬼，他们所有人潜藏的羞耻感恐慌地蹿了上来。

"不！"玛丽亚喊道。人人死盯着自己脚下，嘴里叫喊着："不！不！不！"

"干得漂亮，林克。但你的答案已经出来了，你永远不可能让这些土狼参与进来。"

受挫的鲍威尔依然那么迷人。"我很抱歉，女士们，先生们，但我真的不能够责怪你们，只有傻瓜才相信警察。"他叹了口气，"你们中间如果有人愿意做出口头陈述，我的助手将为你们做笔录。1/4缅因先生就在这里，可以随时给你们提出忠告，保护你们——"

"而且搞砸我的工作。"他悲哀地望着1/4缅因。

"别想用这一套来软化我，林克。这可是七十多年来第一起3A

重罪啊，我还得操心自个儿的前程呢。这桩案子可以成就我。"

"我自己也有前程需要操心，乔。如果我的部门破不了这个案子，我就完了。"

"这么说，透思士，自顾自了。这就是我给你的临别赠'思'，林克。"

"去你的。"鲍威尔说。他向瑞克挤了挤眼，慢悠悠地踱出房间。

∞

兰花婚礼套间里，技术人员的工作结束了。实验室主管，鲁莽易怒、不胜其烦的德·塞安提斯将报告递给鲍威尔，用疲惫的声音说："麻烦差事！"

鲍威尔低头看着德考特尼的尸体。"自杀？"他厉声喝问。他对德·塞安提斯总是这样粗暴，此人只有用这种态度对话才觉得自在。

"呸！怎么可能？没有武器。"

"凶器是什么？"

"我们不知道。"

"你还不知道？你已经花了整整三个小时！"

"我们不知道，"德·塞安提斯怒不可遏，"所以才是件麻烦差事。"

"麻烦什么？后脑勺那么大一个洞，你整个人钻过去都行。"

"是啊，是啊，是啊，当然喽。从悬雍垂①上方进入，在脑颅

---

① 口腔软腭中央的下垂物，俗称"小舌头"。

下方穿出，立即死亡。可是，是什么凶器造成了这个伤口？是什么在他的脑壳上钻出这样一个洞来？你来，挨个儿问。"

"高透力X射线？"

"没有烧灼痕迹。"

"结晶枪？"

"没有冷冻痕迹。"

"硝化甘油气态爆炸物？"

"没有氨水残渍。"

"酸喷射？"

"粉碎物质太多。酸喷射可以产生那种伤口，但它不可能炸开他的后脑勺。"

"戳刺武器？"

"你是说短剑或者匕首？"

"类似的东西。"

"不可能。你知不知道需要多大的力量才能造成这样的穿透？根本不可能。"

"好吧……能打穿脑袋的武器我差不多快说完了。不，等等，投射武器如何？"

"那是什么？"

"古老的武器。它们可以以爆炸方式射出子弹，响得要命，气味刺鼻。"

"这个案子没这种可能。"

"为什么？"

"为什么？"德·塞安提斯说，"因为没有投射出来的弹体。伤口里没有，屋子里没有，哪里都没有。"

"见鬼了！"

"同意你的看法。"

"你有什么可以告诉我的吗？什么都行。"

"是的。他死前吃过糖。在他的嘴里找到了一小块凝胶……糖果包装的残片。"

"接着说。"

"可是套间里没有糖果。"

"可能都被他吃光了。"

"他的胃里没有糖。而且，他的嗓子根本不可能吃糖果。"

"为什么？"

"他得了心理绝症，很严重。他连话都不大能说，更别说吃糖了。"

"见他的鬼。我们需要找到那件武器……无论它在哪儿。"

鲍威尔的指尖翻着一页页现场报告，盯着那具惨白的尸体，嘴里吹着一支怪里怪气的曲子。他记得曾经听过一本有声图书，说的是一个能透思尸体的超感师……就像古老神话中传说的为死人的视网膜拍照那样透思尸体。倘使真能那样就好了。

"好吧，"他终于叹口气，说，"他们在动机问题上压倒了我们，现在又在作案手法上压倒了我们。只希望我们可以在作案时间这一条上找到些什么，不然我们永远别想把瑞克绳之以法。"

"哪个瑞克？本·瑞克？他怎么了？"

"我最担心的是古斯·泰德。"鲍威尔喃喃道，"如果他也卷进来了……什么？哦，你是说瑞克？凶手就是他，德·塞安提斯。我在玛丽亚·博蒙特的书房里把乔·1/4缅因给蒙了。瑞克说漏了嘴，我在书房里安排了一场好戏，吸引了乔的注意力，我趁机偷偷透思了他。当然了，这是私下里非正式的刺探，但光凭发现的东西，我已经坚信不疑：瑞克就是我们要找的人。"

"老天！"德·塞安提斯惊呼出声。

"离说服法庭还远得很呢，兄弟，离毁灭他也远得很。还有很长、很长的一段路。"

鲍威尔闷闷不乐地离开实验室主管，漫步走过接待室，下行到画廊里的现场指挥部。

"另外，我喜欢那家伙。"他低声自言自语。

∞

临时指挥部设立在兰花套间外的画廊里。鲍威尔在这里和贝克碰头开了个会。思维交换只用了三十秒，典型心灵感应，速度快得像闪电。

好了，咱们要毁掉的人是瑞克。我们在上次谈话中给他使了绊儿，把他给逮住了。还有，为了保险起见，我在玛丽亚的书房里对他做了点透思。瑞克就是我们要找的人。

你永远无法证明这一点，林克。

那两个保镖能帮上忙吗？

嗯。
一切正常！
那"金尸"的尖叫可够受的！

完全没有机会。他们失去了整整一个小时。德·塞安提斯说他们的视紫红质——眼睛用它来看东西——被摧毁了。根据这两个保安的说法，他们那时在当值而且非常清醒。暴徒突然闯入之前一切正常。玛丽亚尖叫着指责他们在工作时间睡觉，但他们断然发誓说自己没有睡。

我们知道是瑞克干的。

你知道。但其他人都不知道。

客人们玩儿"沙丁鱼"时他了上楼，他用某种方法摧毁了保安的视紫红质，让他们在一个钟头里全无知觉，再进入兰花套间，杀了德考特尼。那姑娘不知怎么闯了进来，正好撞见了，所以她才会逃走。

他是怎么干的？

他是怎么杀掉德考特尼的？
最重要的是：他为什么要杀德考特尼？

我不知道，这些问题的答案我一个都不知道……现在还不知道。

这样下去，你永远别想毁掉他。

这个我也知道。

啊哈。

你必须找出犯罪动机、方法和时间，拿出客观证据。你手里现在只有一个筹码：你通过透思知道瑞克杀了德考特尼。

你透思到方法或者动机了吗？

哦。

没法透思到足够深的地方……乔·1/4缅因在一边看着我的时候办不到。

而且你很可能再也没有机会深入了，乔做事非常小心。

真他妈的见鬼！杰克，我们需要那姑娘。

芭芭拉·德考特尼？

我同意。

是的，她是关键。如果她能告诉我们她看到了什么，为什么逃跑，我们就能说服法庭。检查我们现在掌握的一切情报并把它们汇总。没有那姑娘，这些情报对我们毫无用处。把人全放了。没有那姑娘，他们也没有用。按我们的设想，倒过来重演一遍瑞克当时的行动……看能挖到什么样的间接证据，不过——

对。

我已经开始恨她了。

但是没有那个要命的姑娘就没辙。

像这样的时候，贝克先生，我也恨女人。看在上帝的分儿上，为什么她们总是想和我结婚？

一匹马纵声大笑的图像。

反唇相讥（此处屏蔽）。

嘲笑的回应（此处屏蔽）

（此处屏蔽）

交谈结束后，鲍威尔起身离开画廊，他穿过天桥，走下音乐室，进入大厅。他看见瑞克、1/4缅因和泰德站在喷泉旁边，正谈得起劲。泰德的问题真可怕，他再一次焦躁起来。如果这个小个子透思士和鲍威尔在上周的派对里怀疑的一样，真的和瑞克搅到了一块儿，他可能也卷入了这次谋杀。

一位一级超感师、行会的柱石，这样一个人参与谋杀是难以想象的。还有，即使这是真的，想证明的话那才叫作难如登天。没有对方完全的同意，从来没有一个人能从一级超感师的头脑里挖出任何东西。如果泰德确实在替瑞克工作（难以置信……不可能……1%的可能性），瑞克本人就可能无法攻陷。鲍威尔决定，被迫拿出警察手段之前再对他们来一次最后的宣传攻势，他转向这三个人。

他同他们的目光相遇，飞快地对两个透思士发出一道指令："乔、古斯，快走。我想和瑞克说些话，我不想你们听见，我不会透思或者记录他的话。我保证。"

1/4缅因和泰德点点头，对瑞克嘀咕了几句，静悄悄地离开了。

瑞克用好奇的目光看着他们离开后才看着鲍威尔。"把他们吓走了？"他问道。

"警告他们离开。坐下，瑞克。"

他们坐在水池边。气氛平和友好，两人默不作声。

"放心，"过了一会儿，鲍威尔开口道，"我没在透思你。"

"我没有这么想。但是在玛丽亚的书房里你做了，对吗？"

"感觉到了？"

"不，猜的。是我就会那么干。"

"我们俩都不怎么值得信赖，嗯？"

"呸！"瑞克重重地说，"我们不会按小女生的规矩做事。我们是为了生存而战，我们俩都是。公平呀，规则呀，只有懦夫和酸溜溜的输家才会拿这些东西当挡箭牌。"

"像你这么说，把荣誉感和道德观念置于何地？"

"我们有荣誉感，但却是我们自己的那一套荣誉感……不是几个被吓破胆的小男人为其他吓破胆的小男人写下的虚构的规则。每个人都各有自己的荣誉感和道德标准，只要他遵守这些，谁有权对他指指点点呢？你可以不喜欢他的道德观，但是你无权说他不道德。"

鲍威尔难过地摇摇头。"你心里住着两个自我，瑞克。一个是高尚的，另一个是堕落的。如果两个你都是杀人犯，那就不会那么让人伤心了。但是那里只有一半是糟糕的，另一半却是圣洁的。这样一来，事情就更糟糕了。"

"刚才你朝我挤眉弄眼的时候我就知道事情要糟。"瑞克咧嘴笑起来，"你真狡猾，鲍威尔。我真有点儿怕你，说不出什么时候你会出拳，我也不知道该往哪儿躲闪。"

"那么就停止躲闪，看在上帝的分儿上，把一切都说出来。"鲍威尔说。声音热诚，眼神炽热。这种炽烈又一次让瑞克暗自心惊。"这件案子我一定会打败你的，本。我会把你体内那个糟糕的杀人犯揪出来，因为我景仰圣洁的那一个。对你来说，这是结束的开始。你自己知道。为什么不说出来，让你自己更好过一些？"

有那么一刻，瑞克在投降的边缘摇晃了一下，然后他振作起来面对进攻。"就这样放弃我一生中最激烈的战斗？不。一百万年也不会，林克。我们只能一决雌雄，直到结束。"

鲍威尔愤怒地耸耸肩膀。两个人都站了起来，本能地四手交握，做最后的道别。

"我失去你了，本来你可以成为我最了不起的拍档。"瑞克说。

"你也失去了自己，失去了那个伟大的本。"

"从此之后是敌人？"

"从此之后是敌人。"

这是毁灭的开始。

第七章

　　一个拥有一千七百万人口的城市，它的高级警官不能被绑在办公桌上。他没有档案、备忘录和成堆的官样文章。他有三个超感秘书，都是记忆天才，把他的公事细目记在自己脑子里。他们在总部围着他转，就像三根指针。鲍威尔飞快地穿过总部的中央通道，忙个不停的三人组（绰号"威肯、布林肯和诺德"[①]）紧紧跟随其后，汇总资料，替他做战斗准备。

　　在局长克拉比面前，他再次勾勒了一遍大致方略。"局长，我们需要掌握'犯罪动机''犯罪方法'和'犯罪时间'。迄今为止，我们只知道可能的犯罪时间，就这些。你知道莫斯那老家伙，它肯定会要我们提供过硬的事实证据。"

　　"哪个老家伙？"克拉比看上去很吃惊。

　　"莫斯。"鲍威尔笑道，"那是我们给那台多元联合诉讼电脑起的外号。你不会想要我们使用它的全名吧？那可真够人受的。"

[①]　出自美国专栏作家尤金·菲尔德的儿童诗《威肯、布林肯和诺德》。

"那台讨厌的加法器！"克拉比轻蔑地哼了一声。

"是的，先生。现在，我准备对本·瑞克和他的帝王公司全线出击，为老家伙莫斯找到证据。我想直截了当地问你一个问题：你也准备好全线出击了吗？"

憎恨一切超感师的克拉比，脸涨成了紫色，从黑檀木办公桌后的黑檀木椅子上跳了起来。"见鬼，你什么意思，鲍威尔？"

"别揣测过头，先生。我问的仅仅是这个：你和瑞克或者'帝王'有没有任何牵连。当我们的调查逐步升温的时候你会尴尬吗？瑞克是否有可能到你这里来把我们的火箭冷却下来？"

"不，不会那样，你这浑蛋。"

"先生，"威肯对鲍威尔投去思维波，"在去年12月4日，克拉比局长和你讨论了'巨石'一案。以下是摘录片段：

> 鲍威尔：局长，这件案子有个棘手的地方，对方可能有个金融方面的保护神。"帝王"可能会对我们提出抗辩。
>
> 克拉比：瑞克向我保证过他不会。我信得过本·瑞克，在地方检察官的问题上他支持过我。

"摘录完毕。"

"干得好，威肯。我就觉得克拉比的档案里有点儿问题。"鲍威尔换了个手法，对克拉比怒目而视，"你还想敷衍我？你竞选地方检察官的事儿又怎么说？瑞克支持过你，不是吗？"

"是的。"

"我怎么能相信他没有继续支持你？"

"你他妈的，鲍威尔……是的，你应该相信。他那时支持过我，之后就再也没有支持过我了。"

"那么我得到处理瑞克谋杀案的调查许可了吗？"

"你为什么坚持是本·瑞克杀了那个人？这是荒谬的，你自己也承认你没有证据。"

鲍威尔继续怒视克拉比。

"他没有杀那个人，本·瑞克不会杀任何人，他是个好人……"

"这件谋杀案我能得到您的调查许可吗？"

"好吧，鲍威尔。你得到了。"

"但是有极大的保留。记一笔，小伙子们，他对瑞克怕得要死。另外再记一条：我也一样。"

∞

鲍威尔对自己的手下道："现在的情况是这样。你们都知道老家伙莫斯是个什么样的冷血怪物。总是吼叫着要事实、事实、证据、不容置疑的证据。我们不得不拿出证据来，让那台他娘的机器相信它应该启动起诉程序。要做到这一点，我们就要对瑞克使出'粗人加机灵鬼'的招数。这一套你们都懂的，每一项任务我们都要派出一个粗人、一个机灵鬼。粗人不知道参与行动的还有一个机灵鬼，嫌疑对象当然也不知道。当嫌疑对象把粗人尾巴甩掉的时候，他会以为自己已经没事儿了。这时机灵鬼就可以趁机下手。我们对瑞克就要用这一招。"

"同意。"贝克说。

"动员每一个部门，找出一百位低级警察。让他们穿上便衣，派他们调查瑞克一案。去实验室，把过去十年间投入使用的所有乌七八糟的跟踪机器人都调出来，将这些小玩意儿都投入瑞克案件。以上加在一块儿，就是咱们的粗人尾巴……那种他毫不费力就可以发现，但又必须花大力气摆脱的粗尾巴。"

"具体的调查内容是什么？"贝克问道。

"他们为什么玩儿那个'沙丁鱼'？是谁建议他们玩儿这个游戏？根据博蒙特秘书的陈述，他们无法透思瑞克，因为他的脑袋里有一首歌不停地瞎吵吵。什么歌？谁写的？瑞克是在哪里听到的？实验室说警卫遭到了某种视紫红质电离器的袭击，检查那个领域内的所有研究课题；杀死德考特尼的凶器是什么？好好搞搞武器研究；追溯瑞克和德考特尼的关系。我们知道他们是商业竞争对手，但他们是不共戴天的仇人吗？这是一次利益驱动的谋杀还是因恐惧而起的谋杀？德考特尼死后，瑞克可以得到什么好处，多大的好处？"

"天啊！"贝克大喊，"这些全交给粗人办？我们会搞砸这件案子的，林克。"

"也许，但我不那么想。瑞克是个成功者，赢得过无数次的胜利，所以傲慢自大。我想他会上钩的。每一次他战胜我们抛给他的诱饵，他都会以为自己又一次战胜了我们。让他那样想下去。我们将遇上公关危机，新闻媒体会把我们撕成两半，但我们一定要奉陪到底。我们要怒不可遏、大喊大叫，装成粗鲁的、被他玩弄于股掌之上的笨警察……让瑞克不断吞吃我们给他的诱饵，养得肥肥的……"

"那时你再把他活吃了。"贝克咧嘴笑了，"那姑娘呢？"

"有些事儿不能交给粗人，她就是其中之一。我们要坦诚地对待她。她的照片和外形描述一小时内要发到国内每一个警察手里，除此之外再加一条，找到她的人将自动跳升五级。"

"先生，规定禁止给予超过三级的晋升。"诺德提醒他。

"让规定见鬼去吧，"鲍威尔断然说，"找到芭芭拉·德考特尼的人将自动跳升五级。我一定要找到那个姑娘。"

∞

在帝王塔里，本·瑞克把他桌上每一只电子记忆水晶都扫落在他的几个胆战心惊的秘书手里。

"滚出去，带着这些玩意儿给我滚出去！"他大声咆哮道，"从现在开始我不来办公室了，这儿的工作照常进行。懂吗？别来烦我！"

"瑞克先生，现在克瑞恩·德考特尼已经死了，我们明白您正在思考应当如何接管德考特尼的股份。如果您……"

"我正在考虑这件事儿！所以才不想被打扰。现在，走开！快滚！"

他将这群被吓坏的人赶向门口，把他们推出去，重重关上门，上了锁。他走向电话，重重地按下BD-12232，不耐烦地等着。

漫长的等待之后，杰瑞·丘奇的形象出现了，身后是当铺的鸡零狗碎。

"你？"丘奇怒吼一声，伸手准备关机。

"我，跟你谈笔交易。对回行会还有兴趣吗？"

丘奇目不转睛地瞪着他。"有什么说的？"

"交易成交，我马上开始行动让你复职，而且我有能力做到，杰瑞。超感义士团攥在我手心里。但是，我需要很大的回报。"

"看在上帝的分儿上，本。随便什么，只管开口。"

"要的就是这个态度。"

"要什么？"

"什么都要，无限量的服务，我出的价你已经知道了。你卖吗？"

"卖，本。行。"

"我还要找科诺·奎扎德。"

"你不能找他，本。他不安全，没有人从奎扎德那里得到过任何东西。"

"定个约会，老地方，老时间。跟过去一样，是吗，杰瑞？只是这一次将会有一个快乐的结局。"

∞

林肯·鲍威尔进入超感行会接待室时，门前如平常一样排着长队。几百个不同年龄、不同性别、不同阶层的人，满怀希望，梦想着自己具有可以让生活如梦幻般美好的魔力，却没有意识到那种能力带来的沉重责任。这些梦想之天真经常令鲍威尔微笑。窥探思想，在市场上发一笔横财……（行会法规禁止透思士投机或者赌博。）窥探思想，事先知道所有考试的答案……（肯定是个学生，没有意识到考试委员会雇了超感监考官，专门防止这类透思作弊。）窥探思想，了解人们对我的真实想法……窥探思想，知道哪个姑娘愿意……窥探思想，像国王一样过日子……

桌边的接待员厌倦地以最宽频带发送思维：如果你可以听到，请穿过左边写着"员工专用"的门。如果你可以听到，请穿过左边写着"员工专用"的门。

与此同时，接待员对一位手里拿着支票簿、充满自信的名媛贵妇道："不，夫人。行会的培训和教学不收费，你的赞助是没有价值的。请回家吧，夫人。我们没有办法帮助你。"

　　那个连行会最基本的测试都听不到的女人生气地转身走了，下一位是个男学生。

　　如果你可以听到，请穿过左边写着"员工专用"的门……

　　一个年轻黑人突然离开队伍，没把握地看了一眼接待员，然后走向那扇写着"员工专用"的门，打开门走了进去。鲍威尔觉得很兴奋，潜在的超感师很少出现，他能赶上这个时刻是很幸运的。

　　他对接待员点点头，然后跟随着那位具有潜力的年轻黑人走进门。里面，两个行会成员正热情地和那个满脸惊异的黑人握手，拍打他的脊背。鲍威尔也耽搁了一会儿，加入他们，添上自己的祝贺。每当行会发掘出一个新的超感师，对他们来说，这一天就是快乐的节日。

　　鲍威尔走下通向主席套间的走廊。他路过一个幼儿园，那里有三十个孩子和十个成人正连说带想，思维和语言混合成了一堆乱得吓人、完全没有图案可言的烂糊糊。老师正耐心地广播："思考，同学们。思考，不需要词语。思考，记住要控制住把话说出口的冲动。跟着我重复第一条规定……"

　　一个班的学生齐声朗诵："不需要声带。"

　　鲍威尔做了个鬼脸，继续前进。幼儿园对面的墙上有一面金匾，上面镌刻着神圣的超感誓言：

　　　　传授我这门艺术的人，我将视若父母。我将与他分享
　　我的所有，如有需要，为他提供生活所需。他的后代我将

视若己出，我将用训诫、讲演等诸般方法传授他们这门艺术。我还将把这门艺术传授给所有人。我将依据自己的能力和判断力，采纳为人类利益服务而非伤害他人的制度。我不能将有危害的思想发现透露给任何人，即使他们向我索取。

无论我进入什么样的头脑，我将为人类的利益而行。我将远离任何腐败和错误的行为。无论我在进入的头脑里看到或听到了什么思想，不应公开的，我都将保持缄默，视之为神圣的秘密。

在教学厅里，一个班的三级生在谈论时事，积极地用思维编织着简单的篮子图案。那里有一个十二岁的小孩，年龄虽小，却已提前晋升了二级。他正为这场没多大意思的讨论随意添加各种曲线花饰，每一个曲折的顶点都缀上一个说出口的词。这些词不仅合辙押韵，还暗含着对其他参与讨论的孩子的讥刺。很有意思，而且惊人地早熟。

鲍威尔发现主席的套间里一片骚乱。所有的办公室门都开着，职员和秘书们急匆匆地奔跑着。宗会长，一个发福的中国老人，脑袋剃得溜光、长得慈眉善目，此时却站在他的办公室中间大发雷霆。他太生气了，竟然大叫出声，吐出的字眼把他的手下吓得发抖。

"我不在乎那些无赖说他们自己是什么，"他吼道，"他们是一帮自私自利的反动分子。和我谈种族的纯洁，是吗？和我谈特权阶级，是吗？我会和他们谈，让他们听个够。普瑞尼小姐！普——瑞——尼——"

普瑞尼小姐悄悄溜进宗会长的办公室，为即将接受口述记录而惶恐不安。

"给这些魔鬼写一封信。给超感义士团。先生们……早上好，鲍威尔。有一万年没有见过你了……'不诚实的亚伯'怎么样了？你们一伙儿发起了一个运动，要削减行会征收的税额和款项，而这些资金是培养超感师、在全人类中普及超感教育的经费。只有阴谋背叛和法西斯主义才能酝酿出这种运动。另起一段……"

宗会长止住咒骂，扭头向鲍威尔意味深长地挤了挤眼睛。"找到你那位梦中的超感师爱人了吗？"

"还没有，先生。"

"该死的家伙，鲍威尔。赶紧结婚吧！"宗会长吼道，"我不想在这个职位上待一辈子。另起一段，普瑞尼小姐。你们有种种借口，什么高额赋税、什么保持超感师的地位高于常人的地位、什么平常人不适宜接受超感训练……你想要什么，鲍威尔？"

"想传点儿小道消息，先生。"

"别烦我，和我的2号姑娘说去吧。另起一段，普瑞尼小姐。既然如此，为什么不能光明正大、堂堂正正？你们这些寄生虫，一心希望超感力量被一个阶层所垄断，这样你们就可以把剩下的世界变成你们这些血吸虫的宿主！你们这些水蛭想……"鲍威尔机灵地关上门，转向正在角落里哆嗦的宗会长的2号秘书。

"你当真害怕了？"

一只眼睛挤了挤的图像。

一个抖动的问号的图像。

"宗会长爸爸大发脾气的时候，我们希望让他觉得我们都被吓坏了，这能让他高兴一点儿。他痛恨大家都把他当成好心的圣诞老人。"

"好吧，我也是个圣诞老人。这是给你的礼物，放进你盛礼物的袜子里去吧。"鲍威尔将警方对芭芭拉·德考特尼的正式描绘和她的照片丢在秘书的桌上。

"多美的姑娘啊！"她赞叹不已。

"我要把它传出去。注明'紧急'。附带有个奖励。把话传出去：替我找到芭芭拉·德考特尼的透思士，免征他一年的税。"

"我的老天！"秘书陡然挺直身子，"你真有这个权力？"

"我想我在委员会里还算个大个儿，能摇晃摇晃这个委员会。"

"整个小道消息网非跳起来不可。"

"我就是要它跳起来。我想让每一个透思士都跳起来。说起圣诞礼物，我就想要那个姑娘。"

∞

奎扎德的赌场打扫得干干净净。下午休息时打扫的……赌鬼唯一的休息时间。轮盘赌的桌子刷得一尘不染，"鸟笼"闪闪发亮。"冒险银行家"的台面发出绿色和白色的微光，象牙骰子在水晶球里像方糖一样晶莹闪烁。出纳员的桌子上，"金币"——这种赌博和地下世界的通用货币，诱惑地堆成一摞摞的。本·瑞克和杰瑞·丘奇，以及赌场的盲人总管科诺·奎扎德坐在台球桌边。奎扎德是个身形巨大、肥硕瘫软的男人，长着红色的火焰般的胡须，皮肤像死人一样白，一双白眼里充满了歹毒的恶意。

"我给你的价，"瑞克对丘奇说，"你已经知道了。我警告你，杰瑞。如果你有自知之明，就千万别试着透思我。我是毒药，如果你进入我的脑袋里，你就完蛋了。想想吧。"

"基督啊，"奎扎德不阴不阳地轻声道，"有那么糟糕吗？我并不向往毁灭，瑞克。"

"谁会向往毁灭？你向往什么，科诺？"

"一个问题，"奎扎德用稳当的手指从后面桌上摸下来一卷金币，在左右手间瀑布似的倒来倒去，"想知道我渴望些什么。"

"说出你想要的最高价钱，科诺。"

"你想买什么？"

"别问这些见鬼的话。我付费购买无限量的服务。你只管告诉我需要付多少才能得到服务的……保证。"

"我们这儿能提供许多服务。"

"我有一大堆钱。"

"你能拿出一百吊搁在这件事情上吗？"

"十万。是吗？说定了。"

"看在上帝……"丘奇直直地跳了起来，瞪着瑞克，"十万？"

"自己拿定主意，杰瑞，"瑞克喝道，"你想要钱还是复职？"

"那笔钱几乎就值……不。我疯了吗？我要复职。"

"那就别再淌口水了。"瑞克转向奎扎德，"价钱是十万。"

"十万金币？"

"还能有别的吗？现在，你想要我先付钱，还是我们立刻开始工作？"

"看在上帝的分儿上，别那么急，瑞克。"奎扎德说。

"少废话。"瑞克厉声道，"我了解你，科诺。你有个想法，认为你可以找出我想要什么，自己弄到手，然后再四处寻找出价更高的买家。我要你现在就下定决心，所以我才让你自己随便开价。"

"哦，"奎扎德慢吞吞地说，"我是有那个想法，瑞克。"他笑了，白色眸子消失在皮肤的褶皱里，"现在还有。"

"那我现在就可以告诉你谁会来和你做交易。一个叫林肯·鲍威尔的人。问题是，我不知道他会付什么价钱。"

"管他是什么，我不想要。"奎扎德啐了一口。

"一方是我，另一方是鲍威尔，科诺。这就是竞争双方。我已经下了注。我还在等你回话。"

"成交。"奎扎德回答。

"好。"瑞克说，"现在听着。第一项工作：我要找个姑娘，她的名字是芭芭拉·德考特尼。"

"那桩谋杀案？"奎扎德沉重地点点头，"我估摸着也是。"

"有意见吗？"

奎扎德将金币换了一只手，摇摇头。

"我要那姑娘。她昨晚逃出了博蒙特别墅，没有人知道她去了哪儿。我要她，科诺。我要赶在警察前头找到她。"

奎扎德点点头。

"她大约二十五岁，五英尺五英寸①高，一百二十磅②左右，身材一流，细腰，长腿……"

奎扎德那肥厚的嘴唇饥渴地微笑起来，死白的双眼在闪烁。

"黄色头发，黑色眼睛，心形脸蛋，饱满的嘴唇，鼻子有点儿钩……她的脸很有特色，会给你一种冲击力，像触电一样。"

"衣服？"

"我最后一次见到她的时候她穿着一件丝质睡袍，雾白色、

---

① 1英寸 = 2.54厘米。

② 1磅 ≈ 453.59克。

半透明，就像结满霜的窗户。没有鞋，没有袜，没有帽子，没有首饰。她已经疯了，疯到会冲上大街消失掉。我要她。"一种莫名的冲动促使瑞克加上了一句，"不能伤着她，懂吗？"

"她？拖着这么大一堆麻烦？动点儿脑子吧，瑞克。"奎扎德舔了舔他的肥嘴唇，"你没有机会的，她没有机会的。"

"这就是为什么要付你一百吊。如果你找到得快，我大有机会。"

"要找她我也许得四处撒点儿钱。"

"撒吧。检查城里每家妓院、淫窝、私酒坊、吸毒场所。把话传出去，我愿意付钱。我不会做什么手脚，只想要那个姑娘。懂吗？"

奎扎德点点头，还在要弄金币。"我懂。"

突然之间，瑞克伸过桌子，一掌扫在奎扎德的肥手上。金币在空中鸣响，滚进角落。

"我不想看到我背后有任何小动作。"瑞克用吓人的声音低低吼叫，"我要那姑娘。"

第八章

七天激战。

一周的行动和反制，进攻和防守。战斗都在表面进行，而鲍威尔和奥古斯塔斯·泰德则隐藏在表面沸腾的深水之下，像两条安静的鲨鱼般游动、盘旋，等待机会，等待真正的战争开始。

一个巡逻警员，现在身着便服，他相信突然袭击那一套。在一次剧院休息的间隙，他突然拦住玛丽亚·博蒙特，当着她惊恐不已的朋友的面吼道："这是个圈套，你和杀人犯串通一气，你布置了谋杀，那就是你玩儿那个'沙丁鱼'游戏的真正目的。是吗？快回答。"

"金尸"嘎嘎乱叫，转身就逃。"粗人"开始紧追不舍时，有人深入而彻底地透思着他的思维。

泰德对瑞克：那警察说的是实话，他的部下相信玛丽亚是同谋。
瑞克对泰德：好吧，我们把她扔去喂狼，让警察抓她去吧。

结果，博蒙特夫人被抛下了，没有人保护她。有那么多地方，她偏偏逃往高利贷借贷机构藏身。她就是从那儿发家的。三个小时以后，巡警找到了她，在透思士的督察办公室里无情地审问她。他没有注意到林肯·鲍威尔就在办公室外，正和人谈话。

鲍威尔对下属：她是从瑞克送给她的一本古书里找到那个游戏的。很可能是从世纪书店里买的，那家书店有很多类似的书。把这些情况传出去，问问他是否特别指定要买那本书？还有，问问那个鉴定人格雷厄姆，为什么这本书里唯一完整的游戏只有"沙丁鱼"？老家伙莫斯肯定想知道这个。还有，那姑娘在哪儿？

一个交通警察，现在身着便衣，正在用温和文雅的手法进行这次关乎前程的重大调查。他慢声慢气地对世纪声像书店的经理和员工说："我专做古旧游戏书生意……就是我的好朋友本·瑞克上星期要的那一类。"

泰德对瑞克：我一直在附近透思，他们要查你寄给玛丽亚的那本书。
瑞克对泰德：让他们查去吧，我把自己保护得很好。我得集中精力找那个姑娘。

经理和员工们耐心细致、冗长烦琐地回答粗人文质彬彬提出的问题。很多顾客失去了耐性，离开了书店。只有一个人静静坐在角落，心醉神迷地倾听一块记忆水晶里的录音，完全没有注意自己受到的冷落。谁也不知道杰克逊·贝克是个彻头彻尾的音盲。

鲍威尔对下属：瑞克显然是偶然找到这本书的，正准备送玛丽亚·博蒙特一件礼物时碰上了。把这些消息放出去。还有，那姑娘在哪儿？

在和负责帝王跳跃器（"市场上唯一专用于家庭的空气动力火箭"）的部门开会时，瑞克拿出了一个新的广告策划。

"出发点是这样的，"瑞克说，"人们总是将他们使用的商品拟人化，为它们加上人类的特点，替它们起宠物的名字，像对家养宠物一样对待它们。一个人肯定希望买一个他可以产生感情的跳跃器，他根本不会考虑其效能，他只想爱那个跳跃器。"

"说得对，瑞克先生。太对了！"

"我们要将我们的跳跃器拟人化。"瑞克说，"让我们找个姑娘，选她做帝王的跳跃女孩。顾客买跳跃器的时候，他就是买了那个姑娘；操纵机器的时候，他就是在操纵那个姑娘。"

"对呀！"对方喊了起来，"您思维开放，有着像太阳系一般宏大的视角，跟您一比我们简直成了不值一提的侏儒，瑞克先生。就这么定了，一定会轰动的！"

"立刻发起一次运动，找到那个'跳跃女孩'。发动每一个销售人员，把这个城市给我彻底梳理一遍。我希望那个姑娘二十五岁左右，五英尺五英寸高，体重一百二十磅。我要她身材完美、充满吸引力。"

"说吧，瑞克先生。说下去。"

"她必须是金发，黑眼睛，饱满的嘴唇，漂亮而有力的鼻子。

这是我头脑中的跳跃女孩的素描图。仔细看看，重印后发给你的工作人员。谁能找到我心目中的这个姑娘，谁就能立即升职。"

泰德对瑞克：我一直在透思警察们。他们要派一个人到帝王来，想挖出你和那个鉴定人格雷厄姆的共谋关系。

瑞克对泰德：让他们查吧，我们之间没什么。再说，格雷厄姆已经离开这里了，这会儿正高兴得很呢。我和格雷厄姆的共谋关系？鲍威尔不可能那么蠢，他会吗？也许我高估了他。

这名警察原来是个防暴警，现在穿上了便衣。他相信整形手术，觉得那不算什么太大的代价。新换上一张白痴相的面孔之后，他在帝王实业公司财务部找了个职位，极力发掘瑞克和那个鉴定人格雷厄姆之间的金钱来往。他没有想到的是，自己的意图被帝王的超感人事主管透思得清清楚楚，并且已经报告了自己的上司，这位上司正不出声地笑着呢。

鲍威尔对下属：我们的丑角正在寻找帝王账本里的贿赂记录。这会让瑞克对我们的评价降低50%，这又使他的易攻击程度增加50%。把这些情况传出去。还有，那姑娘在哪儿？

在塔拉上唯一一家全天每小时不间断出版、一天出二十四期的报纸——《看》的董事会上，瑞克宣布了一项"帝王"的慈善计划。

"我们把它叫作'庇护计划'，"他说，"这个城市有数百万穷困人口，如果他们陷入危机，我们将为他们提供物质援助、精神安慰和栖身之地。如果你被房东扫地出门、破产了、被恐吓、被诈骗了……一句话，不管是什么原因，只要你感到害怕，不知去哪里寻求帮助……只要你感到绝望——寻求我们的庇护吧。"

"这是个了不起的创举，"主编说，"但是它的花费大得发疯。为什么这么做？"

"搞好公共关系。"瑞克断然道，"我要下一版就曝出这个新闻。快！"

瑞克离开董事会会计室，在街头找了间公共电话亭。他打电话给娱乐部，向艾勒瑞·威斯特下达了非常详细的指示："我要在每一个城市的'庇护计划'办公室都派一个人。每一个申请者的全面描述和照片都要立刻送到我这里。立刻，艾勒瑞，一进来就给我。"

"我不想提问，本，但真希望可以在这个问题上透思你一下。"

"你怀疑我？"瑞克咆哮。

"不，只是好奇。"

"别让你的好奇心害死你。"

瑞克刚离开电话亭，一个神态迫切得很不得体的人上前搭话。

"噢，瑞克先生。真幸运我碰上了你。我刚刚听说'庇护计划'，我想和这个了不起的慈善机构的发起人进行一次关于人权的会谈，也许会……"

幸运个屁！这个人是《工业评论家》的著名透思记者，多半一直跟着他，同时……紧张再紧张；紧张再紧张。紧张，忧惧，纠纷从此开始。

"无可置评。"瑞克咕哝了一句。八，先生；七，先生；六，先生；五，先生……

"是不是你的童年时代发生过什么事儿，所以才如此了解人们最迫切的需求……"

四，先生；三，先生；二，先生；一……

"你是不是也曾经有过走投无路、求告无门的时候？你是否害怕过谋杀、死亡？你……"

紧张再紧张；紧张再紧张。紧张，忧惧，纠纷从此开始。

瑞克扑进一部公共跳跃器，逃跑了。

泰德对瑞克：警察真的在追查格雷厄姆，整个实验部门的技术力量都用在这上头了。天知道鲍威尔在追查什么鬼影子。不管他在追查什么，总之离你越来越远了，我觉得你更安全了。

瑞克对泰德：找到那个姑娘之前没有安全可言。

外出的马克斯·格雷厄姆没有留下转信地址，十来个从实验室捣腾出来的追踪机器人都在追查他的下落。这些毫不实用的机器人同它们一样没用的发明人一起奔赴太阳系的各个区域追查格雷厄姆。与此同时，马克斯·格雷厄姆却到了木卫三，鲍威尔在一个珍本古书拍卖会上找到了他。拍卖由一位透思拍卖员主持，流程快得惊人。拍卖的图书是德拉克不动产的一部分，由本·瑞克从他母亲那里继承下来，然后又出人意料地流入了市场。

拍卖场休息室的舷窗俯瞰木卫三的北极冻土地带，体积庞大、光环环绕的棕红色木星占满了黑色天空，鲍威尔在这里同格雷厄姆见了面。之后，鲍威尔乘坐两周一次的班机返回塔拉，其间一个漂亮的空姐又把"不诚实的亚伯"从他身上招了出来，他觉得很丢脸。鲍威尔回到总部的时候不是一个快乐的人，威肯、布林肯和诺德偏偏又火上浇油，挤眼、眨眼、点头^①，鬼头鬼脑了好一阵子。

鲍威尔对下属：没指望。不知瑞克为什么要费这份心，用
那个拍卖把格雷厄姆引诱到木卫三去。

贝克对鲍威尔：那本游戏书的事儿怎么说？

鲍威尔对贝克：瑞克买了它，交给他评估，然后当成礼物
送了出去。书的状况很糟，玛丽亚能用的只有"沙丁鱼"
这个游戏。只凭这些我们永远无法让老家伙莫斯给瑞克加
上任何罪名。那台机器的脑子是怎么转的我太明白了。他
妈的！那姑娘在哪儿？

三位低级别探员连续被达菲·威格&小姐挫败，丢脸地退出便
衣行当，重新穿上制服。鲍威尔最终出马时，她正在"4000"舞会
中玩儿得高兴呢。威格&小姐很乐意谈谈。

鲍威尔对下属：我和"帝王"的艾勒瑞·威斯特通了话，
他证实了威格&小姐的说法。威斯特确实抱怨过赌博的事
儿，瑞克于是买了一首心理治疗歌来禁赌。从种种迹象看
来，他只是出于偶然才听了那首能屏蔽思维的歌。瑞克用
在警卫身上的那种玩意儿查得怎么样了？还有那个姑娘的
事儿呢？

---

① 威肯（Wynken）、布林肯（Blynken）和诺德（Nod），英语中与挤眼
（winking）、眨眼（blinking）、点头（nodding）同音或谐音。

为了回应大众的恶意批评和恣意嘲笑，警察局局长克拉比接受了一次独家新闻采访，采访中他透露警方实验室发明了一种新的调查技术，而这种技术将在二十四小时内破解德考特尼一案。这种技术涉及对尸体眼球的视紫红质的照相分析，从中得出凶手的照片。视紫红质的研究员将奉命协助警方的工作。

　　威尔森·乔丹——为"帝王"发明了视紫红质电离器的生理学家，可能会被警方找到并接受问讯。瑞克不愿冒这个风险，他给科诺·奎扎德打电话，要他想办法将乔丹博士弄出这个星球。

　　"我在木卫四有个产业，"瑞克说，"我会放弃所有权，交给法院扔出去让大家抢。我会事先做好局，确保乔丹拿到。"

　　"而我的工作就是告诉乔丹？"奎扎德用他不阴不阳的声音问。

　　"我们不能那么明显，科诺。我们不能留下线索。打电话给乔丹，引起他的疑心，剩下的事儿让他自己发现好了。"

　　作为这次谈话的结果，一个声音不阴不阳的匿名人士打电话给威尔森·乔丹，若无其事地提出要用一笔小钱购买乔丹博士手中木卫四德拉克不动产的收益。从来没有听说过德拉克不动产的乔丹博士觉得那个令人不悦的声音听来很可疑，他叫来了一位律师，结果他被告知自己极有可能成为一份价值五十万美元的资产的受益人。被惊呆的生理学家在一个半小时后飞速赶往木卫四。

　　鲍威尔对下属：我们已经把瑞克的人从藏身处轰到光天化日之下了。视紫红质方面一定要紧紧抓住乔丹这条线索。他是唯一一个在克拉比的声明后失踪的视觉生理学家。传话给贝克：盯着他去木卫四，处理这件事儿。那姑娘怎么样了？

同时，"粗人和机灵鬼"中的机灵鬼也在不声不响地取得进展。当瑞克的注意力被大喊大叫、仓皇逃窜的玛丽亚·博蒙特所吸引时，帝王公司法律部的一位聪明的年轻律师被轻车熟路地骗到木星，在那儿给他安了条罪状，并把他监禁起来（罪名倒确有其事，当然，这时才提出指控未免迟得过分了）。这位律师的一个经过面容改造、相似得让人吃惊的副本则接替了他在公司的工作。

泰德对瑞克：查一查你的法律部。我不能透思出发生了什么，但是有些事情不大对，这很危险。

瑞克找来一位效率专家，一级超感师，借口是例行检查。专家确认了冒名顶替者。瑞克随即叫来科诺·奎扎德。瞎眼的赌场总管制造了一个原告，此人忽然跳出来指控这个聪明的年轻律师有诉讼欺诈行为，从而毫无痛苦且合法地结束了这位冒名顶替者和帝王的关系。

鲍威尔对下属：天杀的！我们被耍了一回。粗人和机灵鬼……瑞克正冲着我们的脸砰砰砰关上了每一扇门！找出谁为他跑腿干脏活儿，还有，找到那个姑娘。

前防暴警继续带着自己那张簇新的白痴面孔在帝王塔内上蹿下跳，就在这时，一个在实验室爆炸中受了重伤的帝王科学家突然提早一周离开医院，回公司报到，重回工作岗位。他裹着重重绷带，却急于工作。这种工作态度正是帝王公司传统的企业文化的灵魂。

泰德对瑞克：我终于弄明白了，鲍威尔并不愚蠢，他在两个层面上开展调查。别在意那些表现出来的，留心那些暗地里的活动。我透思到医院发生了一些事情，查一查。

瑞克查了三天，然后再次叫来科诺·奎扎德。很快，有人闯进帝王公司，偷窃了价值五万信用币的实验室铂金，外人禁入的禁区也被毁了。这个新归来的科学家被揭露出来是个内应，是这起罪案的共犯。他被移送警察局。

鲍威尔对下属：那就意味着我们永远无法证明瑞克从他自己的实验室里弄来了那种破坏视紫质的玩意儿。看在上帝的分儿上，我们的计策他到底是怎么看透的？我们什么都做不了，束手无策了吗？那姑娘在哪儿?

当瑞克为那些机器人寻找马克斯·格雷厄姆的荒唐行径捧腹大笑时，他最好的铜管乐队正在隆重迎接大洲税务检察官，一位二级超感师，前来执行耽搁了很久的检查帝王实业与资源公司账目的工作。检察官领导的小组成员中新增加了一位担任代笔撰稿人的超感师，负责为上司准备报告。她是一位官方事务专家……主要是警务工作方面。

泰德对瑞克：我对那个检察官的随员有所怀疑，别大意。

瑞克带着冷酷的微笑把他的公开账目提交给检查组。然后他打发自己的密码部主任哈素普到太空岛去享用许诺给他的那次休假。哈素普听话地把一卷小小的、已冲洗的胶卷装进自己普普通通的照相设备里。那个胶卷里是"帝王"的秘密账簿，如果不是用正常方法开启，它的铝热剂外封就会销毁胶卷里的所有记录。除此之外，帝王公司的秘密账簿只有一份拷贝，被锁在瑞克家中那个固若金汤的保险柜里。

鲍威尔对下属：做完这次之后，我们能做的就差不多了。给哈素普安上两条尾巴，粗人加机灵鬼。他或许随身带着至关重要的证据，所以瑞克很可能为他提供一级保护。去他妈的，我们输了。我这么说，老家伙莫斯也会这么说。你知道的。老天，老天！那个天杀的失踪姑娘到底在哪儿？

∞

就像一张解剖学的图示，红色是动脉，蓝色是静脉，下层世界和上层世界各有自己的网络。从超感行会总部传出的话传递给教师和学生，他们的家人、朋友、朋友的朋友，直到一般的熟人、生意场合结识的陌生人。从奎扎德的赌场传出的消息则从赌场管理者传给赌徒、信得过的人、敲诈勒索者，传给小贼、皮条客、当家老大和小跟班，一直传到半欺骗、半诚实的体面世界和地下世界交汇处的灰色地带。

星期五清早，三级超感师弗雷德·迪尔醒来，起身，洗澡，吃早餐，然后离家去做他的日常工作。他是少女街火星交易银行的首席保安。他在气铁站停了片刻，购买新的交通车票，顺便和在信息台值班的另一位三级超感师闲聊了一会儿。对方把有关芭芭拉·德考特尼的那些话告诉了弗雷德。弗雷德记下了对方发给自己的思维图像，这个图像的边缘是一圈圈信用币标志。

星期五清早，斯尼姆·阿斯基被他的女房东库卡·弗茹德讨房租的叫嚷声吵醒。

"行行好吧，库卡，"斯尼姆嘟囔道，"你靠着那个你捡来的疯疯癫癫的黄头发妞儿已经赚了一笔了，地下室里还有这么个靠鬼把戏挣大钱的金矿，犯得着找我要钱吗？"

库卡·弗茹德对斯尼姆指出：a. 那个黄头发姑娘并非疯疯癫癫，而是个真正的通灵者。b. 她（库卡）并不是骗子，而是一位合法的算命师。c. 如果他（斯尼姆）拿不出六个星期的食宿费，她库卡无须掐指就能替他准准地算上一卦：斯尼姆将滚到大街上去。

斯尼姆起床，穿好衣服，准备到城里去弄几个钱。这会儿去奎扎德那里找两个走运的客人骗钱是太早了点儿，斯尼姆打算偷乘一次气铁，却被透思收费员扔了出去，只好自己开步走。到杰瑞·丘奇的当铺可真够走的，但是斯尼姆在那里抵押了一个镶金嵌宝的袖珍钢琴，他希望丘奇能再多押给他一个金币。

丘奇有事儿出去了，店员帮不了斯尼姆的忙。他们在消磨时间。斯尼姆唠唠叨叨地诉苦：他那个泼妇女房东怎样靠着一个诱人的托儿每天给人看手相骗钱，大赚特赚。自己发达了，却还要榨他的钱。但职员不为所动，这一番诉苦连杯咖啡都没讨到。斯尼姆只得离开。

整日搜寻芭芭拉·德考特尼的杰瑞·丘奇回来喘口气时，店员向他报告了斯尼姆的拜访和他说的话。店员没有说的，丘奇透思到了。他几乎晕了过去，踉跄着走到电话前向瑞克报告。瑞克不在。丘奇深吸一口气，然后给科诺·奎扎德打了电话。

与此同时，斯尼姆有点儿绝望了。绝望之下，他做出了一个疯狂的决定，打算玩儿那套假冒银行出纳员的骗术。他辛辛苦苦走进商业区，到了少女街，查看这条愉快的步行街上的银行，打算在这里动手。他不太聪明，犯了个错误，选择了看上去既寒酸又土气的火星交易银行作为自己的战场。斯尼姆不懂，只有实力雄厚而且有效率的机构才敢于采用二流的外部形式。

斯尼姆进了银行，穿过拥挤的人流来到出纳员对面的那排桌子，偷了一把业务单和一支钢笔。斯尼姆离开银行的时候，弗雷德·迪尔看了他一眼，然后不胜其烦地向他的下属做了个手势。

"看到那个小无赖了吗？"他指指正消失在前门外的斯尼姆，"他准备玩儿那个'纠错'的老把戏了。"

"要我们抓住他吗，弗雷德？"

"有什么见鬼的用处？他会在别人身上重新尝试的。让他接着干吧。我们在他得到钱以后抓住他，然后才能给他定罪。金斯敦有的是空床位。"

浑然不觉的斯尼姆鬼鬼祟祟地躲在银行门外一点儿，密切观察出纳员的窗口。一位诚实的市民正在Z号窗口提款，出纳员递出一扎扎现钞。就钓这条鱼。斯尼姆急忙脱下外套，卷起衬衣衣袖，把那支钢笔夹到耳后。

大鱼走出银行，数着自己的钱。斯尼姆溜到他身后，抢上一步，拍拍这个人的肩膀。

"对不起，先生。"他轻快地说，"我是从Z号窗来的。恐怕我们的出纳员犯了个错误，少给您钱了。能不能请您回去纠正一下？"斯尼姆晃晃自己手里的业务单，优雅地从那条大鱼鳍下扫出钞票，转身进了银行。"这边走，先生，"他愉快地说，"还有一百美元等着您呢。"

惊讶的诚实市民跟在他身后，斯尼姆急匆匆地穿过一楼大厅，溜进人群中，直奔另一面的出口而去，他可以在那条大鱼意识到自己被劫之前逃之夭夭。就在此时，一只粗壮的手抓住斯尼姆的脖子。他被扭转身去，和一个银行保安四目相对。

最初混乱的一瞬间，斯尼姆想到反抗、逃脱、贿赂、恳求、金斯敦医院、库卡·弗茹德那个婊子和当她托儿的黄头发女孩、他的袖珍钢琴和拥有它的人。然后他崩溃了，痛哭流涕。

透思保安将他朝另一个身穿制服的保安手里一推，喊道："抓住他，兄弟们。我刚刚给自己大捞了一笔！"

"这个小家伙头上挂着什么悬赏吗，弗雷德？"

"不是为了他，而是为了他脑袋里的东西。我必须给行会打电话。"

星期五下午晚些时候，几乎在同一时间，本·瑞克和林肯·鲍威尔都收到了同样的情报："可以在西堡99号库卡·弗茹德的算命馆里找到那个长相符合芭芭拉·德考特尼外貌描述的姑娘。"

第九章

　　西堡，著名的"纽约围城战"中的最后堡垒，现在成了战争纪念场。那十英亩[1]饱受蹂躏的土地被永久地保留下来，以表达对人类疯狂思想的谴责。正是这种疯狂导致了那场"最后之战"。但是一如既往，所谓的"最后之战"成了倒数第二场战争，战争纪念场满目疮痍的建筑和被破坏殆尽的小巷，现在又加上了私自占房者搭建起来的陋室，西堡成了一个乱七八糟的贫民区。

　　西堡99号原是一个掏空了的陶器工厂。在战争中，接连不断的燃烧弹爆炸引爆了仓库，成千上万种化学釉彩熔化飞溅，成了颜色乌七八糟的月球环形山的复制品。大片紫罗兰色、蓝绿色、焦土般的棕色，以及铬黄色的污点被熔入了石墙。橙色、深红色和紫色的喷流涌出门窗，浓墨重彩地流溢在街道和周围的废墟上。

　　这里成了库卡·弗茹德的彩虹屋。

　　顶楼被一块块分割开来，挤满了各自独立、让人迷糊、复杂的

---

① 1英亩≈0.004平方千米。

小包厢。只有库卡了解这个迷宫，甚至库卡自己时不时都会被搞糊涂。即使这层楼被搜查的时候，一个人也可以从一间屋逃到另一间，轻而易举就能逃出最严密的搜捕网。顶楼这种非同寻常的复杂布局每年都让库卡获利颇丰。

下面的楼面就是库卡那家有名的佛拉伯酒吧。在那里，只要充满罪恶欲望的客人付够钱，精于此道的专家便会技艺娴熟地满足他们的要求，偶尔还会为欲壑难填的客人发明出新的罪恶享乐。但是给予库卡·弗茹德灵感、促成了她最赚钱的产业的却不在地面之上，而在她的地下室。

战争中发生的爆炸将这栋大楼变成了彩虹色的月球环形山，也熔化了老工厂里的陶瓷釉彩、金属、玻璃和塑料；它们的聚合物慢慢渗下地板，落到底层地下室里，变硬，成为闪烁的地面，质地像水晶，颜色带磷光的，古怪地振动、鸣响。

这个地方值得冒险来走一趟。你挤过蜿蜒的窄窄的陌巷，直到你看到指向库卡彩虹馆大门的锯齿状橙色条纹。在门口你会遇见一个身着20世纪正式礼服的人问你："去酒吧还是去算命，先生？"如果回答是"去算命"，你就会被带到一扇墓穴般的门前，在那里你付一大笔钱，就会收到一支磷火蜡烛。高举着蜡烛，你走下一段陡峭的石头台阶。台阶在底层突然大幅度急转，露出一间宽阔深邃的拱形地下室，红光闪烁下，像不住鸣响的湖水。

你踏步走上湖面，这里光滑如镜。在这表面之下，柔和的彩色极光持续地闪烁、发光。每迈一步都会发出清越的和弦声，就像铜铃拖长的泛音在颤动。即使你一动不动，地面依然会歌唱，这是遥远街道的振动所引起的。

在地下室的边沿，石头长椅上坐着其他前来寻求未来命运的人，每个人都握着自己的磷火蜡烛。你看着他们，安静地坐下，心怀敬畏。忽然间你意识到，在地面发出的辉光映照下，每个人看上去都是那么圣洁，每一个人的声音都是那么神圣，他们身体的动作与地板的音乐相呼应。烛光看上去像下霜的夜晚里朦胧的星光。

你加入了那颤动、燃烧的寂静，默默地坐在那里，直到一只银铃高声鸣响，一遍又一遍。整个地面产生了共鸣，形象与声音的奇异联系使得周围的颜色此时愈加明亮起来。然后，在燃烧的音乐波浪中，库卡·弗茹德步入地窖，迈步走向地面的中心。

"到了这时，对了，不用说，幻景结束了。"林肯·鲍威尔对自己说，他瞪着库卡那张迟钝的面孔：肥厚的鼻子，扁平的眼睛，斑斑点点的嘴。北极光在她的面容和紧裹着长袍的身体上闪烁，但无法掩藏一个真相：她野心勃勃、贪婪而又有心计，却完全没有感性和洞察力。

"也许她懂怎么表演。"鲍威尔充满希望地喃喃自语。

库卡在地板中心停下脚步，看上去很像一个粗俗的美杜莎①，然后她举起手臂，想摆出一个神秘的姿势。

"她不懂。"鲍威尔下了结论。

"我为你们到此，"库卡用粗哑的嗓音吟咏，"来帮助你们看清自己的灵魂深处。看到你们内心的想法。你……"库卡顿了顿，接着说道，"想向火星人泽伦复仇；你……想得到木卫四上一位红眼睛女人的爱情；你……想得到巴黎有钱的老叔父的每一块钱……还有你……"

"哟！这女人是个透思士！"

---

① 希腊神话中的蛇发女妖，凝视她眼睛的人会被变成石头。

库卡僵硬了，嘴巴张得大大的。

"你正在接收我的信息，不是吗，库卡·弗茹德？"

心灵感应的回答恐惧地发送回来，语句破碎，连不成整句。显然库卡·弗茹德的天然能力从未经过训练。"什……？谁？你是……什么？"

鲍威尔拼词的时候小心翼翼，就像在和一位三级的超感婴儿交流："名字：林肯·鲍威尔。职业：高级警官。目的：查问一个叫芭芭拉·德考特尼的女孩，我听说她参加了你的表演。"鲍威尔发送了一张姑娘的照片。

库卡想堵住对方的信息传递，但手法笨拙得可怜。"滚……出去。出去。从这里出去。出，出去。去……"

"你为什么不来行会？你为什么不和自己人联系？"

"出去。离开这里。透思士！滚出去。"

"你也是个透思士。你为什么不让我们训练你？对你这样的人来说，现在这种生活算什么生活？胡说八道一气……探索来这里的傻瓜的思想，用到手的材料上演一场算命的表演。有真正的工作等着你，库卡。"

"也有真正的大钱？"

鲍威尔压下他心头涌起的恼怒的波涛，不是对库卡的恼怒，他恨的是残酷无情的进化力量。正是这种力量将越来越大的能力赋予人们，却不剔除残留于人类、阻止他们运用自己天赋能力的恶习。

"我们以后会谈那个，库卡。那姑娘在哪里？"

"没有姑娘。这里没有什么姑娘。"

"别傻了，库卡，咱们一块儿来透思透思我旁边的顾客吧，看他们知不知道那个姑娘。瞧那头为红眼睛女人着迷的老骚公羊……"鲍威尔轻轻探了探他，"他以前来过这里，他正等着芭芭拉·德考特尼进来。你让她穿饰有圆形小金属片的裙子，半小时后你就会让她进来。他喜欢她的长相。她的工作就是假装被音乐催眠，她的裙子分开，露出腿，他喜欢那样。她……"

"他疯了。我从来没有……"

"再看看这位被那个火星男泽仑气得发疯的女人吧。她常看见那姑娘。她相信她。她等着她。那姑娘在哪里，库卡？"

"不！"

"我明白了。楼上。楼上哪儿，库卡？别想堵住我，我透思得很深。你是误导不了一位一级的——我看到了，在转角左边的第四间房间。你这儿可真有个复杂的迷宫啊，库卡。咱们再来一次，确定一下……"

库卡束手无策，恼羞成怒，她突然尖声大叫起来："滚出去，天杀的条子！滚出去！"

"请原谅，"鲍威尔说，"我这就走。"

他站起来离开了房间。

整个超感调查只进行了短短的一瞬，只够瑞克从库卡·弗茹德的彩虹地窖第十八级台阶走下第二十级。他听到了库卡狂怒的尖叫和鲍威尔的回答，于是转身飞奔上通向一楼的台阶。

他从门边的侍者身旁挤过时，将一块金币塞到那人手中，急急地轻声说："我没来过这里。懂吗？"

"没有任何人来过，瑞克先生。"

他飞快地在佛拉伯酒吧里绕了一圈。紧张再紧张；紧张再紧张。紧张，忧惧，纠纷从此开始。他推开各种各样勾搭他的女孩，把自己锁进一间电话亭，戳下BD-12232的号码。丘奇焦急的面孔出现在屏幕上。

"本，怎么样？"

"我们被堵住了，鲍威尔在这里。"

"哦，我的上帝！"

"奎扎德在他妈的什么地方？"

"他不在那里吗？"

"我找不到他。"

"但是我以为他会在地窖里。他……"

"鲍威尔在地窖里透思库卡，我打赌奎扎德不在那儿，他到底在什么鬼地方？"

"我不知道，本。他和他老婆一起去了，而且……"

"你看，杰瑞。鲍威尔一定已经知道那姑娘的位置了，我大概只有五分钟的时间抢在他之前找到她。奎扎德本来应该为我做这个，他不在地窖里，也不在佛拉伯酒吧，他……"

"他一定在楼上那些鸽子笼里。"

"这些我自己想，听着，有没有什么近道能迅速到鸽子笼去？一条我可以在鲍威尔之前找到她的捷径？"

"如果鲍威尔透思了库卡，他也透思到了捷径。"

"见鬼，这我知道。但也许他没有，也许他太重视姑娘的事情，这是个机会。我必须抓住这个机会。"

"在主楼梯后面。那里有一面大理石浮雕。把那浮雕的脑袋扳向右边。那些雕像的身体会分开，里面有一扇门通向垂直的气铁。"

"好。"

瑞克挂了线，离开电话间，直冲到主楼梯。他转向大理石楼梯后面，找到了那面浮雕，野蛮地扭动那浮雕的头。只见浮雕的身体摇晃着分开，一扇钢门出现了，门楣上装着一块满是按钮的镶嵌板。瑞克重重地捶在"顶楼"键上，猛力拉开门，踏进里面的竖井。他脚底的金属板立刻颠簸起来，在气压的咝咝声中他被向上送了八层，直达顶楼。一个磁力卡口止住了上升的金属板，他打开门踏步而出。

他发现自己置身于一条走廊中，走廊大约呈三十度角倾斜向上，然后折向左面。地面上铺着帆布，天花板上每隔一段距离安着一只氖球灯泡，光线闪烁不定。

"奎扎德！"瑞克大喊。

没有回答。

"科诺·奎扎德！"

还是没有回答。

瑞克向上跑过半条走廊，然后胡乱打开一扇门。门里是一个狭窄的小房间，被一张椭圆形床铺占得满满的。瑞克在床边撞了一下，绊倒了。他爬过泡沫床垫，来到对面的一扇门，撞开门，倒在外面。他发现自己落在台阶上，这台阶通向一间圆形门厅，里面有一圈门。瑞克连滚带爬地下了台阶，站在那里大口喘息，瞪着周围这一圈门。

"奎扎德！"他再次喊叫，"科诺·奎扎德！"

什么地方传来模糊不清的回应。瑞克原地一转，冲向一扇门，一把拉开。一个用整形手术染红了眼睛的女人正站在里面，瑞克和她撞了个满怀。她猛然爆发出一阵毫无缘由的大笑，举起双拳捶打他的面孔。晕头转向、视线不清的瑞克从这个结实的红眼睛女人身边退开，寻找刚才进来的门。他显然是弄错了，拽了另一扇门的把手，当他回到门外时，他已经不在环形门厅里了。他的脚跟碰到了三英寸厚的被褥。他跌跌撞撞地回过身，摔倒的同时重重撞上房门，他的脑袋磕上了瓷炉的边沿，撞得他晕晕乎乎的。

视线清晰起来时，他发现自己正呆呆地仰望着库卡·弗茹德生气的面孔。

"见鬼，你在我的房间里干什么？"库卡尖叫。

瑞克跳起身来。"她在哪儿？"他说。

"你给我从这里滚出去，本·瑞克。"

"我问你她在哪里？芭芭拉·德考特尼。她在哪里？"

库卡扭头大叫："玛戈塔！"

那红眼睛女人冲进屋来。她手里拿着一把神经元干扰枪，仍然笑个不停，但是那把瞄准他脑袋的枪却毫不颤抖。

"滚出去。"库卡重复。

"我要那姑娘，库卡。我要在鲍威尔找到她之前得到她。她在哪里？"

"把他赶出去，玛戈塔！"库卡尖叫。

瑞克用手背猛击那个红眼睛女人，正打在她两眼之间。枪掉了下来，她后退倒地，在角落里抽搐，依然大笑不止。瑞克不去管她，捡起干扰枪将它顶上库卡的太阳穴。

"那姑娘在哪儿？"

"下地狱去吧……"

瑞克把扳机扳到第一挡，机器射出的感应电流折磨着库卡的神经系统。她僵硬了，开始颤抖，皮肤因为突然涌出的汗水闪闪发亮，但是她依然摇头。瑞克猛拉扳机，扳到第二挡，库卡的身体剧烈地震颤，仿佛骨头都要被劈开了。她的双眼跳动着，喉咙里吐出动物受折磨时发出的呻吟。瑞克让电流持续了五秒钟，然后关上干扰枪。

"第三挡是致命挡，"他咆哮，"死路一条！我他妈的不在乎，库卡。如果我不弄到那姑娘就没活路了。她在哪里？"

库卡几乎已经完全瘫痪了。"穿过……门，"她嘶哑地说，"第四间……转弯之后……左手边。"

瑞克扔下她，穿过卧室，奔出门去，进入螺旋式的坡道。他登上坡道，大转弯，数着门，停在左边的第四间门前。他倾听了一下，没有声音，他破门而入。里面是一张空床，一张梳妆台，一只空壁橱，一把椅子。

"该死的，上当了！"他喊道。他走近床边，上面完全没有睡过的痕迹。壁橱也一样没有用过。转身准备离开房间时，他猛地一拽梳妆台中间的抽屉，将它扯了出来。里头是一件雾白色的丝质睡袍，还有一块污迹斑斑的钢铁家伙，看上去就像一朵邪恶的花。谋杀的凶器：那把组合式的匕首枪。

"我的上帝！"瑞克深吸一口气，"我的上帝！"

他一把抓起枪来检查了一下：转轮里依然装着子弹，炸开德考特尼脑袋瓜的那发子弹的弹壳仍旧在撞针下面。

"还没完，"瑞克喃喃道，"一个他妈的姑娘不能让我完蛋，不能！看在上帝的分儿上，一个他妈的目击者不能让我完蛋！"他折叠起匕首枪套装，将它狠狠地塞进自己的口袋里。就在这时，只听远处传来一阵笑声……不阴不阳的笑声——奎扎德的笑声。

瑞克迅速来到歪歪斜斜的坡道，循着笑声找到一扇深嵌在墙内、装有黄铜铰链、半开的豪华式房门。他警惕地握紧那把神经元干扰枪，扳到致命挡，一步步穿过那扇门。一阵气压的咝咝声，门在他身后关上了。

他进了一间小小的圆形房间，墙壁和天花板都覆盖着深色天鹅绒。地板是透明的水晶，楼下的女性闺房看得清清楚楚。这是库卡的"窥私房"。

下面的闺房里，奎扎德正坐在一张深深的椅子中，一双盲眼呆滞无神。那个德考特尼姑娘坐在他膝盖上，身着一件非常暴露的、缀满金属片的睡袍。奎扎德粗鲁地抚弄着她，她则一声不吭，黄色头发非常光滑，深邃的黑眼睛平静地望着空中的什么地方。

"她看上去怎么样？"奎扎德不阴不阳的声音清晰地传了上来，"她感觉如何？"

他在和一个枯槁的小个子女人说话，那女人站在闺房正中，背朝墙壁，脸上带着极度痛苦的表情。是奎扎德的妻子。

"她看上去怎么样？"那瞎子重复。

"她不知道正在发生什么。"女人回答。

"她知道。"奎扎德喊了起来，"她还没疯到那个地步，别告诉我她不知道正在发生什么。上帝！如果我还能看见该多好！"

那女人说："我是你的眼睛，科诺。"

"那就替我看。告诉我！"

瑞克诅咒了一声，将干扰枪瞄准奎扎德的头。这玩意儿的威力可以穿过水晶地板杀人，它可以穿过任何东西，它现在就要开始杀人了。就在这时，鲍威尔走进那间闺房。

那女人立刻看到了他，她发出一声令人毛骨悚然的尖叫："跑，科诺！快跑！"她从墙边冲过来，直扑鲍威尔，双手抓向他的眼睛。接着，她绊了一跤，面朝下摔倒了，显然摔得失去了知觉，因为她再也没有动弹。奎扎德搂着姑娘从椅子里跳起来，他的盲眼直直地瞪着前方。这时瑞克得出一个让人震惊的结论：那女人摔倒不是意外，因为奎扎德也突然间摔倒在地。那姑娘从他怀里翻倒出来，跌坐回椅子上。

显然这是鲍威尔用思维波做到的。在他们的战争中，瑞克第一次害怕鲍威尔——身体上的害怕。他再一次用干扰枪瞄准，这一次是对准鲍威尔的脑袋。透思士朝椅子走去。

鲍威尔说："晚上好，德考特尼小姐。"

瑞克轻声道："再见，鲍威尔先生。"他努力稳住颤抖的手，瞄准鲍威尔的头。

鲍威尔说："你没事儿吗，德考特尼小姐？"姑娘没有回答，他弯腰望着她漠无表情的平静的面孔，碰了碰她的手臂，重复道，"你没事儿吗，德考特尼小姐？德考特尼小姐，你需要帮助吗？"

"帮助"①这个词一出口，那姑娘一下子在椅子上坐得笔直，开始倾听。然后她双腿猛地一伸，从椅子上跳起来，直直地跑过鲍威尔身边，陡然停下，然后伸出手去，好像在拉一个门把手。她扭转门把手，猛冲进一间想象中的房间，继续向前直冲，黄色的头发在空中飞舞，黑色的眼睛警惕地张大了……闪耀着野性的美。

"父亲！"她尖叫，"看在上帝的分儿上，父亲！"她向前跑，短暂地停了一下，然后后退，好像在躲避什么人。她冲向左边，绕了半个圈，发疯似的尖叫，目光凝定在固定的一点上。

"不！"她喊，"不！看在上帝的分儿上，父亲！"

她冲向前去，停下，和想象中抓住她的手臂搏斗。她挣扎、尖叫，她的目光依然定在一点。她的身体僵硬了，双手捂住耳朵，好像有一声巨响要刺穿她的耳膜。她向前跪倒，爬过地板，痛苦地呻

---

① "帮助"（HELP）一词在英文中也可用来呼救，所以让芭芭拉·德考特尼想起了父亲出事儿的晚上。

吟。然后她停了下来，拽过地上的什么东西，依然蜷伏着，她的面孔又一次平静了，像个死人，无生命的木偶。

瑞克非常确定那姑娘刚才在做什么，这种确定之感让他作呕。她重温了她父亲的死，她为鲍威尔重演了一遍。如果他透思她的话……

鲍威尔走到姑娘身边，把她从地上扶起来。她起身时就像一位优雅的舞蹈演员，像梦游者一样安详。透思士搂着她，把她带到门边。瑞克带着那把干扰枪全程瞄准，等待最好的射击角度。

他们是看不到他的。他无可置疑的敌人就在他身下，在致命挡的瞄准下，不费吹灰之力。只要一枪，他就可以赢得安全。鲍威尔打开门，突然将姑娘挡到一边，让她紧贴自己，抬头望着。瑞克屏住了呼吸。

"来吧。"鲍威尔喊道，"我们就在这里，活靶子。一枪两个，来呀！"他瘦削的脸上充满愤怒，黑色眼睛上面浓黑的双眉皱了起来。他朝上方看不见的瑞克怒视了半分钟之久，等待着，充满仇恨，毫不畏惧。最终是瑞克垂下了眼睛，别转头，避开那个看不见他的人的面孔。

之后，鲍威尔带着温顺的姑娘走了出去，在他身后静静关上门。瑞克知道，他已经任凭安全从自己的指尖滑了出去，他离毁灭只有一半路程了。

第十章

想象一台照相机，镜头因重击而扭曲、报废，只能一次次重放同一个镜头：使它扭曲的那一击；想象一片电子记忆水晶被猛地折弯，只能一遍又一遍重放同一小段音乐：它无法忘记的那段可怕的曲调。

"她处于一种歇斯底里的回忆状态。"金斯敦医院的吉姆斯医生对鲍威尔和玛丽·诺亚斯解释说，"她一听到关键词语'救命'，就条件反射地重新体验一次那段恐怖的经历……"

"她父亲的死。"鲍威尔说。

"是吗？我明白了。这是……紧张性精神分裂症引起的。"

"是永久性的吗？"玛丽·诺亚斯问。

年轻的吉姆斯医生看上去既惊讶又愤慨。他不是透思士，但他是金斯敦医院最年轻有为的医生之一，全部热情都倾注在他的工作上。"在这个时代，以她的年龄除了物理死亡之外，没有什么是永久性的。还有，诺亚斯小姐，我们金斯敦医院已经开始着手对付物理死亡了，从症状学角度来研究死亡，事实上我们已经……"

"过会儿再说这些，医生。"鲍威尔插话道，"今晚就不要再上课了，我们还有工作。我能使用那个姑娘吗？"

"怎么个使用法？"

"透思她。"

吉姆斯医生考虑了一下。"没有不可以的理由。我对她使用了治疗紧张症的'体验错觉'疗法，应该不会造成什么冲突。"

"'体验错觉'疗法？"玛丽问。

"一种伟大的新治疗方法。"吉姆斯兴奋地说，"是一个叫由伽特的透思士发明的。病人的紧张症实际上是一种精神出逃，逃避现实。大脑的意识层面不能面对外部世界和它自己无意识层面之间的冲突。它希望自己从来没有被生下来，试图回到胎儿时期的状态。你理解了吗？"

玛丽点点头。"刚刚理解。"

"好。'体验错觉'是19世纪的精神病治疗的词汇。字面的意思是：体验过、尝试过的某种事情。很多病人的愿望如此强烈，最终会令他们相信，某种从未经历过的行为或者体验曾经发生过。听懂了吗？"

"等等，"玛丽慢慢地说，"你的意思是我……"

"这么说吧，"吉姆斯利落地打断她，"假装你有一个热烈的愿望，你想……嗯，比如说，和鲍威尔结婚，组成一个家庭。行吗？"

玛丽的脸唰地红了。她用有点儿发紧的声音说："可以。"此时此刻，鲍威尔极想痛骂一顿这个好心好意却没有透思能力的笨拙年轻人。

"好吧，"不知内情的吉姆斯高高兴兴地接着说，"如果你心理失衡，你可能会让自己相信，你已经和鲍威尔结婚了，有了三个孩子。这就是体验错觉。现在我们要做的是：为病人合成一种人工错觉。我们让紧张性精神分裂症患者实现自己逃避现实的愿望。我们让他们渴望的经历真的发生。我们将思维与底层层面剥离开来，把它送回到子宫，让它假装自己重新出生，是一个全新的生命。明白了吗？"

∞

"明白了。"重新恢复自制力的玛丽勉为其难地笑了笑。

"在思维的表层……在意识层……病人以加速度飞快地重新走过成长之路：婴儿期，童年，青春期，最终成熟。"

"你的意思是芭芭拉·德考特尼将成为一个婴儿……学习说话……走路？"

"对，对，对。大约花三个星期。当她的思维发展到她目前的成熟程度时，她就可以接受自己极力逃避的现实了。她成长了，可以接受它了。正如我刚才所说，这些变化仅仅发生于她的意识层面，意识的底层不会受影响，你可以随意透思她。唯一的麻烦是……她肯定吓坏了，恐惧深入意识的底层，混淆在一起了。想取得你想要的信息不容易啊！当然，那是你的专长，你会知道怎么做的。"

吉姆斯突兀地站起来。"得回去干活儿了。"他走向大门，"很高兴为你们服务，被透思士叫来总是一件让人高兴的事儿。我不能理解近来针对你们这些人的敌意……"他走了。

"嗯——这告别语真是意味深长。"

"他是什么意思，林克？"

"还不是因为我们那位了不起的好朋友，本·瑞克。瑞克一直在支持反超感运动。那一套你也知道：透思士是个排外的小圈子，不能信赖，从来成不了爱国者，反倒是太阳系里的阴谋家、吃普通人的婴儿，诸如此类。"

"哼！他还支持义士团，真是个讨厌、危险的人。"

"危险，但并不讨厌，玛丽，他有魅力，所以更加危险。人们总是希望坏人看上去就像恶棍。嗯，也许我们可以先收拾瑞克，现在还不算晚。把芭芭拉带下来，玛丽。"

玛丽把姑娘带到楼下，让她坐在一张矮台子上。芭芭拉像尊平静的雕像坐在那儿。玛丽给她穿上了蓝色的紧身连衣裤，把她的金发向后梳，用一根蓝丝带系成马尾辫。芭芭拉被收拾得干干净净的，打扮得漂漂亮亮的，像一尊可爱的蜡人儿。

"外表可爱，内心却全被毁了。天杀的瑞克！"

"和他有什么关系？"

"我告诉过你，玛丽。在库卡的鸽子笼里我怒火万丈，我把怒火投向那个荒淫的鼻涕虫奎扎德和他的妻子……当我透思到瑞克在楼上的时候，我把怒火喷在了他脸上。我……"

"你对奎扎德做了什么？"

"神经元冲击波。什么时候到实验室来，我们会演示给你看。这是个新招数。如果你成了一级，我们会教你的。它就像是超感方式的神经干扰枪。"

"致命的？"

"忘了超感誓言？当然不是。"

"你穿过地板透思到了瑞克？你怎么做到的？"

"思维波反射。那间窥私房想听下面的声音时不是借助于窃听器，而是依靠那间房子完全开放的声音传递渠道。这是瑞克的错误。他的思维顺着声音传递渠道传了下来。我发誓，当时我巴不得他有那胆子开枪，我好用冲击波轰掉他，就此结案。"

"他为什么不开枪？"

"我不知道，玛丽。我不知道。当时他认为自己无论如何都应该杀了我们。他以为自己是安全的……并不知道有冲击波这回事儿，虽说奎扎德被击倒的事儿让他有点儿不踏实，可他确实不知道……但是他无法开枪。"

"害怕？"

"瑞克不是懦夫，他并没有害怕，他只是不能够。我不知道为什么。也许下一次就不一样了。所以我才把芭芭拉·德考特尼留在我家，在我自己的房子里透思她。她在这里才不会出事儿。"

∞

"在金斯敦医院才不会出事儿。"

"对于我想要做的工作来说，那里不够安静。"

"什么？"

"详细的谋杀画面都锁在她歇斯底里症状的表象之下。我必须把它弄出来……一点一滴的。这些一到手，我就逮住瑞克了。"

玛丽站起身。"玛丽·诺亚斯退场。"

"坐下，透思士！你知道我为什么叫你来吗？你要留在这里陪着这个姑娘，她不能一个人留在这里。你们两个可以住我的卧室，我睡书房。"

"得了吧，林克，别来这一套。你尴尬了。让咱们瞧瞧，看我能不能在你的思维屏障上扎个小针眼儿。"

"听着……"

"少来，鲍威尔先生。"玛丽放声大笑，"原来是这么回事儿。你想我来做陪护女伴①。这个词是维多利亚时代的，对不对？你也一样，林克。毫无疑问这是一种返祖倾向。"

"胡说八道。哪怕在玩主圈子里，我都是最……"

"可那个图像是什么？哦，圆桌骑士。加拉哈德②·鲍威尔先生。在那下面还藏着什么，我……"突然，她止住笑，面色变得苍白。

"你挖到了什么？"

"算了，不说这些事儿了。"

"得了吧，玛丽。"

"不说了，不说了，林克。还有，别为那个透思我。如果你自己都认识不到自己的想法，最好不要从二手途径去获知，尤其别从我这里去获知。"

他好奇地看了她片刻，然后耸耸肩膀。"好吧，玛丽。我们最好开始工作。"

他对芭芭拉·德考特尼说："救命，芭芭拉。"

她立刻唰地在矮台子上坐得笔直，做出倾听的姿势，他则开始巧妙地挖掘……

床单的触觉……朦胧的呼喊……谁的声音，芭芭拉？在前意识的深处，她有了反应。"是谁？"一个朋友，芭芭拉。"没有人，

---

① 英国维多利亚时代仍保留的一种礼仪习惯，也是欧洲中世纪遗留下来的礼俗，未婚女士不能单独和亲人之外的男性待在一起，需要一位女伴陪同。
② 英国亚瑟王时代的著名骑士，曾寻找圣杯。

没有别人，就我一个。"她确实是一个人，飞奔下一条走廊，冲破一扇门，撞进一个兰花状的房间，看到了……你看到了什么，芭芭拉？"一个男人，两个男人。"是谁？"走开，请走开，我不喜欢声音。有一个声音在尖叫，在我耳朵里尖叫……"她尖叫起来，恐惧的本能驱使她躲开一个模糊的人影，这个人影想抓住她，不让她靠近她父亲。她转过身来，绕过去……你父亲在做什么，芭芭拉？

"他……不，你不属于这里。这里只有我们三个人。父亲和我，还有……"那个模糊的身影抓住了她，他的面影在她眼前一闪而过。就一下子，接着便消失了。再看一眼，芭芭拉。保养得很好的脸，眼睛分得很开，小小的雕刻般的鼻子，小而感性的嘴，看上去像一道疤。是他吗？再看看这个形象，是那个人吗？"是的。是的。是的。"然后，一切都消失了。

她又跪倒了，平静，无生命的木偶，像死了一般。

鲍威尔抹掉脸上的汗水，扶着姑娘坐回矮台上。他受到了极度的震动……比芭芭拉·德考特尼还要糟糕。歇斯底里症缓冲了对她的情感冲击。他却什么防护都没有。他重新经历了她的恐惧、她的惊骇、她的痛苦，赤裸裸的，而且没有保护。

"是本·瑞克，玛丽。你也看到那个图像了吗？"

"撑不了那么久，林克。我半路就逃了，让自己能喘口气。"

"是瑞克没错。唯一的问题是，他到底用了什么见鬼的法子杀了她父亲？他的凶器是什么？为什么老德考特尼没有和他搏斗自卫？只好再来一次。我恨自己对她做这种事儿……"

"我恨你对自己做这种事儿。"

"迫不得已。"他深吸一口气，说："救命，芭芭拉。"

她又一次唰地在矮台上坐得笔直，做出倾听的姿势。他飞快地

143

溜进去。慢点儿，亲爱的。别那么快，时间很宽裕。"又是你？"记得我，芭芭拉？"不，不，我不知道你是谁。出去！"但我是你的一部分，芭芭拉。我们一起跑下了那条走廊。看到了吗？我们正在一起开门。一起做容易多了，我们互相帮助。"我们？"是的，芭芭拉，你和我。"但是你现在为什么不帮助我？"我怎么帮，芭芭拉？"你看我父亲！帮我制止他，制止他，制止他，制止他，帮我尖叫。帮帮我！行行好，帮帮我！"

她又跪倒了，平静，无生命的木偶，像死了一般。

鲍威尔感到有一只手撑在他的臂膀下面，这才意识到他不应该也跪在地上。他面前的尸体缓缓消失，兰花套间也消失了，玛丽·诺亚斯正尽力把他拖起来。

"这次是你先倒下的。"她恨恨地说。

他摇摇头，试图搀扶芭芭拉·德考特尼。他摔倒在地板上。

"好了，加拉哈德爵士。先歇歇吧！"

玛丽把那姑娘拉起来，扶着她坐在矮台上。然后她回到鲍威尔身边。"现在准备好接受帮助了吗，或者你认为这样没有男人气？"

"那个词叫'男子气概'。别浪费时间扶我了，我需要的是头脑的力量，我们遇到麻烦了。"

"你透思到什么了？"

"德考特尼希望被谋杀。"

"不！"

"是的，他想死。就我所知，也许是他在瑞克面前自杀了。芭芭拉的回忆是混乱的。我一定要搞清楚这一点，我必须见一见德考特尼的医生。"

144

"是萨姆·@金斯，他和萨莉上星期回金星了。"

"那么我只能也走一趟了。我还赶得上10点钟的那趟火箭吗？给机场打电话。"

∞

萨姆·@金斯，一级超感医师，精神分析费为每小时一千信用币。公众都知道，萨姆一年能赚两百万信用币，但他们不知道，萨姆还承担了大量慈善工作。对他的身体而言，如此繁重的工作是一种有效的慢性自杀。@金斯是行会长期教育计划不熄的火炬之一，也是环境理论学派的领导人。他相信超感能力并不是天生的特质，而是人人具备的潜能，每个人通过适当的后天训练都可以开发出来。

结果就是，萨姆的住宅位于维纳斯堡外的沙漠台地上，这里光线强烈，却一片荒芜。宅子里挤满了来义诊的病人，他欢迎每一个低收入者到他这里看病。替他们治疗时，萨姆谨慎地尝试为他的病人培养心灵感应能力。萨姆的理由很简单，开发透思能力有点儿类似于开发某些未经使用的肌肉，这种功能之所以如此罕见，很可能是因为大多数人懒于，或者没有机会这样做。但是当一个人到了危急关头，他就没有办法再懒惰下去了。于是萨姆趁机给他们提供尝试的机会，开发他们的潜能。到现在为止，他的成果是发现了2%的潜在超感师，比行会面试发现的比例还低。但萨姆依然坚持不懈，毫不气馁。

鲍威尔找到萨姆的时候，他正在自家岩石嶙峋的沙漠园子里大步奔走，精力充沛地摧毁沙漠花朵（他以为这就算搞园艺），与此同时，他还在与一群精神抑郁的人进行心灵沟通。这些人跟着他走来走去，活像一群忠实的小狗。金星上空长年不散的乌云反射着让人目眩的阳光，把萨姆的光头晒成了粉红色。萨姆气哼哼地叫喊着，对着病人和植物叫嚷。

"该死的！别跟我说那是红树瘤，那是杂草。我看到杂草的时候难道会认不出来？把耙子递给我，伯纳德。"

穿黑衣服的小个子男人把耙子交给他，说："我的名字是沃尔特，@金斯医生。"

"这就是你的问题所在。"@金斯哼哼道，撕掉一丛橡胶红的植物。它像棱镜一样疯狂地变幻着颜色，发出一声痛苦的尖叫，证明它既不是杂草也不是红树瘤，而是让人提心吊胆的金星褪色柳。

@金斯不悦地看着它的气囊瘪下去，发出哭泣般的漏气声。然后他瞪着那个小个子。"逃遁，逃进语言中，伯纳德。你只看东西上的标签，却不看那个东西本身，你用这种方法逃避真实。你想逃避的是什么，伯纳德？"

"我原本希望你能告诉我，@金斯医生。"沃尔特回答。

鲍威尔静静地站在那里，欣赏这场面。这就像一本古董书中的插图。萨姆，一个坏脾气的救世主，怒视着他恭顺的追随者。围绕着他们的是石头花园里闪闪发亮的硅石，上面爬满了颜色斑驳的干燥的金星植物。头顶的云层像闪光的珍珠。背景则是这个星球红色、紫色和紫罗兰色的穷山恶水，一直伸展到目力尽头。

@金斯不屑地哼了一声，对沃尔特道："你让我想起了那个红头发，那个假想自己是交际花的家伙在哪里？"

一位漂亮的红头发姑娘从人群中挤出来，傻笑着说："我在这里，@金斯医生。"

"别搔首弄姿，我已经给你定性了。"@金斯对她沉着脸，用思维波继续话头，"你因为自己是个女人而高兴，不是吗？你用性别代替了生活，用你的幻想。'我是个女人，'你对自己说，'于是，男人仰慕我，只要我点头，成千上万个男人都想要我。所以我就是个真正的交际花。'胡说八道！不能用这种方法逃避现实。性不是臆想，生活不是臆想，童贞也不是什么值得推崇备至的东西。"

@金斯不耐烦地等着回应，但那姑娘只是在他面前装模作样地傻笑、搔首弄姿。他终于爆发了。"你们没有人听到我对她说了什么吗？"

"我听到了，老师。"

"林克·鲍威尔！不！你在这里做什么？你是从什么地方钻出来的？"

"从塔拉来，萨姆。来咨询一下，不能久留。得乘下一趟火箭赶回去。"

"你不能打星际电话吗？"

"事情太复杂了，萨姆。只能用超感模式交流，是德考特尼的案子。"

"哦，啊，嗯？是的。我一会儿就来，自己拿点儿喝的吧。"@金斯发出思维波通知："萨莉，老伴儿。"

@金斯的病人中有一个毫无理由地缩了一下，萨姆兴奋地转向那人。"你听到了，对不对？"

"不，先生。我什么都没有听到。"

"不，你听到了。你收到了思维广播。"

"没有，@金斯医生。"

“那你为什么跳起来？”

“我被虫咬了。”

“不对。”@金斯吼道，“我的花园里没有虫子，你听见我叫我妻子了。”然后他可怕地大吼道：“你们都能听见我，别说你们不能，你们不想得到帮助吗？回答我，快，回答我！”

鲍威尔在凉快宽敞的起居室里见到了萨莉·@金斯。屋顶敞开着，金星上从来不下雨，在长达七百个小时、灼热难耐的金星白昼中，只需一个塑料圆顶就可以提供一个阴凉的环境。而当七百个小时的寒夜开始时，@金斯一家便会打点行装，回到他们在维纳斯堡城里有供暖系统的公寓。每个居住在金星上的人都以三十天为一个生活周期。

萨姆大步奔进起居室，鲸饮了一夸脱①冰水。“喝掉了十美元，黑市价。”他朝鲍威尔横了一眼，“你知道吗？我们在金星有个卖水的黑市，而警察对此到底做了些什么呢？别介意，林克。我知道这在你的辖区以外。德考特尼怎么了？”

鲍威尔提出了难题。关于她父亲的死，芭芭拉·德考特尼还保留着歇斯底里式的记忆。她的回忆有两种可能的解释。或者是瑞克杀了德考特尼，或者他只是目击了德考特尼的自杀。老家伙莫斯肯定会坚持要弄清楚这一点。

“我明白了，答案是‘是的’。德考特尼是自杀。”

“自杀？怎么回事儿？”

“他崩溃了，他的自我适应体系分崩离析了。他因为感情枯竭而压抑自己，早就陷在自我毁灭的边缘。所以我才会冲到塔拉去阻

---

① 美制1夸脱≈0.95升。

止他。"

"嗯——这是对我的打击呀，萨姆，那么他可以把自己的后脑勺炸飞，对吗？"

"什么？把后脑勺炸飞？"

"是的。这就是现场照片。我们不知道用的是什么武器，但是……"

"等等。现在我可以明确地告诉你，如果德考特尼是那么死的，他肯定不是自杀。"

"为什么？"

"因为他有一种毒药情结。他已经打定主意，要注射镇静剂自杀。你知道自杀的人，林克。一旦确定要用某种特殊形式死亡，他们永远不会改变主意。德考特尼一定是被谋杀的。"

"这下子对路了，萨姆。告诉我，德考特尼为什么一心想毒杀自己？"

"你是开玩笑吗？如果我知道，他就不会一心自杀了。我对发生的事儿感到很遗憾，鲍威尔。瑞克让我的这个病案以失败告终。我本来可以拯救德考特尼的。我……"

"德考特尼为什么会心理崩溃？你能猜到些什么吗？"

"是的。他想通过激烈的行动来逃避深刻的内疚感。"

"对什么内疚？"

"他的孩子。"

"芭芭拉？怎么个内疚法？为什么？"

"我不知道，他一直和各种无理性的象征搏斗：放任、遗弃、耻辱、憎恶、怯弱。我们当时正打算应付这些情况。我只知道这些。"

"瑞克有没有可能知道这些然后加以利用？当我们向老家伙提出这个案子的时候，它是一定要搞清楚这一点的。"

"瑞克有可能猜到——不，不可能，他需要专家的帮助才……"

"你等等，萨姆你话里有话。如果可以的话，我真想透思出你的……"

"来吧。我不挡你，完全敞开。"

"别一心想着帮我，那样只会把所有事儿都弄混。放松……对……和某个宴会有关……是派对……谈话……在……我的派对上。上个月。古斯·泰德，他本人就是专家，却有一个类似的病人需要帮助，这是他自己说的。你估计，如果泰德需要帮助，瑞克肯定也需要帮助。"交流到此，过于不安的鲍威尔脱口说出声来："那个透思士到底是怎么了！"

"什么怎么了？"

"德考特尼被杀那晚，古斯·泰德在博蒙特的派对上。他是和瑞克一起去的，但是我一直希望……"

"林克，我不相信！"

"我当时也不信，但是事实如此。瑞克的专家就是小古斯·泰德，是小古斯替他安排一切。他从你这里套消息，再把情报送给杀人犯。古斯老伙计，多少钱才能让你违背超感誓言？眼下的行情是多少？"

"多少钱才能让你自取灭亡！"@金斯怒火冲天。

从别墅的某处传来萨莉·@金斯的广播："林克，电话。"

"见鬼！只有玛丽一个人知道我在这里，希望德考特尼的女儿没出什么事儿。"

鲍威尔一溜小跑来到放视像电话的壁橱边，还没跑到便看见了屏幕上贝克的脸。他的助理也同时看到了他，兴奋地对他挥手。

他没等鲍威尔走入有效听力范围就开始说话。

"……给了我你的电话号码。幸好抓住你了，头儿。我们只有二十六个小时。"

"等等。从头说起，杰克。"

"你的视紫红质先生，威尔森·乔丹博士，从木卫四回来了。他现在是个有产人士了，多亏本·瑞克。我和他一起回了塔拉。他只在塔拉停留二十六个小时，处理事务，然后乘火箭回木卫四，在他崭新的房产里永远居住下去。如果你想从他这里得到什么，你最好尽快回来。"

"乔丹会开口吗？"

"如果他能开口，我还用得着给你打星际电话吗？不，头儿。他得了贪财病。此外，他对'为了乔丹博士慷慨大方地放弃了合法继承权的瑞克'非常感激。如果你想获取情报，最好回塔拉来，自己弄到手。"

∞

"这里，"鲍威尔说，"就是我们的行会实验室，乔丹博士。"

乔丹肃然起敬。行会大厦顶楼整整一层楼面专用于实验室的研究工作。这层圆形楼面直径大约一千英尺，覆盖着双层可调控石英穹顶，可以实现分级照明，从一片光明到彻底的黑暗，调整精度可控制在单色光1/10埃①之内。现在是中午时分，经过微调的日光漫

---

① 一种长度计量单位，主要用来计量微小长度。1埃 = 10^{-10}米。

过桌子和长椅、水晶和银制仪器设备，全身防护的工作人员被罩上了一层柔和的、桃色的光。

"我们四处走走？"鲍威尔轻松地建议。

"我时间不多，鲍威尔先生，但是……"乔丹犹豫了。

"当然您很忙。您能在百忙之中为我们抽出这一个小时已经十分慷慨了，但是我们太需要你了。"

"是不是和德考特尼有关？"乔丹道。

"谁？啊，对了，那件谋杀案你为什么这么想？"

"你们对我追问不休。"乔丹冷冰冰地说。

"我向你保证，乔丹博士。我们只希望你向我们提供研究方面的指导，不是要从你嘴里追问谋杀案的情报。谋杀和科学家有什么关系？我们对那个不感兴趣。"

乔丹略微放开了一点儿。"千真万确。只要看一眼这实验室就能明白这一点。"

"咱们参观一下？"鲍威尔挽起乔丹的手臂。他对整个实验室广播道："准备好，透思士们！我们打算蒙的是个机灵的家伙。"

实验室的技术员手里继续工作，同时以思维波发出响亮的哄笑。各种嘲弄的图像中，某个尖酸鬼还掺进一句刺耳尖音："谁偷了天气，鲍威尔？"这句话指的是"不诚实的亚伯"的职业生涯中一个不为人知的阴暗插曲，具体是什么则没有人成功地透思到，但每一次提到这个切口都能让鲍威尔满脸通红。这次也一样，房间里充满耳朵听不见的窃笑。

"别这样，正经点儿，透思士们。我能不能结案就看我能不能从这个人嘴里哄出点名儿堂来。"

无声的窃笑停止了。

"这是威尔森·乔丹博士，"鲍威尔宣布，"他的专长是视觉生理学，他有一些情报，我想让他主动说出来。我们要让他感觉自己占上风。请你们编造些视觉方面的疑难问题来哄哄他，求他帮忙，让他说话。"

他们过来了，有一两个人来的，有三五成群的。一位正在研究可以记录思维模式的发射器的红头发研究员瞎编了个问题，说思维波可以以散射的形态通过视觉途径传送，他谦恭地请求指导；几个研究远距离心灵感应交流的漂亮姑娘想脱离该研究目前陷入的僵局，向乔丹博士咨询为什么视觉图像的传递总是会出现色差，如何才能避免这种情况；研究超感觉结（透思知觉中心）的日本研究小组认定"结"是和视神经联通的（其实完全两码事儿），他们客气地轻言细语、以似是而非的证据为武器围攻乔丹博士。

13:00，鲍威尔说："很抱歉打断你们，博士，但是一小时已经到了，你还有重要的事儿需要……"

"没关系，没关系的。"乔丹止住他的话继续自己的指导，"我亲爱的博士，如果你试着横切眼球……"等等。

13:30，鲍威尔又一次提醒时间。"已经1点30分了，乔丹博士。你下午5点就要乘火箭离开。我真的觉得……"

"有的是时间。有的是时间。女人和火箭，你知道，都有下一班嘛。是这样，我亲爱的先生，你可敬的工作中包含一个重要的缺陷：你从来没有检查过带活性染色剂的活人的结，比如带正红色或者龙胆紫的，我建议……"等等。

14:00，中心在不影响这场思考盛宴的情况下供应了自助午餐。

14:30，红光满面、心旷神怡的乔丹博士承认，他不喜欢在木卫四当阔佬。那里没有科学家，没有思维的碰撞，没有这么高水准的学术讨论。

15:00，他向鲍威尔吐露了自己如何获得那宗不大正当的产业的经过。似乎最早的业主是克瑞恩·德考特尼。老瑞克（瑞克的父亲）一定是耍了手腕才骗过来放到自己妻子名下的。她过世后，它就归了她儿子。那个小偷，本·瑞克一定觉得良心不安，所以他将这宗房产扔给法院，法院那边不知走了什么手续，最后得到它的是威尔森·乔丹博士。

"他良心上的负担一定还多着呢，"乔丹说，"我为他工作时看到的那些事儿，啧啧！不过说到底，所有金融家都是骗子。你同意吗？"

"我不认为本·瑞克真是那样的人，"鲍威尔故作高尚，"我挺景仰他的。"

"当然，当然。"乔丹连忙同意，"说到底，他还算有点儿良心。确实值得佩服。我不想让他认为我……"

"那当然。"鲍威尔的语气仿佛成了他的同谋，向乔丹心领神会地一笑，"作为科学家我们可以反对，但是作为世故的人，我们只能赞美。"

"你真是太理解我了。"乔丹热烈地和鲍威尔握手。

16:00，乔丹博士告诉那伙甘拜下风的日本人，他很高兴将自己在视紫红质方面最秘密的工作通报给这些优秀的年轻人，以帮助他们的研究。他正在将火炬传给下一代人。在他向他们详细解释自己为帝王公司发明的视紫红质电离器的二十分钟里，他的双眼湿润，喉头因为情绪激动哽咽不已。

17:00，行会的科学家陪同乔丹博士登上他去木卫四的火箭，在他的包间里堆满鲜花和礼物，用感激的话语灌满他的双耳。当乔丹博士加速飞向木星的第四颗卫星时，他心情愉快，因为自己为科学做出了极大贡献，同时又没有背叛那位慷慨好心的赞助人——本杰明·瑞克先生[①]。

∞

芭芭拉在起居室里，四肢着地，精力充沛地爬动着。她刚刚被喂过食，脸蛋圆鼓鼓的。

"哈加加加加加加加，"她说，"哈加。"

"玛丽，快来！她在说话！"

"不会吧！"玛丽从厨房跑进来，"她说了什么？"

"她叫我爸爸。"

"哈加，"芭芭拉说，"哈加加加加加加加。"

玛丽对他好一阵奚落："她说的根本不是那种意思，她说哈加。"她回厨房去了。

"她想说的意思是爸爸。她还太小，吐词不清而已，难道这是她的错？"鲍威尔跪坐在芭芭拉身边，"说爸爸，宝宝。爸爸，爸爸，说爸爸。"

"哈加。"芭芭拉回答，同时迷人地淌下一溜涎水。

鲍威尔认输了。他从意识层深入前意识层。

你好，芭芭拉。

"又是你？"

还记得我吗？

---

① 本杰明是本的全称。

"我不知道。"

你当然记得。我就是时常钻进你这片隐秘混乱的小天地的家伙，我们在那里并肩作战。

"只有我们俩？"

只有我们俩。你记得你是谁吗？你想知道为什么自己被埋葬在这片与世隔绝的小天地里吗？

"我不知道，告诉我。"

好吧，亲爱的孩子，以前你曾经也像现在这样……一个只能算是刚刚成形的存在。然后你出生了，你有母亲和父亲。你长成了一个亚麻色头发、黑眼睛的甜美而优雅的姑娘。你和你的父亲从火星旅行到塔拉，然后你……

"不，这里没有别人，只有我们两个人一起在黑暗中。"

你有过父亲，芭芭拉。

"没有人，没有别的人。"

我很抱歉，亲爱的。我真的很抱歉，但是我们必须再次经历那极度的痛苦。那里有我不得不看的东西。

"不，不……求求你，就我们两个人在这里。求求你，亲爱的幽灵。"

只有我们两个人，芭芭拉。靠近一点儿，亲爱的。你父亲在另一个房间……兰花套间——突然间我们听到了什么……鲍威尔深吸一口气，然后喊道："救命，芭芭拉。救命……"

他们一同猛然坐直身子，做出倾听的姿势。床上用品的触感，奔跑的双脚下是冰凉的地板和无尽的走廊，直到他们最后撞进兰花套间的门，她尖叫着躲避本·瑞克可怕的捕捉，这时他朝父亲的嘴巴举起了什么，是什么？稳住那个图像。拍下快照。上帝呀！可怕的闷声炸响。后脑勺炸开了，那个深爱的、景仰的、崇拜的身影难以置信地瘫倒了。他们呻吟着在地板上爬行，穿过地板，从那张惨白的面孔中拔出那枝恶毒的钢铁花朵，他们的心被扯碎了……

"起来，林克！看在上帝的分儿上！"

鲍威尔发现自己被玛丽·诺亚斯从地上拖起来，空气中充满愤怒的思维图像。

"我离开你一分钟都不行吗？白痴！"

"我在这里跪了很久吗，玛丽？"

"至少有半个小时。我一进来就看到你们俩像这个样子……"

"我得到了我想找的。是一把枪，玛丽。一种古老的爆炸武器。图像清晰，看一看……"

"嗯。那是一把枪？"

"是的。"

"瑞克是从哪儿弄来的？博物馆？"

"我看不是。我来瞎蒙一下，一石二鸟，打个电话……"鲍威尔东倒西歪地移步到电话边，拨了BD-12232，丘奇扭曲的脸出现在屏幕上。

"嘿，杰瑞。"

"你好……鲍威尔。"提防着，戒备着。

"古斯·泰德是不是从你这里买了一把枪，杰瑞？"

"枪？"

"爆炸性武器，20世纪的样式，用在德考特尼谋杀案中。"

"不！"

"千真万确。我想古斯·泰德是我们要找的凶手，杰瑞。我在想他是不是从你那里买了那把枪。我希望带着枪的图像到你那里查对一下。"鲍威尔稍一迟疑，然后轻声强调接下来的话，"这会帮我们一个大忙，杰瑞，而我将不胜感谢，感谢之至！等着我，我半小时以内到。"

鲍威尔放下电话，他看着玛丽，挤挤眼睛里的图像。"这段时间一定足够小古斯赶去丘奇那儿了。"

"为什么是古斯？我以为本·瑞克才是……"她看到了鲍威尔在@金斯家勾出的那幅图像，"哦，我明白了。这是个双重圈套，同时陷住丘奇和古斯两个人。丘奇卖枪的对象是瑞克。"

"也许。我这是瞎猜。但是他确实经营着一家当铺，那简直就是一间博物馆。"

"而泰德帮助瑞克用那把枪对付德考特尼？我不相信。"

"几乎是肯定的，玛丽。"

"所以你在挑拨他们的关系。"

"还有他们两人同瑞克的关系。在这条线索上，我们在事实证据方面一路落败。从现在开始，我要用透思诡计，不然就输定了。"

"可如果你无法让他们和瑞克反目呢？如果他们把瑞克也叫来了怎么办？"

"他们做不到。我们把瑞克从城里引诱出去了。我先把科诺·奎扎德吓得逃之夭夭，瑞克于是跟着追出去了，想把他截下来堵住他的嘴。"

"你真是个贼骨头，林克。我打赌你真的偷了天气。"

"我没有，"他说，"是'不诚实的亚伯'干的。"他的脸红了，吻了吻玛丽，吻了吻芭芭托·德考特尼。他脸又红了一次，然后他晕晕乎乎地离开了房间。

第十一章

当铺里一片黑暗，柜台上亮着一盏孤灯，发出柔和的球状光，三个男人在灯旁说话。他们时而贴近、时而远离光照，面孔和舞动的双手忽而在光球中出现，忽而又消失在阴影里。

"不，"鲍威尔尖锐地说，"我并不是来这里透思任何人的，我坚持开门见山地谈。你们两个透思士也许认为和你们用语言交谈是一种侮辱，我却认为这是证明自己的诚恳。当我谈话的时候，我并没有透思。"

"没有必要。"泰德回答，地精①般的脸撞进光亮里，"谁都知道你诡计多端，鲍威尔。"

"这会儿我是坦诚的，不信自己查好了。无论我想从你们这里得到什么，我都想客观公正地取得。我正在办的是一桩谋杀案，透思不会给我带来任何好处。"

"你想要什么，鲍威尔？"丘奇插了进来。

---

① 一种欧洲神话中的小精灵。

"你卖了一把枪给古斯·泰德。"

"他卖了才怪！"泰德说。

"那为什么你现在会在这儿？"

"难道我不应该制止如此离奇的指控吗？"

"丘奇叫你，是因为他把那把枪卖给了你，而且他知道那把枪用在了什么地方。"

丘奇的脸出现了。"我没有卖枪，透思士。当然也压根儿不知道枪用在什么地方。那就是我的客观证据，接收吧。"

"哦，我会接收的，"鲍威尔笑起来，"我知道你没有把枪卖给古斯，你把它卖给了本·瑞克。"

泰德的脸回到了光圈中。"那你为什么……"

鲍威尔瞪着泰德的双眼。"为了把你弄到这里来谈话，古斯。把这话题搁一下，我想和杰瑞说完。"他转向丘奇，"那把枪原来是你的，杰瑞。它正是你会有的那种东西。瑞克到你这里买的，他只可能到你这儿来，你们以前曾经合伙过。我还没有忘记你们俩搞的那桩混乱的诈骗……"

"你个混账！"丘奇大叫。

"骗来骗去，结果你被行会驱逐了。"鲍威尔继续说，"你冒了一次险，却因为瑞克丧失了一切，就因为他要求你透思股票交易所的四个成员，再向他报告。他从那次诈骗中捞了一百万美元——仅靠要求一个愚蠢的透思士帮个小忙就干成了。"

"帮那个忙他付了报酬的！"丘奇喊道。

"而现在，我的要求只是那把枪。"鲍威尔平静地回答。

"你也打算付我报酬？"

"你了解我，知道我不会，杰瑞。我把你从行会里扔出去，就因为我是说话藏藏掖掖的卫道士鲍威尔，对不对？我会搞见不得人的交易吗？"

"那你准备付什么代价要那把枪？"

"什么都没有，杰瑞。你只能信任我会公平行事，但是我不做任何允诺。"

"我已经得到一个允诺了。"丘奇喃喃。

"你得到了？多半是本·瑞克。他长于许诺，有时却短于兑现。你得下决心，相信我还是相信本·瑞克。枪的事儿怎么说？"丘奇的脸从光亮中消失了。顿了顿，他在黑影中说："我没有卖过枪，透思士，也不知道枪是怎么用的。这就是我给法庭的客观证词。"

"谢谢，杰瑞。"鲍威尔笑了笑，耸耸肩，然后转向泰德，"我只想问你一个问题，古斯。跳过你是本·瑞克的帮凶这一条不谈——你从萨姆·@金斯那儿榨取了德考特尼的情报，又为他做好种种安排……你和瑞克一起去参加博蒙特的派对，为他屏蔽思维以免他被透思，后来又一直替他做思维屏蔽，这些我们同样暂且不提……"

"等等，鲍威尔——"

"别惊惶失措啊，古斯。我只想知道我猜没猜对瑞克给你的贿赂。不可能用钱来贿赂你，你自己赚得太多了；也不能用地位，你是行会中最高级的透思士之一；他一定是用权力来贿赂你，嗯？是那个吗？"

泰德发疯般地想竭力透思对手。他在鲍威尔脑子里只找到了冷静的确信、漠不关心地将泰德的堕落当成既成事实接受下来。这些发现让小个子透思士震动不已，来得太突然了，他无法适应。他的恐慌情绪也传染给了丘奇。所有这些都是鲍威尔的精心安排，目的是即将到来的决定性的时刻。

"瑞克无法在他的世界里给你提供权力，"鲍威尔继续用语言方式说，"他提供给你的不大可能是这种权力，他是不会放弃属于自己的东西的，你也不会想要他拥有的那种权力。所以他许诺给你的一定是超感世界的权力。究竟怎么做？对了，他是超感义士团的经济来源。我猜他许诺通过这个团体给你权力……来一场政变？在行会中的独裁权力？你自己很可能就是那个团体的一员。"

"听着，鲍威尔……"

"这就是我的猜测，古斯。"鲍威尔的声音变严厉了，"而且我有一种直觉，我猜得八九不离十。你想过没有，我们会让你和瑞克如此轻易地打败行会吗？"

"你永远无法证明任何事儿。你将……"

"证明？证明什么？"

"证明你刚才对我的诽谤。我……"

"你这个愚蠢的小家伙。你从来没有参加过透思审讯吗？我们的审讯不像法庭。法庭上你发誓然后我发誓，再由陪审团试着弄清撒谎的是谁。不，小古斯。你站在那里，站在委员会面前，所有的一级开始透思。你是个一级，古斯。也许你可以阻挡两个……也可能三个……但不是所有人。我告诉你，你已经完了。"

"等等，鲍威尔。等等！"那张精致的小脸因为恐惧抽搐起来，"行会要考虑自首行为，在真相大白之前自首。我现在就把每一件事儿情都告诉你，每一件。这是一次心理失常，我现在恢复理智了。你告诉行会，当你和瑞克那种天杀的精神病患者搅在一块儿的时候，你自己也会跟着他的思路走，你自己也会感同身受。但是我现在脱离那种状态了。告诉行会。整个情况是这样的……他到我这里来，他在做一个关于没有面孔的男人的噩梦。他——"

"他是你的病人？"

"是的，他就是这样让我上当的。他胁迫我！但是我现在已经和他脱离关系了，告诉行会我是愿意合作的。我已经打消原来的念头了，我主动交代一切。丘奇是我的证人……"

"我不是证人，"丘奇大喊，"你这肮脏的告密者。在本·瑞克许诺……"

"闭嘴。你以为我想被永远放逐吗？像你一样？你是因为疯狂才相信瑞克。我可不像你，谢谢你，我还没有那么疯。"

"哭哭啼啼的透思士，胆小鬼。你以为你能脱罪吗？你以为你会……"

"老子他妈的不在乎！"泰德喊叫，"我不能为瑞克吞下这种苦药。我要先把他弄垮，我会走进法庭坐在证人席上尽我所能地帮助鲍威尔。把这话告诉行会，林克。告诉他们……"

"你不能那么做。"鲍威尔断然说。

"什么？"

"你是行会培养的，你还是行会的一员。透思士什么时候开始告发他的病人了？"

"你抓瑞克需要这种证据，不是吗？"

"当然，但是我不能从你这里拿。我不会让任何透思士走进法庭，泄露他人秘密，让我们全体蒙羞。"

"如果抓不到他，你的工作可就完了。"

"让我的工作见鬼去吧。我想保住自己的工作，也想抓住瑞克……但不能违背我们的誓言。处理日常生活小事儿，任何透思士都可以不出错，重要关头却需要勇气才能坚持超感誓言。这你最清楚不过，你没有那种勇气。看看你现在吧……"

"但是我想帮助你，鲍威尔。"

"你不能帮助我，不能以道德为代价。"

"但这样一来我就成了帮凶！"泰德大喊，"你会让我完蛋，这就是你所谓的道德吗？算什么……"

"看看他的样子，"鲍威尔大笑，"他在乞求毁灭。不，古斯。我们抓到瑞克的同时也就抓住了你，但我却不能通过你去抓他，我要按照誓言办事儿。"他转过身，离开灯光照射的范围。他穿过黑暗走向前门，等着丘奇吞下这个诱饵。演这一整出戏就是为了这一刻……可是直到此刻，他的鱼钩上依然毫无动静。

鲍威尔打开门，冷冷的银白色路灯的光涌进当铺。丘奇突然喊道："等一下。"

鲍威尔停了下来，路灯的光线将他映照成一个剪影。"什么事儿？"

"你到底是怎么摆弄泰德的？"

"超感誓言。杰瑞。你应当记得它的。"

"让我透思你一下。"

"来吧，我敞开大门让你透思。"鲍威尔的大部分屏障都打开了，不该让丘奇发现的都小心地混在一起，组成切线组合与万花筒图案。丘奇不会发现任何可疑的思维屏障。

"我不知道，"丘奇最后说，"我下不了决心。"

"关于什么的决心，杰瑞？我没有透思你。"

"关于你和瑞克还有那把枪。天知道，你是个嘴里不吐真话的道学家，但是我想，我最好还是相信你。"

"很好，杰瑞。我告诉过你，我不能做出允诺。"

"也许你是那种不必做出许诺的人，也许我的麻烦就在于我总是在寻求许诺，而非……"

就在这时，鲍威尔永不休息的雷达搜索到了街上的死亡气息。

他一个急转身，重重关上门。"下楼。快。"他三步便跨近光球，跳上柜台，"跟我上来。杰瑞，古斯。快，你们这些傻瓜！"

一阵动荡的震颤将整个当铺攫在手中，可怕地摇晃着。鲍威尔踢灭了那盏光球。

"跳，抓住天花板上的灯架，吊在上面。是谐波枪，快跳！"丘奇喘息着在黑暗中跳了起来，鲍威尔紧抓住泰德颤抖的手臂。"太矮了，古斯？伸出手，我把你抛起来。"他将泰德向上一挥，随后自己张开五指抓住灯架那钢蜘蛛似的铁臂。三个人悬挂在空中，缓冲了包围着整个商店的置人于死地的振动。振动在每一种和地板相连的东西内部制造出粉碎性的谐波：玻璃、钢铁、石头、塑料……全都发出尖厉的声音炸开了。他们可以听到地板咔咔地叫着，天花板雷鸣阵阵，泰德呻吟起来。

"坚持住，古斯。是奎扎德的杀手。一伙没脑子的粗坯，上一次就没打中我。"

泰德昏过去了。鲍威尔可以察觉到他的每一条有意识的神经都在失去控制。他钻进泰德的低层意识："坚持，坚持，坚持。**抓紧！抓紧！抓紧！**"

毁灭阴森地逼近小个子透思士的无意识层，在那一瞬，鲍威尔发现没有任何行会的训练能够阻止泰德毁灭自己。死亡的下意识冲动侵袭而来，泰德的双手松开了，他落到地上。振动片刻后便停止了，但是在那一秒钟，鲍威尔听到了沉重的血肉爆裂的闷响，丘奇也听见了，开始尖叫。

"安静，杰瑞！还不到时候，坚持。"

"你，你没听见他？**你没听见吗？**"

"我听见了。我们还没脱离危险，坚持住！"

当铺的门被推开一条缝，一线光射进来，在地板上搜索着。光线照到了一大片红色和灰色的浆液：肌肉、血和骨头，光线盘旋了三秒钟，然后熄灭。门关上了。

"好了，杰瑞。他们以为我已经死了。现在你可以大发作了。"

"我不能下去，鲍威尔。我不能踩在……"

"我不怪你。"鲍威尔单手悬挂支撑身体，腾出另一只手抓住丘奇的手臂，把他向柜台方向推过去。丘奇落了地，不停地战栗。鲍威尔跟着他着地，努力克制反胃的感觉。

"你说来的是奎扎德的杀手？"

"肯定是。他手下有一大帮疯子。每一次我们逮住他们送进金斯敦，奎扎德就又弄来一伙人。"

"但是他们为什么和你作对？我——"

"机灵点儿吧，杰瑞。他们是本的同伙。本已经方寸大乱了。"

"本？本·瑞克？可这是在我的店里，我也可能在这里的。"

"你确实在这里。又有什么区别呢？"

"瑞克不会想杀我的。他——"

"他不想吗？"一幅微笑的猫的图像。

丘奇猛吸了一大口气。突然间他发作了。"天杀的！"

"别那么想，杰瑞，瑞克是在为自己的生命战斗。你不能期望他事事都那么周到。"

"好吧，我也一样在战斗。那个浑蛋刚刚让我下定了决心。准备好，鲍威尔。我敞开头脑，我要把一切都告诉你。"

∞

鲍威尔处理完丘奇的事儿，从总部和泰德的梦魇中回来时，很庆幸在自己家中能看见那个亚麻色头发的小淘气。芭芭拉·德考特尼右手握着一支黑色蜡笔，左手拿着一支红的，正精力充沛地在墙壁上乱涂乱抹。她咬着舌头，眯起眼睛，全神贯注。

"芭芭①！"他震惊地喊叫，"你在干什么？"

"花花，"她口齿不清地说，"给爸爸的漂两（亮）的花。"

"谢谢你，甜心，"他说，"真是个有趣的主意。现在过来和爸爸一起坐。"

"不。"她说，继续涂鸦。

"你是我的丫头吗？"

"是达（的）。"

"我的丫头不是一直都听爸爸的话吗？"

她好好考虑了一下。"是达（的）。"她说。她把蜡笔放进口袋，坐在沙发上，身子靠着鲍威尔，脏兮兮的手掌放在他的手里。

"说真的，芭芭拉，"鲍威尔喃喃，"我真有点儿担心你口齿不清的毛病了。是不是该给你戴牙套啊？"

这想法只算半个笑话。很难想象坐在他身边的是个女人。他望进那双深邃的黑眼睛，眼底闪烁着空洞的光，就像等待被倒满酒液的水晶玻璃杯。

---

① 芭芭拉的昵称。

慢慢地，他钻透她大脑空空洞洞的意识层，直到喧嚣骚动的前意识层，那里阴云密布，就像宇宙中一片广阔黑暗的星云。在云层后面有一点儿孤零零的微弱的闪光，天真烂漫，他已经逐渐喜欢上了那点儿光亮。但这一次，当他继续深入时，却发现那一星闪光原来是一颗炽烈咆哮的新星发出的尖芒。

你好，芭芭拉。你好像——

回应他的是一阵猛然爆发的激情，他立刻撤退。

"嘿，玛丽！"他喊，"快来！"

玛丽·诺亚斯从厨房里蹦出来。"你又有麻烦了？"

"还没有，也许马上就有了。咱们的病人正在好转。"

"我没注意到有什么不同。"

"和我一起进去。她开始恢复自己的身份了，在最底层，几乎把我的脑子烧坏了。"

"你想要我做什么？一个年长的女伴？保护者？"

"你开玩笑吧？我才是需要保护的人。来握住我的手。"

"你两只手都在她手里。"

"说得形象点儿罢了。"鲍威尔不自在地扫了一眼面前那张宁静的娃娃脸和他手中冰凉的、松弛的双手，"我们下去吧。"

他又一次走下黑色的走廊，走向姑娘头脑深处的熔炉……每个人都有这样的熔炉……那是一个巨大的水库，储蓄着永恒的精神力量，无理性，凶猛，沸腾不已，永无休止地寻求满足。他可以感应到玛丽·诺亚斯踮着脚走在他身后。他隔着一段安全距离停了下来。

嘿，芭芭拉。

"滚出去！"

我是那个幽灵。

仇恨向他奔涌而至。

你不记得我？

仇恨的波浪平息下来，一波热烈的、渴望的浪涛又狂乱地涌起。

"林克，你最好快跑。如果你陷进那个痛苦与快乐的混沌里，你就完了。"

"我想找到一样东西。"

"在那里，除了原初状态的爱与死亡，你什么都找不到。"

"我想知道她和她父亲的关系，我想知道他为什么会对她有罪恶感。"

"好了，我要走了。"

熔炉里的火焰又一次高涨。玛丽逃走了。

鲍威尔在火坑边摇晃着、感觉着、探索着、用感官体味着。像一个电工，小心翼翼地触碰暴露的电线，探测它们中间哪一根没有把人电倒的电流。一道耀眼的闪电在他身边劈下。他碰到了它，差点儿被打晕，然后移步到一旁。他感应到了她本能的自我保护力量，他被这种力量捂得快窒息了。他松弛下来，任由自己卷入混沌的中心，开始分辨其中的庞杂诸态。尽管他竭力尝试，却越来越无法保持旁观者的超然。

这里是肉体的信息，是这个大熔炉养料的来源；难以置信的亿兆细胞的反应、器官的喊叫、肌肉低低的嗡嗡的旋律、感官的潜流、血液的流动、血液pH值的起伏波动……这一切保持着动态平衡，旋转着，搅动着，构成了这个姑娘的心理、意识。突触神经永无休止地连接、断开，噼噼啪啪，庞杂之中自有其韵律。每一个空隙里都填满零乱的图像碎片、不成形的信号和零星的信息。所有这些，都是电离化的思想内核。

鲍威尔发现了部分爆破音的图像，于是循迹追踪，找到了字母P[1]……然后是另一种感受，和吻有关，再兜回去，婴儿对乳房的吮吸反应……然后是婴儿的记忆……关于她母亲的？不，是奶妈，横插进与父母有关的回忆……没有。没有母亲……鲍威尔躲开婴儿的愤怒与仇恨交织的火焰，失去母亲的幼儿通常会有这种症状。他又一次从P开始，搜索与父亲相关的内容：爸……爸爸……父亲。

陡然间，他与自己的形象打了个照面。

他瞪着那个形象，差点儿彻底崩溃，好一阵挣扎才恢复正常。

你到底是谁？那个形象动人地微笑了一下，然后消失了。

P……爸……爸爸……父亲。热烈的爱，与什么有关？他又一次与自己的形象正面相对。它是赤裸的，威武有力，被爱与渴望笼罩着，它的双臂张开。

滚开，你让我尴尬了。

那个形象消失了。该死的！她爱上我了吗？"嘿，幽灵。"

一幅图像，是她自己眼中的自己，扭曲到可悲的程度：亚麻色的头发像乱绳，黑色的眼睛像两块污斑，可爱的体形却成了扁平的毫不可人的平面……画面逐渐褪去。突然间，那个强有力的父亲——保护人鲍威尔的形象凶猛地向他冲来。他和这个形象纠缠在一起，它的后脑是德考特尼的脸。他跟随着这位雅努斯[2]，一直沉到一条火焰熊熊的通道，这里充斥着各种形象：一对对，一双双，彼此牵连，是……瑞克？不可能……没错，本·瑞克和扭曲的芭芭拉的形象，并肩而立，像连体婴儿，腰以上分为兄妹，下面的腿弯

---

① 父母（Parent）和爸爸（Papa）首字母都是P。

② 古罗马的两面神，可以看见过去与将来。

来弯去伸向下方的一片庞杂。B连接着B，B和B，芭芭拉和本。血脉相连的，紧密……

"林克！"

喊声从远处传来，辨不出哪个方向。

"林克！"

可以等等再回答。必须先处理这个让人震惊不已的瑞克的图像……

"林克·鲍威尔！这边，你这傻瓜！"

"玛丽？"

"我找不到你。"

"再过几分钟就出来。"

"林克，这已经是我第三次费大劲找到你了。如果你现在还不出来，你就陷在里面了。"

"第三次？"

"三小时之内的第三次。求求你，林克……趁我还有力气。"

他让自己向上方漫游，他无法找到上去的道路。无休无止、无边无际的混沌在他周围吼叫。扭曲的芭芭拉·德考特尼的影像出现了，成为一个性感的女妖。

"嘿，幽灵。"

"林肯，看在上帝的分儿上！"

他恐慌起来，毫无目的地乱冲乱闯，片刻之后，他接受的透思训练才重新发挥了效用，撤离技巧自行运用起来。思维屏障一个个砰然倒塌，每一次都向光明更接近了一步。上升到一半时，他感到玛丽就在身边。她陪着他，直到他又一次回到自己的起居室，坐在那个顽童身边，她的手在他的手里。他急促地放开那双手，好像它们像火一样烫人。

"玛丽，我找到了她同本·瑞克最不可思议的联系。那种关联……"

玛丽拿来一块冰毛巾。她用毛巾利索地拍打他的脸。他意识到自己正在哆嗦。

"唯一的麻烦是……身份零零碎碎不成片段，想找出其中的含义，就像在太阳中心分析太阳的性质一样……"

毛巾又轻抚起来。"你处理的不是有系统的成分，你是在处理电离化的微粒……"

他躲开那毛巾，瞪着芭芭拉："我的上帝，玛丽，我想这可怜的孩子是爱上我了。"

一只斜眼斑鸠的图像。

"真的。我在那里老是遇见我自己。我……"

"那么你呢？"

"我？"

"你以为你为什么不肯把她送到金斯敦医院去？"她说，"把她带到这里来之后，你为什么一天透思她两次？为什么要给她找女伴？我来告诉你，鲍威尔先生……"

"告诉我什么？"

"你爱上她了，你在库卡·弗茹德那里找到她时就爱上她了。"

"玛丽！"

她传给他一幅他和芭芭托·德考特尼的图像，栩栩如生，这些图像刺痛了他。还有几天前她透思到的他的零星思维片段……正是这些片段，让她脸色苍白，那是因为嫉妒、愤怒。鲍威尔知道那是真的。

"玛丽，亲爱的……"

"别在乎我。让我见鬼去吧。你爱上了她。这姑娘不是透思士，连精神都不正常。你爱她的哪部分？多少？1/10？你爱她什么地方？她的脸蛋？她的前意识？其他的90%呢？当你找到的时候你还会爱她吗？滚！我希望你待在她的脑子里，直到你腐烂为止！"她转身哭了起来。

"玛丽，看在……"

"闭嘴，"她哽咽道，"浑蛋，闭嘴！我……有个口信儿给你。从总部来的。你要尽快赶到太空岛去。本·瑞克在那里，但他们找不到他。他们需要你，每个人都需要你，我还有什么理由抱怨？"

第十二章

　　鲍威尔已经多年未曾拜访太空岛了。警方的飞艇将他接到奢华的"假日皇后"号，当飞艇下降时，鲍威尔穿过舷窗望着下方光闪闪的太空岛，它像一床用白银和黄金拼缀起来的百家被。每当他看到这片太空中的游乐场时，就会因为头脑中同时出现的想象发出会心的微笑。他在想象一船来自遥远星系的探索者，一种古怪的生命体，严肃又好学，偶然间碰上太空岛，于是着手研究这个地方。他经常试想他们会如何描述这里，可怎么都想不出来。

　　"这种事儿该由'不诚实的亚伯'去做。"他喃喃自语。

　　很多世纪以前，太空岛只是一颗直径大约半英里①的小行星，平平的，像个盘子。一个疯疯癫癫的健康至上主义者用气凝胶在这只盘子上罩了一个透明半球，安装了大气发生器，建立了殖民地。自那以后，太空岛从一只盘子成长为太空中的一张不规则的桌子，扩张了几百英里。每一届新主人都会给这块搁板增补一英里左右，

---

① 　1英里≈1.61千米。

竖起一个他自己的透明半球，然后开始运营。等工程师们提出更经济的意见，建议太空岛建成球形时，已经为时太晚，于是这张桌子一路继续扩张。

飞艇盘旋时，太阳斜射太空岛，鲍威尔可以看到下面几百个半球在蓝黑色的太空中微光闪烁，就像棋盘花格桌子上的一大堆肥皂泡。最早的健康休闲区此刻位于"桌子"的中心位置，仍在继续运营。此外还有饭店、娱乐公园、康乐度假村、护理之家，甚至有墓地。桌子靠近木星的那边是巨大的、五十英里的半球，笼罩着太空岛的自然保护区。以密度而言，它保护的自然历史、聚集的生态环境比任何一个天然星球更加丰富。

"说说经过，我们听听。"鲍威尔说。

警官咽了口唾沫。"我们遵照指示，"他说，"粗人盯着哈素普，机灵鬼担任暗桩。粗人被瑞克的姑娘揪出来了……"

"是个姑娘，嗯？"

"是的。狡猾的小可爱，名叫达菲·威格&。"

"该死！"鲍威尔的身体一下子挺得笔直。警官瞪着他。"咳，我亲自讯问过那个女孩，却没想到……"他控制住自己，"看来是我自己搞砸了。告诉你，我只要一遇见漂亮姑娘就……"他摇摇头。

"好吧，我刚才说到，"那警官继续，"她揪出了粗人，机灵鬼正想切入，瑞克却到了太空岛，引起了一场骚乱。"

"什么骚乱？"

"他乘的是私人游艇。在太空中撞了船，紧急呼救，好不容易才撑着航行到了目的地。一人死亡，三人受伤，伤者包括瑞克。游艇的船头部分碎了，有人玩忽职守或者是游艇被流星击中。他们把瑞克送到了医院。当我们赶到的时候，瑞克已经不在了，哈素普也失踪了。我找来一个透思翻译，用四种语言查询。真不走运，没找到。"

"哈素普的行李呢？"

"都失踪了。"

"该死！我们必须盯住哈素普和那些行李，他们是我们所寻找的'犯罪动机'。哈素普是'帝王'的密码部主管，我们需要通过他来了解瑞克发给德考特尼的最后的信息和回复……"

"谋杀发生前的星期一？"

"是的。那次交流很可能引发了杀人案，而哈素普也许随身带着瑞克的金融记录。它们可以告诉法庭，为什么瑞克有天大的动机要谋杀德考特尼。"

"比如说？"

"关于帝王公司，有些说法是德考特尼将瑞克逼得没有退路了。"

"作案手段和作案时间你都搞清楚了？"

"是，也不是。我撬开了杰瑞·丘奇的嘴，弄到了所有情报，但是很棘手。时间、手段和动机是相互关联的。我们可以证明瑞克有作案时间，但前提是另外两条要成立。我们也可以证明作案手段，但同样要以其他两条为前提，动机也是一样。它们就像帐篷的三个支点，每一个都需要另外两点支持，没有一个可以独立成立。那就是老家伙莫斯的看法，所以我们需要哈素普。"

"我发誓他们没有离开太空岛。这点儿效率我还是有的。"

"别太自信，瑞克比你聪明，他比很多人都聪明，包括我。"
那警官阴郁地摇着头。

"我会立刻透思整个太空岛，寻找瑞克和哈素普。"飞艇飘向通往气密门的通道时，鲍威尔说，"但是我想先验证一下我的直觉，让我瞧瞧那具尸体。"

"什么尸体？"

"瑞克撞船事件的死者。"

警署停尸房。冷冻气体中的气垫上陈列着一具被轧烂的尸体，惨白的皮肤，火红的胡子。

"啊哈。"鲍威尔轻声道，"科诺·奎扎德。"

"你认识他？"

"一个自以为是的蠢材。以前为瑞克工作，不过变得太烫手，用不上了。我打赌那场事故是一次谋杀的掩饰。"

"见鬼！"警察发作了，"那两个家伙受伤很重啊。瑞克也许是假装的，这我能接受。但是游艇毁了，另外那两人……"

"这么说他们确实受了伤，游艇也确实毁了。那又怎么样？奎扎德的嘴永远闭上了，于是瑞克安全多了。瑞克收拾了他。我们永远无法证明这一点，也没这个必要。只要找到哈素普，就足够我们把好朋友瑞克送上毁灭之路了。"

∞

鲍威尔身穿时髦的喷枪紧身衣（今年太空岛流行用喷枪直接喷绘的运动服），开始闪电般巡视各个透明半球……"维多利亚饭店""运动家旅馆""魔法城""新泡泡斯堡""从家到家""火星人"（非常别致），"维纳斯堡"（是个淫窝），还有许许多多其他的泡泡……鲍威尔向陌生人问话，用六种不同的语言描述他亲爱的老朋友，再稍加透思，确认回答前对方头脑中关于瑞克和哈素普的形象是准确的。然后是他们的回答。否定。一路否定。

透思士们很乐意回答他的问题……太空岛里有许多超感师，有的在这里工作，有的在这里取乐……但回答总是否定的。

太阳系复兴会——几百个像吸了鸦片般心醉神迷的教徒，长跪吟唱，参加仲夏晨礼——他们的回答是否定的；"离家在火星"的航行比赛——小艇轻舟和单桨帆船像打水漂的石子一般凌空掠过水面——这里的回答是否定的；在整形手术胜地几百个绑满绷带的面孔和身体中间，回答是否定的；"自由飞行马球"，回答是否定的；热硫黄温泉、白色硫黄温泉、黑色硫黄温泉、无硫黄温泉……回答是否定的。

鲍威尔气馁又沮丧，他顺便拜访了太阳系的黎明墓地。墓地看上去像英式花园：片片绿草地间铺着青石板的小道，小道两边树立着松树、白蜡树和榆树。从凉亭里飘来柔和的音乐，穿着长袍的机器人弦乐四重奏乐队正在演奏。鲍威尔笑了起来。

在公墓中心，是一座惟妙惟肖的巴黎圣母院的复制建筑，煞费苦心地注明：峡谷的小教堂。塔顶上一只滴水嘴里传出一个甜得发腻的声音："在峡谷的小教堂里，你能观看由机器人表演的生动的神迹剧①：西奈山上的摩西，基督被钉上十字架，穆罕默德和山，老子和月亮，玛丽·贝克·艾迪接受天启，我们的佛祖升天，揭示星系里唯一真神的发现记……"广播停顿，语气稍稍变得就事论事了些，"由于这个展览的神圣与庄严的性质，唯有凭票方能入场。门票可至看门人处购买。"广播暂停。然后是另一个声音，受了伤害而且恳求的声音："所有参加礼拜者注意，所有参加礼拜者注意，

---

① 展示宗教神迹故事的原始戏剧。

请勿大声说笑……请求您！"咔嗒一声，然后另一个滴水嘴开始用另一种语言说话。鲍威尔放声大笑。

"你应该为自己感到害臊。"他身后的一个姑娘说。

鲍威尔头也不回地答："对不起。'请不要大声说笑'。难道你不觉得荒唐透顶……"他突然意识到了她的超感形象，猛一转身，和达菲·威格&面面相对。

"哦，达菲！"他说。

她蹙紧的眉头显出困惑，然后飞快地化为微笑。"鲍威尔先生，"她大声道，"小伙子大侦探，你还欠我一支舞呢。"

"该我赔不是。"

"真开心，道歉是多多益善的事儿。这次又是为什么？"

"因为原来低估你了。"

"我这辈子总碰上这种事儿。"她将自己的手臂插进来拖着他沿小径走着，"告诉我，你怎么突然间明白过来了？又好好捉摸了我一番？还是……"

"我知道你是为本·瑞克工作的人当中最聪明的一个。"

"我确实聪明。我为本做过事儿……但是你的赞扬似乎另有深意。出了什么事儿？"

"我们盯着哈素普的尾巴。"

"请说得明确些好吗？"

"你揪出了我们的尾巴，达菲。祝贺你。"

"啊哈！原来哈素普是你的宠物马，因为马小时候出了意外，所以再也不可能获得一匹赛马至高无上的桂冠，于是你用一个假货顶替……"

"别装糊涂，达菲。乱扯一气是混不过去的。"

"那么，问题男孩，你能打开天窗说亮话吗？"她抬起生气勃勃的脸蛋望着他，半正经半开玩笑，"你到底在说什么呀？"

"我会说清楚的。我们派了一个尾巴跟踪哈素普。尾巴就是跟踪者、密探，一个负责执行跟踪任务、监视嫌疑犯的警员……"

"解释够了。哈素普又是什么东西？"

"一个为本·瑞克工作的人，他的密码部主管。"

"那么我对你的密探做了什么？"

"你遵照本·瑞克的指示，迷住了那个男人，让他为你神魂颠倒，抛弃了自己的职责，终日把他拖在钢琴前面，一天又一天……"

"等等！"达菲厉声道，"我知道那个人，小贝姆。咱们把话说清楚，他是个条子？"

"现在，达菲，如果……"

"我提出了问题。"

"他以前是警察。"

"跟踪这个哈素普？"

"是的。"

"哈素普……惨白皮肤？浅灰头发？灰蓝色眼睛？"

鲍威尔点点头。

"那个骗子，"达菲喃喃，"那个下流的骗子！"她气急败坏地转向鲍威尔，"而你以为我是干脏活儿的，对吗？哼，你——你这个透思士！你好好听着，鲍威尔。瑞克要我帮他一个忙，说这儿有个人在研究某种很有意思的音乐密码，想让我查查这个人。我怎么可能知道那是你雇的傻瓜？我怎么可能知道你手下的傻瓜会冒充音乐家？"

鲍威尔盯着她。"你是说瑞克骗了你？"

"还能是什么？"她也直瞪着他，"来吧，透思我。不知瑞克在不在保护区，你尽管从我脑子里透思那个骗子的……"

"别说话！"鲍威尔骤然打断她的话。他滑过她的自觉意识，精确而透彻地透思了她十秒钟。然后，他转身就跑。

"嘿！"达菲喊，"判决是什么？"

"给你发荣誉勋章，"鲍威尔甩下一句，"如果我能把一个男人活着带回来，就立刻给你授勋。"

"我不要'别的男人'，我要你。"

"问题是，达菲。你来者不拒。"

"什么？"

"来——者——不——拒。"

"请勿大声说笑……请求您！"

∞

鲍威尔在太空岛球状剧院找到了他派遣的警官。在那里，一位华丽的超感女演员正以她动人的表演感染几千位观众——表演的成功既有赖于她对于观众反应的超感感应力，同时也归功于她对舞台技巧的细腻把握。那位警察却对明星的吸引力无动于衷，他正阴郁地巡查整座剧院，巡视每一张面孔。鲍威尔拉住他的手臂将他带了出去。

"他在保护区，"鲍威尔告诉他，"把哈素普带在他身边，也带走了哈素普的行李，托词无懈可击。他因为撞船事件元气大伤，所以需要休息，也需要有人陪伴。他比我们早走了八个小时。"

"保护区，啊？"那警官思忖着，"两千五百英里，还有多得要命的动物，千奇百怪的地理环境，加上你三辈子都没见过那么多的不同气候现象。"

"你估计哈素普发生一次致命意外的可能性有多大——如果不是已经遭了意外的话?"

"这事儿没人敢赌。"

"要想把哈素普弄出来,我们只能搞一部直升机,尽快搜索。"

"呃,保护区里不允许使用任何机械化交通工具。"

"这是紧急情况,一定要让老家伙莫斯得到哈素普。"

"去太空岛董事会,请他们讨论研究这个见鬼的交通问题,三四个星期后你将会得到许可。"

"到时候哈素普早就死了,被埋了。雷达和声呐怎么样?我们可以下功夫寻找哈素普的思维图形……"

"这个,保护区不能使用照相机以外的机械设备。"

"保护区到底在搞什么鬼?"

"确保100%的纯自然状态,专供最积极的探险者享用。一旦进入,风险自负。危险的因素增加了旅行趣味。明白了吗?你和环境做斗争,和野生动物作战,重新体味原始和清新。广告是这么说的。"

"他们在那里干什么?钻木取火?"

"当然了。你用双脚跋涉,自己背食物。你要随身携带一个保护屏,那样你才不会被熊吃掉。如果想要火,你得自己制造出来。如果想猎野兽,你得自己制造工具。想抓鱼,也一样。你和自然作战。他们还会要求你签一份免责书,以免出现你被自然打败的情况。"

"那我们怎么找哈素普?"

"签署一份免责书,然后步行进去找他。"

"就我们俩?要覆盖两千五百平方英里的自然地区?你能抽调出多少行动队员?"

"也许十个。"

"算起来是每二百五十平方英里一个警员。不可能。"

"也许你可以劝说太空岛董事会……不。即使你可以，我们也不可能在一星期内集合所有的董事会成员。等一下！你能用透思他们的办法让他们一起开会吗？发送我们的紧急信息什么的？你们透思士到底是怎么干的？"

"我们只能弄到你的想法，不能把信息传给另一个人，除非他也是透思士，所以……嘿！哈！有主意了！"

"什么主意？"

"人算是机械装置吗？"

"不。"

"人是科技文明的发明创造吗？"

"到现在为止还不是。"

"那么，我要搞点儿快速合作，然后带着我自己的雷达进入保护区。"

于是，太空岛奢华的会议室里，一位声名卓著的律师忽然在审慎的契约谈判过程中涌起了对自然的渴望，致使他放弃了手头的工作。同样的渴望也突然袭击了一位名作家的秘书、一位审理家庭案件的法官、一位为饭店联合协会筛选应聘人的职业分析师、一位工业设计师、一位效率工程师、一位工会联盟的投诉委员会主席、土卫六的自动化主管、一位政治心理学秘书、两位内阁成员、五位国会领袖，还有其他一大群正在太空岛上工作或娱乐的超感师。

他们排着队穿过保护区的大门，全都带着节日的欢乐气氛，携带着五花八门的装备。那些收到小道消息比较早的人还有时间换上扎扎实实的野营服装，其他人则没有。目瞪口呆的门卫们在探测检查违禁行李的时候，居然发现一个疯子穿着全套外交礼服、背着行李包大踏步走了进来。但是，所有这些自然爱好者们都带着详细的保护区地图，图上仔细地划分了区域。

他们迅速移动、分散，披荆斩棘地穿过地理环境各异、气候多变的各个迷你大洲。思维信号来往传递，意见与信息迅速在活人组成的雷达网中上下传送。鲍威尔处于这个网络的中心。

"嘿！不公平，我的正前方就是一座大山。"

"这里在下雪，暴暴风风雪①。"

"我这个区是沼泽，（啊！）还有蚊子。"

"等等。前面有些人，林克。21区。"

"发张照片②。"

"给你……"

"抱歉，不是。"

"前面有派对，林克。9区。"

"让我们看看照片。"

"来了……"

"不，不是。"

"前面有人，林克。17区。"

"发张照片。"

"嘿！那是一只该死的熊！"

"别跑！要有策略！"

"前面有人，林克。12区。"

---

① 因为太冷，发信号者变得思维迟钝。
② 透思士发照片只需要定睛一看，再把大脑得到的视像传出去即可。

"发张照片。"

"照片来了……"

"不是。"

"阿阿阿阿阿阿阿——嚏！"

"你是遇上暴风雪的那个？"

"不。我这里大雨倾盆。"

"前方有人，林克。41区。"

"发张照片。"

"给你。"

"不是他们。"

"怎么爬棕榈树？"

"攀上去就行。"

"不是爬上去，是爬下来。"

"你是怎么上去的呢，阁下？"

"我不知道。一只麋鹿帮我上来的①。"

"前方有人，林克。37区。"

"让我们看看照片。"

"就是这张。"

"不对。"

"前方有人，林克。60区。"

"发过来。"

"这是照片。"

"超过他们，继续向前走。"

---

① 指因为被麋鹿追赶，情急之中上了树。

"我们还要这样旅行多久？"

"他们至少早出发了八个小时。"

"不。更正，透思士们。他们已经出发了八个小时，但是他们可能并没有领先八小时的路程。"

"说明白点儿，行吗，林克？"

"瑞克也许并没有直接向前跋涉，他也许在一个靠近大门的地方绕圈子，寻找最佳地点。"

"什么的最佳地点？"

"谋杀。"

"抱歉打扰一下。一个人如何才能劝一只猫不要捕食？"

"使用政治心理学。"

"用你的障碍屏，秘书先生。"

"前方有人，林克。1区。"

"照张相，主管先生。"

"给你。"

"从他们身边走过去，先生。那是瑞克和哈素普。"

"什么？"

"别打草惊蛇，别让任何人起疑心，只要从他们旁边走过去就行了。当你走出他们的视线以后，绕到第2区。所有人回到门口，然后回家。感激不尽！从现在开始，我一个人来。"

"我们留下吧，一块儿干，林克。"

"不，这需要技巧。我不想让瑞克知道我要劫持哈素普。这一切都必须看上去是合情合理，自然而然，无懈可击的。这一次得要点儿骗术。"

"而你正是此中高手。"

"谁偷了天气，鲍威尔？"

他面红耳赤地催促透思士们离开了。

∞

保护区中这一平方英里区域是丛林地带，潮湿，多沼泽，植物蔓生。夜幕降临了，鲍威尔朝一堆闪烁的篝火缓慢艰难地蠕动着，那是瑞克在小湖边的空地上生的火。湖水中有大批河马、鳄鱼和沼泽蝙蝠出没，林木和地面上遍布生命。这片蛮荒丛林证明了保护区生物学家的聪明才智，他们在这样针尖大小的地方模仿自然，并能保持生态平衡。瑞克将自己的保护屏开到最大功率，更证明了科学家们创造的自然有多么真实、危险。

鲍威尔可以听到蚊子撞击保护屏外缘，发出阵阵哀鸣，不时传来更大型号的虫豸撞上那面看不见的墙弹出来的声音。鲍威尔不敢冒险使用自己的保护屏，这种屏幕会发出低微的嗡嗡声，瑞克的耳朵很机灵。他一英寸一英寸地向前爬，同时进行超感透思。

哈素普很放松，无忧无虑，由于和自己的顶头上司亲密无间而有点儿飘飘然，还因为他的胶卷里藏着本·瑞克的命脉而沾沾自喜。瑞克正在全力制作一张粗糙原始的强弓，策划那场会消灭哈素普的意外事故。正是这把弓和那束用火烧硬尖头的箭耗掉了他领先鲍威尔的八个小时。如果不打猎，你是不可能借狩猎事故杀人的。

鲍威尔膝盖支地向前爬行，他的感官系统准确地定位了瑞克发出的思维波的位置。突然间，瑞克头脑中响起警报。鲍威尔赶紧一动不动。瑞克一跃而起，强弓在手，一支无羽箭搭在半张的弓上，向黑暗中凝望着。

187

"怎么了，本？"哈素普嘟囔道。

"我不知道，有东西。"

"见鬼。你有保护屏，不是吗？"

"我总是忘记这个。"瑞克重新坐下，照料篝火。他并没有忘记保护屏，但杀人者的警惕本能一直在向他报警，隐隐约约，持续不断。鲍威尔只能为人类机体复杂精妙的生存直觉而惊叹，他又一次透思瑞克。瑞克正机械地求助于那首他一有困难就用上的韵律屏障：紧张再紧张；紧张再紧张。紧张，忧惧，纠纷从此开始。

思维屏障之后是一片躁动：不断上涨的、尽快杀人的决心……凶狠地杀人……先毁灭，然后布置现场……

瑞克探手去取弓，双眼小心地留意哈素普的动静。对方悸动的心脏是他脑子里设下的目标。鲍威尔急速前行。前进了还不到十英尺，警报又一次在瑞克的头脑中出现，这个大块头再一次站了起来。这一次，他从篝火堆里抽出一支燃烧的树枝，投向黑暗中鲍威尔潜伏的方向。想法付诸行动如此之快，让鲍威尔没有时间预先行动。如果瑞克没有忘记那道保护屏，他一定会被完全照出来。

那道屏障在半路挡住了火焰树枝，让它落在地上。

"老天！"瑞克喊道，猛然转向哈素普。

"出什么事儿了，本？"

作为回答，瑞克拉开弓，箭尾触到了他的耳垂，箭头对准哈素普的身体。哈素普慌忙爬了起来。

"本，当心！你瞄准的是我！"

就在瑞克放箭的同时，哈素普出人意料地跳到一边。

"本！看在……"陡然间哈素普明白了他的意图。当瑞克搭上另一支箭的时候，他发出一声窒息的尖叫，从火边逃开。哈素普绝望地跑着，撞上了保护屏，跟跄着倒退离开了那面看不见的墙。就在这时，一支箭擦过他的肩膀，然后力尽而落。

"本！"他尖叫。

"你这混账东西。"瑞克低吼，又搭上了另一支箭。

鲍威尔扑上前去，碰到了屏障的边缘，他没有办法穿过它。在屏障里面，哈素普尖叫着逃到另一侧，而瑞克则弓拉半满追逐着他，逐步逼近，准备那致命的一击。哈素普又一次撞上屏障。他摔倒了，摸索着爬起来，又像一只被逼进死角的耗子一样狂奔乱蹿起来，瑞克不屈不挠地跟着他。

"老天！"鲍威尔轻声道。他退回黑暗中，拼命地想主意。哈素普的尖叫惊扰了丛林，他的耳中充塞着丛林中传来的吼叫声和隆隆的回音。他用思维波探测、体会、接触、感受，围绕在他身边的只有盲目的恐惧、盲目的愤怒、盲目的本能。那些河马，又湿又黏……鳄鱼，耳聋，生气，饥肠辘辘……沼泽蝙蝠，像体积比它们大两倍的犀牛一样喧嚣……1/4英里外，是大象、赤鹿和巨猫微弱的脑波频率……"值得一试，"鲍威尔对自己说，"必须打破那面屏障，这是唯一的办法。"

他屏蔽了自己的高级思维层，掩藏了除了情绪传输之外的一切，然后发射传播：害怕，害怕，恐惧，害怕……让感情落到它原初的级别——害怕，害怕，恐惧，害怕，恐惧……害怕——逃跑——恐惧——害怕——逃跑——恐惧——逃跑！

鸟窝里的每一只鸟都尖叫起来，惊惶地拍翅而起；猴子以尖叫回应，它们的陡然逃窜让千千万万根树枝晃动起来；河马群在盲目的恐惧中从浅水区掀起波涛，发出密集的爆炸似的水声；大象在大声吼叫，声音几乎要撕裂耳膜，吼声和仓皇逃窜的脚步声摇撼着整片丛林。正在追逐的瑞克听见动静，愣住了，不再理会尖叫、哽咽着在屏障的四壁间疲于奔命的哈素普。

河马最早撞上屏障，它们盲目、笨拙地冲了上来。后面跟着沼泽蝙蝠和鳄鱼。然后是大象、马鹿、斑马、牛羚……沉重的兽群的冲击声。保护区的历史中从未有过这样的大潮，保护屏的发明者也从来没有考虑过要应对这样一致的大规模进攻。瑞克的屏障发出玻璃破碎的声音，倒下了。

河马践踏着篝火，将它踢得到处都是，然后踩灭了。鲍威尔在黑暗中箭一般蹿了出去，拽住哈素普的手臂，拖着这个发狂的家伙穿过空地，奔向堆放行李的地方。一只疯狂的蹄子把他踢得转了一圈，但他依然紧紧抓住哈素普，找到了珍贵的胶卷筒。在狂乱的黑暗中，鲍威尔可以分辨这些逃窜的动物所发出的疯狂的脑波。他拖着哈素普在动物群中觅路前进。在一棵粗壮的树干后面，鲍威尔暂停了一下歇口气，将胶卷筒安全地放进自己的口袋。

哈素普还在抽泣。鲍威尔感到了瑞克的存在，他在一百码^①外，背靠着一棵发烧树，无力的双手里仍然握着弓和箭。他迷惑、狂怒、害怕……但是他依然是安全的。最重要的是，鲍威尔不想让他毁灭。

鲍威尔解下自己的防护障碍屏，把它抛过空地，抛向瑞克肯定能发现的篝火灰烬处。他这才转过身，领着那个麻木的、毫不反抗的密码部主管朝保护区门口走去。

---

① 1码≈0.91米。

第十三章

"瑞克案件"已经准备好最后呈交地方检察官办公室。鲍威尔希望这份材料同样也准备好能够呈交给那个冷血、不近人情、不顾其他，只看事实与证据的怪物——老家伙莫斯。

鲍威尔和他的下属们聚集在莫斯的办公室里。一张圆桌放在办公室中央，一个博蒙特别墅主要房间的透明模型在圆桌上，里面是扮演各个角色的迷你机器人。实验室模型组的工作做得极其出色，主要角色的形象栩栩如生。小小的瑞克、泰德、博蒙特和其他人都以他们原型特有的步态移动着。桌子旁边堆放着大批下属们预备好的文件，准备就绪，随时可以提交给那台机器。

老家伙莫斯占据了巨大的办公室一整面弧形墙壁。它的无数双眼睛眨巴着，冷冰冰地凝望着；大量集成的记忆系统发出呼呼、嗡嗡的声音；它的嘴巴——一只麦克风，悬在空中，仿佛震惊于人类的愚蠢；它的手是随意屈伸的键盘，悬在一卷磁带上方，准备敲出它的逻辑推理。莫斯（MOSE）是地区检察官办公室的多元联合诉讼电脑的简称，拥有让人肃然起敬的决定权，控制着每一桩刑事案件准备、陈述和执行的全过程。

"一开始我们不用麻烦莫斯。"鲍威尔告诉地区检察官，"让我们看一看模型，用它们与犯罪步骤做比对，你的下属手里有时间表，玩偶行动起来以后对照着看就可以了。如果你发现了任何我个人忽略掉的问题，记录下来，我们再查。"

他向心烦意乱的实验室主管德·塞安提斯点点头，此君用劳累过度的声音问："1∶1？"

"太快了点儿。设置成1∶2。1/2速度的慢动作。"

"那个拍子机器人看上去会失真。"德·塞安提斯哀叫道，"对它们不公平。我们拼了两星期的老命，你现在却……"

"没关系，我们之后再来欣赏它们。"

德·塞安提斯的反抗声闷了下去，他碰了一下按钮，刹那间模型被照亮了，玩偶们都有了生命。音响营造出仿真的背景声，有隐约的音乐、大笑声、谈话声。在博蒙特别墅的主厅，一个玛丽亚·博蒙特的充气模型慢慢爬上讲台，手中有一本小小的书。

"现在是23:09，"鲍威尔对地区检察官的下属说，"看看模型上方挂着的钟。它的齿轮经过调整，与慢动作时间保持一致。"

全神贯注的寂静中，司法人员研究着现场，在机器人重新再现致命的博蒙特派对上的活动时迅速做笔记。玛丽亚·博蒙特再一次在博蒙特别墅主厅的讲台上宣读了"沙丁鱼"游戏的规则。

灯光变暗，然后熄灭了。本·瑞克慢慢从主厅寻路到了音乐室，右转，登上通往画廊的楼梯，穿过通向兰花套间的铜门，弄瞎博蒙特的保镖，让他们失去知觉，然后进入了套间。

又一次，瑞克面对面地遇上德考特尼，靠近了他，从口袋里拿出一把致命的匕首枪，用匕首的刀刃撬开德考特尼的嘴巴，而那虚弱的老人无法招架。再一次，兰花套间的门被撞开，身穿雾白透明丝质睡袍的芭芭拉·德考特尼出现了。她和瑞克搏斗、躲避，直到瑞克塞在德考特尼口中的枪突然开火，轰掉了他的后脑勺。

"这些材料是从德考特尼的女儿那里弄来的。"鲍威尔轻声道，"我透思了她。这消息是可靠的。"

芭芭拉·德考特尼爬向她父亲的尸体，拽出那把枪，然后突然冲出兰花套间。瑞克追了出去，追着她跑下黑暗的屋子。她一路狂奔，穿过前门跑到街上。瑞克和泰德碰了头，他们一起前行到放映室，假装在玩儿"沙丁鱼"。这出戏到了尾声，最后以客人们蜂拥到兰花套间结束。玩偶们破门而入，把那具小小的死尸团团围住，以千奇百怪的舞台造型定格了。

长长的停顿，司法人员在消化这出戏剧。

"好了，"鲍威尔说，"现场的情形就是如此。现在让我们把记录喂给莫斯，让它拿主意。首先是时机，你们不否认吧？'沙丁鱼'游戏给瑞克创造了绝佳的犯罪时机。"

"瑞克怎么知道他们会玩儿'沙丁鱼'？"地方检察官轻声问道。

"那本书是瑞克买来寄给玛丽亚·博蒙特的，是他本人提供了'沙丁鱼'游戏。"

"他怎么会知道她会玩儿那个游戏？"

"他知道她喜欢游戏。而'沙丁鱼'是那本书上唯一可用的游戏。"

"不知道……"地区检察官搔搔头，"莫斯是很难说服的。喂给它吧，反正没什么坏处。"

办公室的门砰地被推开，警察局局长克拉比阔步而进，好像在阅兵。

"鲍威尔长官。"克拉比的称呼很正式。

"局长先生？"

"我注意到，先生，你为了把我的好朋友本·瑞克和肮脏卑鄙的克瑞恩·德考特尼谋杀案牵扯在一起，正在滥用那台机械大脑。鲍威尔先生，这荒谬至极。本·瑞克是我国可敬的重要公民。此外，先生，我从来没有认同过那台机械大脑。选民推举你是让你充分发挥自己的智力，而不是俯首称臣于……"

鲍威尔对贝克点点头，后者开始向莫斯输送数据。"您说得完全正确，局长。我们继续——犯罪方法。第一个问题是，瑞克是怎样打倒保镖的，德·塞安提斯？"

"而且，先生们……"克拉比继续。

"视紫红质电离器。"德·塞安提斯说。他拿起一个塑料小球抛给鲍威尔，后者将小球展示给大家。"一个叫乔丹的人为瑞克的私人警察发明了这个玩意儿。我已经准备好了计算机的经验处理模块，我们自己也弄了个样品。有谁愿意试一试？"

地方检察官看上去不大确定。"我看不出这有什么用处，莫斯可以自己做决定。"

"总而言之……"克拉比道。

"哦，来吧，"德·塞安提斯带着让人不快的高兴神情说，"除非亲眼看见，否则你永远不会相信我们。不会伤着谁，只会让你神志昏迷六七分……"

塑料球在鲍威尔的指间破碎了，克拉比鼻子下闪出一道明亮的蓝光，演说中途被突袭的局长就像空口袋一样颓然倒地。鲍威尔恐惧地四顾。

"我的天！"他大喊，"我干了什么？那个球就那么在我的手指间融化了。"他望着德·塞安提斯，严厉地说："你的外层胶囊做得太薄了，德·塞安提斯，你看看你对克拉比局长做了什么！"

"我做了什么！"

"把那份数据给莫斯，"检察官强作镇定，声音有点儿发紧，"这个方面，我知道它会认账的。"

他们让局长的身体舒服地躺在深深的椅子里。"现在谈谈谋杀方法。"鲍威尔继续说道，"请看这个，先生们。这是个障眼法。"他展示了一把取自警察博物馆的左轮手枪。他打开弹仓，取出子弹，再从弹药筒上旋下弹头。"这就是在谋杀之前，杰瑞·丘奇把枪给瑞克时，瑞克对手枪做的事情——假装让它安全了，一个骗人的障眼法。"

"障眼法？见鬼，这枪确实安全了。这就是丘奇的证据？"

"是的，看看你们的资料。"

"那你就不必拿这个问题麻烦莫斯了。"检察官嫌恶地扔下手里的资料，"我们不会立案。"

"不，我们会。"

"只有弹药筒怎么杀人？你的文件上没有提到任何关于瑞克重装子弹的事儿。"

"他重装了。"

"他没有，"德·塞安提斯争执道，"尸体和房间里都没有子弹，什么都没有。"

"事情就是这样。只要找到线索就很容易解释了。"

"没有线索！"德·塞安提斯叫嚷着。

"怎么没有？是你找到的，德·塞安提斯。那一小块德考特尼嘴里的软糖，记得吗？而且肚子里没有糖。"

德·塞安提斯目瞪口呆，鲍威尔咧嘴笑了。他拿出一只眼药瓶，在一小块中空的凝胶中注满水。他把它按进药筒开口的一端，再将药筒放进枪里。他举起枪，瞄准模型桌边缘上小小的木塞，扣动扳机。一声沉闷的爆炸声后，木塞跳到空中炸成了碎片。

"看在上帝……那是个诡计！"地区检察官大喊，"那个胶壳里除了水还有别的东西。"他检查着那些木头碎屑。

"不，没有别的。你可以用定量的火药射出一盎司^①的水。如果你穿过嘴里的软腭射击，就能有足够的速度把后脑勺炸飞。那就是为什么瑞克必须从嘴里射击的缘故。那就是为什么德·塞安提斯找到了那一小块凝胶，除此之外什么都找不到的原因。发射出来的东西不见了。"

"把这些交给莫斯。"检察官微弱地说，"看在上帝的分儿上，鲍威尔，我开始觉得我们确实可以立案了。"

"好。现在，动机。我们得到了瑞克的商业记录，还有里头的账本。德考特尼已经把瑞克逼上了绝境。对于瑞克来说，如果不能打败他们，那就加入他们。他想加入德考特尼，他失败了，他谋杀了德考特尼。你同意我的意见吗？"

"当然同意。但是老家伙莫斯呢？喂给它，让我们瞧瞧。"

他们传送了最后一份数据，机器预热，从"空闲"状态进入"运行"状态，发动了。莫斯陷入艰难的沉思中，它的眼睛眨巴着，它的肚子隆隆作响，它的内存发出嘶嘶声。鲍威尔和其他人等待着，越来越焦虑。突然间，莫斯打了个嗝儿。一声柔和的铃声响起："乒乒乒乒乒乒……"莫斯的打字机开始连枷般敲打下面的新磁带。

---

① 作为重量计量单位时，1 盎司 ≈ 28.35 克。

"满足法庭的要求需具备下列条件，"莫斯说，"向法庭申诉者不得为贪婪之徒，不得心存异议，签署必须合法，即抬头书写：混乱起诉骚动。打个嗝儿再说，呃。"

"这是什么乱七八糟……"鲍威尔看着贝克。

"它在闹着玩儿呢。"贝克解释。

"在这种时候！"

"时不时会这样。我们再试它一次。"

他们又一次用数据灌满电脑的耳朵，预热五分钟，然后启动。

它的眼睛又一次眨巴起来，肚子隆隆叫唤，内存嘶嘶作响。鲍威尔和两个下属焦急地等待着。一个月的艰苦工作全看它的决定。打字锤落下了。

"简报#921，088。C-1部分，动机。"莫斯说，"以感情动机起诉罪犯，文件不足以支持起诉。"

"感情动机？"鲍威尔脱口而出，"莫斯疯了吗？是利益动机。检查C-1部分，贝克。"

贝克查了。"这里没有错误。"

"再试一次。"

他们第三次启动这台电脑。这一次它说得直截了当："简报#921，088。C-1部分，动机。为谋取利益犯罪的动机，文件不足以支持起诉。"

"C-1部分的输入内容有问题吗？"鲍威尔询问。

"能输入的一切我都弄进去了。"贝克回答。

"对不起，"鲍威尔对其他人说，"我不得不用透思方式来和贝克交流这个问题。希望你们别介意。"他转向贝克："敞开谈，杰克逊。我在最后几句话里嗅出了闪烁其词的味道。告诉我……"

"诚实地说，林克，我没有发现……"

"如果你自己都没有发现，那就不是借口，而是一个明白的谎话了。现在让我瞧瞧……哦，当然！白痴。你不必为密码破解慢了一点儿感到羞愧。"鲍威尔大声对下属们说："贝克遗漏了一点儿小数据，哈素普还在楼上努力研究如何解开瑞克的私人密码。我们得知瑞克要求合并但是被拒绝了，我们还没有得到这项提议和拒绝的明确内容，那就是莫斯要的东西。真是个谨慎的怪物。"

"如果你没有解开密码，你怎么知道有那个提议以及它被拒绝了？"地区检察官问。

"古斯·泰德从瑞克本人那里得到了这个信息。那是泰德被谋杀之前告诉我的最后一件事儿。我告诉你，贝克。给磁带加上设定，假设我们关于合并请求的证据无懈可击（事实如此），莫斯对这个案子会怎么看？"

贝克打出一条信息，将它和主要问题联在一起，然后再一次给它喂了进去。早已预热启动的多元联合诉讼电脑在三十秒钟后说："简报#921，088。接受假设，成功上诉的概率为97.0099%。"

鲍威尔的下属们笑逐颜开，松了一口气。鲍威尔从打字机里撕下那条带子挥舞了一下，将它交给地区检察官。"这是你的案子，地区检察官先生。"

"老天啊！"地区检察官说，"97%！老天，我整个任期里办过九十桩案件，从来没有遇见过这种事儿。超过70%我就觉得自己很幸运了。97%……针对本·瑞克本人！老天！"他转头环顾他的下属，大胆玄想："我们会创造历史！"

办公室的门开了，两个汗如雨下的人冲了进来，手中挥舞着手稿。

"现在密码来了。"鲍威尔说，"你们破译出来了？"

"破译出来了，"他们说，"现在你也完蛋了，鲍威尔。整个案子都完蛋了。"

"什么？你们在说什么鬼话？"

"瑞克干掉了德考特尼，是因为德考特尼不愿意合并，对吗？这是一个重大的利益动机，很有说服力，不是吗？蠢猪才会这么认为。"

"哦，老头！"贝克呻吟。

"瑞克发了YYJI TTED RRCB UUFE AALK QQBA给德考特尼。意思是：建议以平等伙伴关系合并我们双方的产业。"

"我不是一直这么说的吗？而德考特尼回答：WWHG。那是拒绝。瑞克告诉过泰德，泰德告诉了我。"

"德考特尼回答WWHG，意思是：接受建议。"

"是才见鬼！"

"不是才见鬼。WWHG，接受建议。这是瑞克想要的回答。这个回答给瑞克所有理由让德考特尼活着。你永远无法在太阳系的任何法庭里证明瑞克有谋杀德考特尼的动机，你的案子完蛋了。"

鲍威尔像树干一样呆立了半分钟，他的拳头紧握，他的脸抽搐着。突然间，他转向模型，伸手进去抓出瑞克的模型，一把扭下它的脑袋。他走向莫斯，猛拉出数据条，将它们揉成一团，扔到房间的另一头。他大跨步走到克拉比无法活动的躯体旁边，冲着椅子狠狠踢了一脚。房间里鸦雀无声，所有人都吓得目瞪口呆，望着椅子和局长一起翻倒在地。

"你他妈的！你永远坐在那张蠢椅子上吧！"鲍威尔用颤抖的声音喊，暴风般冲出办公室。

第十四章

爆炸！震荡！牢门被猛然撞开，而在遥远的外部世界，自由正在黑暗的大氅中等待，飞入未知……

谁在那儿？谁在牢房屏障外？哦，上帝！没有面孔的男人！虎视眈眈，森然逼近，沉默无语。跑啊！逃啊！飞啊！飞啊！

飞过宇宙。镶银边的游艇上只有我孤单一个人，这里是安全的，游艇飞向遥远深邃的未知……舱门正在打开！不可能，没有人在游艇上，没有人打开舱门……哦，上帝！**没有面孔的男人**！虎视眈眈，森然逼近，沉默无语……

但我是无辜的，法官大人。无辜？你永远无法证明我的罪过，而我永远不会停止辩护，虽然你重重擂打你的法槌直到震聋了我的耳朵和……哦，老天！在长椅上，假发长袍，没有面孔的男人。虎视眈眈，森然逼近，代表着复仇……

重重的槌声化为指关节在谒见室门上轻轻叩击的声音。空中乘务员的声音："即将飞抵纽约，瑞克先生，一小时后着陆。即将飞抵纽约，瑞克先生。"敲门声升级为捶击声。

瑞克终于能出声了。"好的，"他嘶哑地说，"我听到了。"

乘务员退下了。瑞克从水床上爬下来，发现自己的双腿已经麻痹了。他扶住墙壁咒骂着让自己站直。他还沉浸在梦魇的恐惧之中，走进浴室，剃须、淋浴、蒸熏，然后做了大约十分钟的气流清洗。他仍然步履蹒跚，踏进按摩间，按下"热盐"选项。两磅湿润芳香的盐撒在他的皮肤上，按摩器正准备开始工作，瑞克突然决定要咖啡。他踏出按摩间按铃叫人送来。

一声沉闷的爆炸，瑞克被按摩间里迸出的冲击波面朝下猛掷在地，背部被飞舞的碎片扫中。他冲进卧室，抓过他的旅行箱，像一只走投无路的野兽一样转回身，双手自动打开箱子，摸索他总是随行携带的球形爆炸弹。不见了。

瑞克控制住自己，这才感到浴盐灼得背上的伤口火烧火燎般疼痛，鲜血一股股流下脊背。他意识到自己已经不再发抖了。他回到浴室，关上按摩器，检查里面的残骸。有人乘夜晚从他的箱子里拿走了爆炸球，在每个按摩器里安上了一个。盛爆炸球的空弹药筒就藏在按摩间后。奇迹啊，只差几分之一秒，他侥幸逃生……从谁手里逃生？

他检查了自己的特等客舱舱门。门锁显然被过路的乘务员顺手带好了，没有留下任何做手脚的痕迹。是谁？为什么？

"狗娘养的！"瑞克吼了一声。他的神经像钢铁一样坚强，再一次回到浴室，洗去盐和血，用凝血剂喷洒背部。他穿上衣服，喝完咖啡，然后下到出站大厅，和一个海关透思士激烈交锋一番，（紧张，忧惧，纠纷从此开始！）然后登上了等待接他回城的帝王公司游艇。

他从游艇上给帝王塔打电话。秘书的脸出现在屏幕上。

"有什么哈素普的消息吗？"瑞克问。

"没有，瑞克先生。从你从太空岛打来电话到现在还没有。"

"接娱乐部。"

屏幕一闪，切换到公司铬合金的休息室。蓄着胡须、颇具学者风范的威斯特正小心地将一张张打印稿装订成塑胶册子。他抬头一看，咧嘴笑了。

"你好，本。"

"有什么可高兴的，艾勒瑞，"瑞克低声吼叫，"哈素普到底去了什么鬼地方？我还以为你肯定……"

"这些都不关我的事儿了，本。"

"你在说些什么？"

威斯特展示了一下那些册子。"我正在清理工作。这些年在帝王实业与资源公司为你经手的文件都归档了。今天9点我的工作正式结束。"

"什么？"

"没错。我警告过你，本。行会中止了我与帝王公司的合同，商业间谍行为是不道德的。"

"听着，艾勒瑞，你不能现在丢下我，我这会儿麻烦大了，正是最需要你的时候。有人今早在船上给我设了个诱杀装置，我差点儿没逃出来。但我得找出他是谁，我需要一个透思士。"

"抱歉，本。"

"你不用和帝王公司签合同，我和你签一份私人服务合同。布瑞因以前签过的那种。"

"布瑞因？一个二级？那个精神分析大夫？"

"是的。我的精神分析大夫。"

"再也不是了。"

"什么？"

威斯特点点头。"今天早上下发的规定，再也没有专门针对个人的服务了。它限制了透思士的服务，我们必须为大多数人的最大利益服务。你失去布瑞因了。"

"是鲍威尔干的好事儿！"瑞克大喊，"他用每一个从烂泥塘里挖出来的肮脏的透思诡计来收拾我。他一心要把我钉在德考特尼的十字架上，那个下三烂的透思士！他……"

"算了吧，本。鲍威尔和新规定没有一点儿关系。让我们友好地分手吧，好吗？我们一直合作得很愉快，让我们也愉快地散伙儿吧。你说呢？"

"下地狱去吧！"瑞克怒吼着切断联系，用同样的语气对游艇的飞行员说，"送我回家！"

瑞克冲进顶楼的公寓，又一次将他的下属们吓得神魂出窍，又恨又怕。他将旅行箱抛给仆从，立刻冲进布瑞因的套间，里面空空如也。桌上简洁的字条重复了威斯特告诉他的消息。瑞克大跨步走回自己的房间，给古斯·泰德打电话。屏幕清屏，出现一条信息：

服务永久性终止。

瑞克目瞪口呆，切断联系，然后拨通杰瑞·丘奇的电话。屏幕中断，出现一条信息：

服务永久性终止。

瑞克啪地断开通信键，犹豫不决地在书房来回踱步。接着，他走向房间角落里那片闪烁的微光——他的保险柜。他将保险柜调到打开的模式，露出蜂窝式文件架，然后伸手去拿上层左手边的鸽洞里那只小小的红色信封。他刚刚碰到信封，便听见微弱的嘀嗒声。

他猛一弯腰，急旋回身，面孔埋进双臂中。

一道耀眼的白光，一声沉重的爆炸。有什么东西狠狠打中了瑞克身体左侧，将他横穿书房抛了出去，重重撞在墙上，跟着是一堆碎片纷纷落下。他挣扎着站起来，在混乱与狂怒中嗥叫起来，从身体的左侧扯下被撕裂的衣服检查伤势。他伤势严重，阵阵钻髓透骨的痛楚表明至少断了一根肋骨。

他听到仆人们从走廊跑来，吼道："别进来！你们听到了吗？别进来！你们所有人！"

他趔趄地穿过废墟，开始翻找保险柜的残骸。他找到了神经元干扰枪，那是他从库卡·弗茹德手下那个红眼女人那里弄来的；他还找到了那朵致命的钢花——杀掉德考特尼的匕首枪。它依然带着四个没有开过火的子弹筒，里面装着封了水的软糖胶。他把两样东西都塞进新外套的口袋里，从桌上拿了一个新的爆炸球，夺门而出，全然不顾走廊里惊愕地瞪着他的仆人。

瑞克一路激烈地咒骂着，从塔楼公寓走到地下室的停车场。

他把私人跳跃器的钥匙投进车库命令孔，然后等着那辆小车开动。它从车库里开出来了，钥匙插在车门上。另一个房客正在靠近，隔着一段距离就盯着他直看。瑞克转动钥匙，猛拉开车门想跳进去，却遭遇了低压产生的一阵回流。瑞克猛然扑倒在地。不知为何，跳跃器的油箱爆炸了，却并没有着火，只喷溅出一股置人于死地的燃油和扭曲的钢铁碎片。瑞克拼命爬到出口坡道，逃了出去。

瑞克到了街面上，衣衫褴褛，流着血，一身碳酸燃料的臭味。他疯了一般寻找公共跳跃器。他找不到投币式自动驾驶跳跃器，但总算招了一辆有人驾驶的机器。

"去哪儿？"驾驶员问。

瑞克茫然地擦拭脸上的血和油污。"库卡·弗茹德那儿！"他用歇斯底里的声音嘶哑地说。

出租车跃到西堡99号。

瑞克冲过抗议的门房、愤慨的接待员和库卡·弗茹德高薪聘请的代理人，冲进她的私人办公室——一间维多利亚风格的房间，装饰着彩色玻璃灯、厚垫沙发和拉盖式书桌。库卡坐在桌边，穿着一件邋遢的罩衫，当瑞克从口袋里猛拉出干扰枪时，她无精打采的表情顿时警惕了起来。

"看在上帝的分儿上，瑞克！"她喊。

"我来了，库卡。"他嘶哑地说，"我曾经用这把干扰枪对付过你，我现在又把它预热好了。是你招惹我的，库卡。"

她从桌边蹿了起来，尖叫："玛戈塔！"

瑞克抓住她的手臂，推搡她穿过办公室。她擦过长沙发，横倒在沙发上。那个红眼保镖一路跑进办公室。瑞克已经准备好对付她了。他一拳打在她的后颈上，她向前一扑，瑞克的足跟踹上她的背，将她踩在地下。那女人扭动着，抓他的腿。他不以为意，向库卡喝道："让我们说个明白，为什么暗算我？"

"你在说什么呀？"库卡喊。

"你看我像什么鬼样就知道我在说什么了。瞧这些血，女士。我已经闯过了三道鬼门关，我的运气还能维持多久？"

"讲讲道理，瑞克！我不可能……"

"我现在说的可是致命挡，库卡。致命挡是没有活路的。我到过这里，想从你这里劫走德考特尼的女儿，把你的女朋友打得半死不活，还把你也打得够呛。所以把你惹毛了，你设下了这些陷阱。对吗？"

库卡迷惑地摇摇头。

"到现在为止是三次。在从太空岛回来的船上，在我的书房里，在我的跳跃器里。还有多少次，库卡？"

"不是我，瑞克。相信我。我……"

"只能是你，库卡。你是唯一和我有积怨而且能雇黑社会的人。一切都看你的了，让咱们把话说清楚。"他将干扰枪的保险啪地推开，"我没有时间对付你这种一文不值的渣子。"

"看在上帝的分儿上！"库卡尖叫，"我到底怎么和你作对了？你在我的屋子里大闹了一场，你打倒了玛戈塔，又怎么样？这种事儿不是第一次，也不是最后一次，用用你的脑子吧！"

"我想透了。如果不是你，那还有谁？"

"科诺·奎扎德。他也雇用黑社会，我听说你和他……"

"奎扎德已经出局了，奎扎德死了。还有谁？"

"丘奇。"

"他没有那份胆量。如果有的话十年前他就该试试了。还有谁？"

"我怎么知道？痛恨你的足有几百人。"

"有几千人，但是谁能打开我的保险箱？谁能破解相位式组合保险柜，还有……"

"或者没有人打开过你的保险柜。又或者有人钻进你的脑袋透思到那个开柜的方法，也可能……"

"透思！"

"没错，透思。也许你错看了丘奇……或者其他的透思士有什么迫切的理由要让你进棺材。"

"我的天……"瑞克喃喃自语，"哦，我的上帝……是的。"

"丘奇？"

"不，鲍威尔。"

"那个条子？"

"那个条子，鲍威尔。是的，圣人林肯·鲍威尔先生。是的！"

话语开始像急流般奔涌而出。"是的，鲍威尔！这个婊子养的开始用下流手段来对付我，因为我光明磊落地把他给打败了。他无法正式起诉，他没有别的招数，就剩下给我布诱杀装置……"

"你疯了，瑞克。"

"是吗？他为什么要把艾勒瑞·威斯特从我这里带走，还有布瑞因？他知道唯一能防卫暗算的就是透思士。是鲍威尔！"

"但他是个条子啊，瑞克，条子会做出这种事儿？"

"当然能！"瑞克喊，"条子为什么不能？他太太平平的没事儿。谁会怀疑他呢？很聪明。换了我就会那么干。好吧……现在让我来伏击他！"

他把红眼睛女人从身边踢开，走向库卡，猛地将她一把推倒。

"给鲍威尔打电话。"

"什么？"

"给鲍威尔打电话！"他吼道，"林肯·鲍威尔。打到他家去，告诉他立刻到这里来。"

"不，瑞克……"

他摇晃着她。"听我说，蠢货。西堡归德考特尼联合企业所有。现在老家伙德考特尼已经死了，我将拥有这个同业联盟，那就意味着我拥有西堡，我将拥有这栋房子。我将拥有你，库卡。你还想继续做生意吗？打电话给鲍威尔！"

她盯着他表情激烈的脸，微弱地透思他，慢慢意识到他说的是真话。

"但是我没有借口，瑞克。"

"等一等，等一等。"瑞克思考着，然后从口袋里掏出匕首枪，硬塞进库卡的手里，"把这个给他看，告诉他这是德考特尼的女儿忘在这里的。"

"这是什么？"

"杀了德考特尼的凶器。"

"看在上帝……瑞克！"

瑞克哈哈大笑。"这不会对他有任何好处。得到它的那一刻，他就中了我的埋伏了。叫他来，给他看这把枪，把他引到这里来。"

他将库卡强推到电话边，跟着她，退出屏幕的视线范围，手中意味深长地掂着那把干扰枪。库卡明白了。

她拨了鲍威尔的号码。玛丽·诺亚斯出现在屏幕上，听了库卡的话后叫来了鲍威尔。警长出现了。他的瘦脸形容枯槁，黑眼睛蒙着沉重的阴影。

"我……我刚得到了一件你也许想要的东西，鲍威尔先生。"库卡结结巴巴地说，"我刚刚找到的。那个你从我房子里带走的姑娘，她留下来的。"

"留下了什么，库卡？"

"杀了她父亲的枪。"

"天啊！"鲍威尔的脸陡然有了生气，"让我们看看！"

库卡展示出那把匕首枪。

"就是它，老天！"鲍威尔大喊，"也许我终于找到突破口了。你留在那里别动，库卡，我尽快坐跳跃器赶过去。"

屏幕黑了。瑞克咬紧牙关，品尝着嘴里的血腥味。他转身冲出彩虹屋，找到一台无人驾驶的投币式跳跃器，往锁眼里丢了五美分硬币，打开门，蹒跚着跌坐进去。他发动机器，跳跃器发出嘶嘶声启动了，却哗啦一声撞上一幢高楼的第三十层飞檐，差点儿翻倒下去。他昏沉沉地意识到自己的状态不适合驾驶一台跳跃器，也不便设埋伏。

"不要去想，"他想，"不要计划，让直觉引导你，你是一个杀人者，一个天生的杀人者。只需等待，然后杀戮！"

瑞克和自己搏斗，和操纵杆搏斗，一路飞下哈德孙河坡道，从北河吹来的大风不停地变换风向，他在疾风中奋力飞行。杀手的本能促使他在鲍威尔的后花园紧急着陆，他不知道自己为什么这么做。当他用拳头捣开扭曲的舱门时，一个录音声道："请您注意，您要对这一工具的任何损坏负责，请留下您的姓名和地址。如果我们被迫追踪您，您将有义务支付相应的费用。谢谢您！"

"我将对更大的损坏负责，"瑞克低吼，"不用谢。"

他扑进一丛肥大的连翘属植物后面，准备好干扰枪等待着。直到这时他才明白自己为什么要紧急着陆。那个为鲍威尔应电话的姑娘从屋子里走了出来，一路穿过花园跑向那部跳跃器。瑞克等待着，没有其他人从屋里出来，那姑娘是一个人。他从树木后面跳出来，在那姑娘听见声音之前就急速回身。是个透思士。他将扳机扣到第一挡。她僵硬了，她发抖……无能为力……

他正想将扳机一路扳到致命挡，直觉又一次制止了他。突然，暗算鲍威尔的方法从他脑子里跳了出来。在屋里杀了这姑娘，在她的尸体上撒下爆炸球，等着鲍威尔吞饵。汗水从姑娘浅黑的脸上狂涌而出，她下巴上的肌肉在抽搐。瑞克拖住她的手臂将她从花园拉进屋里，她用一种僵硬的稻草人一样的步态移动着。

在宅子里，瑞克把姑娘从厨房拉进起居室。他找到一张长长的、时髦的灯芯绒沙发，将姑娘强按在沙发上，她的全身都在反抗。他凶残地笑起来，俯下身来，对准她的嘴唇狠狠地吻了一下。

"请转达我对鲍威尔的爱。"他说着退后，举起干扰枪，然后又放了下来。有人正看着他。

他转过身，飞快地扫了一眼整个起居室，动作、神态仿佛漫不经心。没有人。他又转回去面对姑娘问："是你用思维波干的吗，透思士？"他再次举起干扰枪，却又一次放下了。

有人在看着他。

这一回，瑞克在起居室里搜寻了一圈，连椅子下面、橱柜里都找过了，没有人。他检查了厨房和浴室，也没有人。他回到起居室和玛丽亚·诺亚斯这边，然后想到了楼上。他走到楼梯边，开始登楼，脚跨出一半就停了下来，好像挨了一记重拳。

有人正看着他。

她在楼梯的尽头，像个孩子一样跪在地上，穿过栏杆偷看。穿得也像孩子，小小的紧身连体裤，头发向后用丝带扎起来。她用孩子般淘气又逗趣的表情看着他。芭芭拉·德考特尼。

"你好。"她说。

瑞克开始发抖。

"我是芭芭。"她说。

瑞克勉强向她招了招手。

她立刻爬起来，小心地握住栏杆下了楼梯。"我不应该这样的，"她说，"你是爸爸的朋友？"

瑞克做了一个深呼吸。"我……我……"他的声音嘶哑了。

"爸爸有事儿必须出门，"她孩子气地说，"但他马上就回来了。他告诉过我的，如果我是个好姑娘，他会给我带礼物。我一直在努力，真难啊。你好吗？"

"你父亲？回——回来？你父亲？"

她点点头。"你在和玛丽姑姑做游戏吗？你吻了她，我看到了。爸爸吻我，我喜欢。玛丽姑姑也喜欢吗？"她信任地握住他的手，"等我长大了，我要和爸爸结婚，永远做他的姑娘。你有女儿吗？"

瑞克将芭芭拉拉过来，盯着她的面孔。"你在耍什么花招？"他嘶声说，"你以为我会相信这种把戏？你告诉了鲍威尔多少？"

"那是我爸爸，"她说，"可我一问他为什么他的名字和我的不一样，他就一副怪样子。你叫什么名字？"

"我在问你！"瑞克喊，"你告诉了他多少？你拿这套表演哄谁？回答我！"

她怀疑地望着他，然后哭了起来，挣扎着要离开他。他紧紧抓住她不放。

"走开！"她哽咽道，"放开我！"

"你回答我！"

"放开我！"

他把她从楼梯脚拖到沙发上，玛丽·诺亚斯依然浑身麻痹地躺在那里。他将这姑娘扔在玛丽旁边，退后几步，举起干扰枪。

突然，那姑娘啪地笔直地从椅子上坐了起来，好像在倾听什么。她脸上的孩子气消失了，变得紧张焦虑，肌肉绷得紧紧的。她双腿向前一抬，从长沙发上跳了起来，奔跑，陡然停住，然后好像去打开了一扇门。她向前跑，黄色的头发飞舞着，黑色的眼睛因为惊恐张得大大的……闪电般耀眼的野性的美。

"父亲!"她尖叫,"上帝啊!父亲!"

瑞克的心脏收紧了。姑娘向他跑来。他向前迈步想抓住她。她短暂地停了一下,接着向后退,然后窜向左方,绕了半圈,疯狂地尖叫,她的目光定住了。

"不!"她喊,"不!看在上帝的分儿上!父亲!"

瑞克一个转身,紧紧抓住那姑娘。这一次,尽管她不断搏斗、尖叫,他还是抓住了她。瑞克也吼了起来。姑娘突然僵住了,捂住双耳。瑞克又回到了兰花套间,又听见了枪声炸响,看见血和脑浆从德考特尼的后脑喷涌而出。瑞克因为触电般的痉挛而摇晃起来,不得不放开了女孩。那姑娘扑倒在地,爬过地板。他看到她蜷身扑在那具蜡像般的尸体上。

瑞克大口大口吸着气,痛苦地曲张手掌。耳中的轰鸣平息下来,他强撑着逼近那个姑娘,努力组织自己的思维,在电光石火的瞬间制定应变之策。他从来没想到会有一个目击者,没人提过他有一个女儿。天杀的鲍威尔!现在他只好杀掉这个女孩。他能在这么短的时间里安排一场双重谋杀吗?……不,不要谋杀,用诱杀装置。他妈的古斯·泰德。等等,他不是在博蒙特的宅邸,他是在……在……

"哈德森坡道33号。"鲍威尔在前门说。

瑞克身子一晃,自动蹲伏下来,啪的一声将干扰枪架在左肘上,这是奎扎德的杀手教给他的。

鲍威尔向一旁让了一步。"别试那个。"他厉声说。

"你这贱人!"瑞克大喊。他转向鲍威尔,后者已经闪过了他,又一次走出了火力范围,"你这个该死的透思士!下流,恶心的……"

鲍威尔向左边虚晃一招，身体一转，接近瑞克，发出一道思维波，在瑞克的尺骨神经结上戳进六英寸。干扰枪跌落在地。瑞克扑上来想抓住他，用拳打，用手撕，用头猛撞，同时发疯般咒骂着。鲍威尔闪电般连续发出三道信号，分别击中对方的脖子、小腹和腹股沟，这下子彻底阻断了瑞克的神经信号沿脊柱上下传递。瑞克瘫倒在地，呕吐着，鼻孔里不住淌血。

"朋友，你以为只有自己才懂玩儿阴招吗？"鲍威尔哼哼道。他走向依然跪在地上的芭芭拉·德考特尼，把她搀扶起来。

"你还好吗，芭芭拉？"

"你好，爸爸。我做了个噩梦。"

"我知道，宝贝。我应该提前告诉你的。这是拿那个大呆子做的实验。"

"亲一个。"

他在她的前额吻了一下。"你长得很快，"他微笑，"昨天你还是个话都说不清楚的小娃娃呢。"

"我在长大，因为你答应会等我。"

"我答应过，芭芭拉。你能自己上楼吗？或者只能被抱上去……像昨天那样？"

"我自己就能上去。"

"好，宝贝。上楼回你的房间。"

她走到楼梯口，紧紧抓住栏杆，然后攀上楼梯。走到顶端之前，她飞快地瞪了瑞克一眼，吐了吐舌头。她消失了。鲍威尔走过房间，来到玛丽·诺亚斯身边，拿开塞在她嘴里的东西，检查脉搏，然后让她在长沙发上躺得舒服点儿。

"第一挡，嗯？"他轻声问瑞克，"很痛苦，但她会在一小时内恢复。"他回到瑞克身边，俯视着他，愤怒让他憔悴的脸阴沉下来，"我理应为玛丽报仇，但是那有什么用呢？不会让你学会任何东西的。你这个可怜的杂种……你坏透了。"

"杀了我！"瑞克呻吟，"要么杀了我，要么让我起来，以上天的名义，我会杀了你！"

鲍威尔捡起那把干扰枪，斜眼瞅着瑞克。"尽量放松肌肉。那些阻塞信号只会持续几秒钟……"他坐下来，把干扰枪搁在膝盖上，"你差点儿就得手了，我出门不到五分钟就想到库卡的故事是个骗局。当然，是你逼她干的。"

"你才是骗子！"瑞克大喊，"你和你的伦理道德和你的高论，你和你骗人的混账行径……"

"她说那把枪杀了德考特尼。"鲍威尔泰然继续道，"没错，但是没有人知道是什么杀了德考特尼……除了你和我。我绕了个圈子，最后才得出正确结论。绕了一段远路啊，几乎太远了。现在试着爬起来吧，你不可能虚弱到爬不起来的地步。"

瑞克挣扎起身，可怕地喘息着。突然间，他手朝口袋里一伸，掏出爆炸球。鲍威尔从椅子上一跃起身，一脚踢在瑞克胸前。爆炸球飞了起来。瑞克向后一倒，瘫在一张沙发上。

"你们这些人怎么不吸取教训？偷袭透思士是不可能得手的。"

鲍威尔说。他走向爆炸球，捡了起来。"你今天挺像个武器库啊，不是吗？你的表现就像被公开通缉、死活不论的人，不像个自由人。注意我说的是'自由'，而不是'无辜'。"

"自由？我还有多久的自由？"瑞克从牙缝里说，"我也从来不谈什么无辜不无辜，但是自由的日子还有多久？"

"永远。我对你提出的讼案完美无缺，每一个细节都是正确的。刚才你和芭芭拉在一起时，我在你脑袋里透思了那个案子。现在，除了一件事儿之外，我已经查清了所有细节。但是那唯一的瑕疵却把我的案子炸了个灰飞烟灭。你是一个自由人，瑞克。你的案子我们已经结案了。"

瑞克目瞪口呆。"结案了？"

"是的，死案，我输了。你可以放下武装了，瑞克。做你的生意去吧，没有人会来打扰你了。"

"骗子！这是你们透思士的诡计。你——"

"不。我会说给你听的。我了解你的一切……你给古斯·泰德多少贿赂……你对杰瑞·丘奇许下了什么诺言……你在哪里找到了'沙丁鱼'游戏……你用威尔森·乔丹的视紫红质离子弹干了什么……你如何为了不留罪证从弹药筒上拧下子弹头，再用水滴让那玩意儿重新变成致命的武器……到此为止，我的证据无懈可击。犯罪方法、犯罪时间，但是动机这条却是个缺陷。法庭要求客观的动机，而我无法得出。就因为这个，你自由了。"

"骗子！"

"当然，我也可以扔开那个案子，以杀人未遂罪重新起诉你。但那个指控太轻了，好像加农炮哑了就去玩儿玩具手枪一样。再说，这项指控你也可以逃脱。我唯一的证人只是一个透思士和一个生病的姑娘。我——"

"你这骗子！"瑞克吼叫，"你这个伪君子，你这个满嘴谎言的透思士。我凭什么相信你？我应该听你剩下的谎话吗？你手里什么证据都没有，鲍威尔！什么都没有！方方面面我都打败了你，所以你才会布设诱杀装置，所以你才会……"瑞克陡然切断话头，敲打着自己的额头，"这也是你的陷阱，大概是你布下的最大一枚诱杀装置，而我居然上当了。我是个什么样的傻瓜呀！我是……"

"闭嘴。"鲍威尔厉声说，"你这样语无伦次的时候我没法透思你。你说的诱杀装置是怎么回事儿？好好想想。"

瑞克发出刺耳的大笑。"好像你不知道似的……我在航班上的舱房……我上锁的保险柜……我的跳跃器……"

鲍威尔集中在瑞克身上，透思、汲取、消化，大概有一分钟的光景。他的脸色变得苍白，呼吸也加速了。"我的天！"他大喊道，"我的天！"他跳了起来，心烦意乱地来回疾走。"这就对了……什么都解释清楚了……老家伙莫斯是对的，情感动机，我们还以为他在闹着玩儿……还有芭芭拉意识中的双胞胎影像……还有德考特尼的负罪感……难怪瑞克在库卡家不能杀我们……但是——谋杀已经不重要了。真相埋得更深，深得多，而且更危险……我做梦都想不到有这么危险。"他停住了，转过身来，目光灼灼地注视着瑞克。

"如果我能杀了你，"他喊道，"我会用我的双手拧下你的脑袋，我会将你撕开挂在银河系的绞刑架上，整个宇宙都会因此祝福我。你知道自己有多危险吗？一场瘟疫知道自己有多危险吗？死亡能意识到自己带来的是毁灭吗？"

瑞克瞪大眼珠，迷惑不解地盯着鲍威尔。警长不耐烦地摇摇头。"我为什么问你呢？"他喃喃自语，"你不知道我在说什么，你永远不会知道。"他走向餐具柜，选了两个白兰地注射液瓶，将它们砰的一声插进瑞克的嘴里。瑞克想吐出来，鲍威尔紧紧按住他的下巴。

"吞下去。"他说，"我要你恢复过来，听我说话。你想要丁烯吗？甲状腺酸？你能不用药物回过劲来吗？"

瑞克被白兰地噎住了，愤怒地啐了几口。鲍威尔摇晃着他，让他安静下来。

"好好听着，"鲍威尔说，"我来跟你说个大概，尽量理解。你的案子已经了结了，就因为那些诱杀装置，所以了结了。如果我早知道这些事儿，我根本不会开始调查，我会不顾我所受的约束杀了你。努力理解，瑞克……"

瑞克止住叫骂。

"我无法找到你谋杀的动机，这是一个缺陷。当你向德考特尼提出合并要求的时候，他接受了。他发出WWHG作为回答，意思是接受。你没有任何理由谋杀他，你有一切客观理由让他活下去。"

瑞克的脸变白了，他发疯般摇晃着脑袋："不，不。WWHG，提议拒绝。拒绝！拒绝！"

"接受。"

"不，那个恶棍拒绝了。他……"

"他接受了。一知道德考特尼接受了你的建议时，我就完了。

"我知道我无法把这样一个案子提交法庭。但是我没有偷袭你，我没有撬你舱门的锁，没有埋下那些爆炸球，我不是那个想谋杀你的人。那个人想谋杀你，因为他知道我已经没有办法对付你了，他知道你不会毁灭。他早就知道我刚刚发现的事儿……那就是——你是我们整个未来的致命敌人。"

瑞克竭力想说话。他从沙发中挣扎出来，无力地比画着，他终于问出声来："他是谁？谁？谁？"

"他是你古老的敌人，瑞克……一个你永远无法逃避的人。你永远无法从他那里逃脱……无法躲过他……而我向上帝祈祷，但愿你永远无法从他那里把自己拯救出来。"

"他是谁，鲍威尔？他是谁？"

"**没有面孔的男人。**"

瑞克喉咙里发出一声痛苦的哀鸣。他转过身，蹒跚着走出屋子。

第十五章

紧张，忧惧，纠纷从此开始。

紧张，忧惧，纠纷从此开始。

紧张，忧惧，纠纷从此开始。

紧张，忧惧，纠纷从此开始。

"住嘴！"瑞克喊。

八，先生；

七，先生；

六，先生；

五，先生；

"看在上帝的分儿上！住嘴！"

四，先生；

三，先生；

二，先生；

一！

"你必须思考。你为什么不想想呢？你怎么了？你为什么不好好想想呢？"

紧张，忧惧——

"他在说谎，你知道他在说谎，你一开始就是对的。一个大陷阱。WWHG，拒绝。拒绝。但是他为什么要撒谎？能有什么好处？"

——纠纷从此开始。

"**没有面孔的男人**。布瑞因可能告诉过他，古斯·泰德可能告诉过他，想想！"

紧张——

"不存在什么**没有面孔的男人**。那只是梦，一个噩梦！"

忧惧——

"但是那些陷阱呢？那些陷阱是怎么回事儿？在他家时我已经被他控制了，他为什么不扣扳机？还告诉我我自由了，他有什么目的？想想！"

纷争——

一只手碰到了他的肩膀。

"瑞克先生？"

"什么？"

"瑞克先生！"

"什么？是谁？"

瑞克散乱的目光渐渐对准焦距，才意识到天正下着大雨。他侧躺着，膝盖折起，双臂折叠，面颊埋在烂泥里。他湿透了，因为寒冷而发抖。他在炸弹湾广场，四周是簌簌作响、湿淋淋的树木。一个身影正向他弯着腰。

"你是谁？"

"盖伦·切威尔，瑞克先生。"

"什么？"

"盖伦·切威尔先生，玛利亚·博蒙特的派对上那个。我能帮你什么忙吗，瑞克先生？"

"别透思我！"瑞克嚷。

"我没有，瑞克先生。我们并不总是……"年轻的切威尔止住了话头，"我不晓得你早就知道我是透思士。你最好起来，先生。"

他抓住瑞克的手臂拉他。瑞克呻吟着，挣开双臂。年轻的切威尔双臂穿过瑞克腋下将他抱住，然后将他提了起来，看着瑞克吓人的模样。

"你遭抢劫了吗，瑞克先生？"

"什么？不，不……"

"那么是意外，先生？"

"不，不，我……哦，看在上帝的分儿上，"瑞克发作了，"从我身边滚开吧！"

"当然可以，先生。我以为你需要帮助，而我欠你一份情，可是……"

"等等，"瑞克打断他的话，"回来。"他扶住一棵树，倾身靠在树干上，嘶哑地喘气。终于，他竖直了身体，用充血的眼睛盯着切威尔。

"你说要帮忙什么的？"

"当然，瑞克先生。"

"不问问题，不传出去。"

"当然不，瑞克先生。"

"我的麻烦是，有人想谋杀我，切威尔。我想知道谁想杀我。

你能帮我这个忙吗？你能为我透思某个人吗？"

"我想警察可以……"

"警察？"瑞克歇斯底里地大笑起来，肋骨折断处一阵剧痛，他痛苦地捂住伤处。

"我想要你为我去透思一个条子，切威尔。一个大条子，警察局局长。你明白吗？"他松开那棵树，踉跄着走向切威尔，"我想拜访我的朋友警察局局长，问他几个问题。我希望你也能去，告诉我真相。你能去克拉比的办公室为我透思他吗？你能做完以后就完全忘掉吗？你能吗？"

"是的，瑞克先生……我会的。"

"什么？一个诚实的透思士！这可真稀罕。来吧，我们快走吧。"

瑞克以可怕的步伐跌跌绊绊地走出广场。切威尔跟随其后。跟前这个男人有伤，发烧，极度痛苦，但内心的狂怒却驱使着他克服这一切，坚持赶去警察局。这种狂怒征服了切威尔，像暴风一样裹挟着他。在警察局，瑞克连吼带骂，冲过职员和警卫，浑身污泥，满身血迹，冲进了警察局局长克拉比精心营造、装饰着黑檀木与银饰的办公室。

"我的上帝啊，瑞克！"克拉比惊呆了，"这是你吗？本·瑞克，是吗？"

"坐下，切威尔。"瑞克说。他转向克拉比，"是我。你好好看看吧。我一只脚已经进了棺材了，克拉比。这红颜色的东西是血，剩下的是烂泥。我这一天真是好极了……精彩的一天……我到这里来是想知道见鬼的警察到哪里去了？你那全能的上帝鲍威尔警长呢？在哪里——"

"一只脚进了棺材？你在说什么呀，本？"

"我在对你说，我今天几乎被谋杀了三次。这个男孩……"瑞克指向切威尔，"这个男孩刚刚在炸弹湾广场发现我的时候，我像个死人一样躺在地上。看着我，天杀的，看着我！"

"谋杀！"克拉比断然捶桌，"当然了。那蠢材鲍威尔，我不应该听他的话，那个杀了德考特尼的男人现在想杀你。"

趁他不注意时，瑞克对切威尔做了个凶狠的手势。

"我告诉过鲍威尔你是无辜的，他就是不听。"克拉比说，"连地区检察官办公室那台可恶的加法器都告诉他你是无辜的，可他还是不听。"

"机器说我是无辜的？"

"它当然是那么说的。不存在对你的指控，从来就没有针对你的指控，而且根据神圣的权利法案，你和任何一个守法市民一样应该得到保护。我会立刻布置下去，"克拉比大踏步地走向门口，"我觉得，我正需要这种事儿，好好教训一下鲁莽的鲍威尔先生！别走，本。我想和你谈谈太阳系元老院选举赞助的事儿……"

门打开，又重重关上了。瑞克转身趔趄着回到外面。他眼前似乎有三个切威尔，他望着切威尔。"如何？"他喃喃，"如何？"

"他说的是实话，瑞克先生。"

"关于我的还是关于鲍威尔的？"

"这个……"切威尔明智而谨慎地暂停了一下，掂量事实的分量。

"快点儿，浑蛋，"瑞克呻吟，"你以为我在垮掉之前还能坚持多久？"

"关于你的部分，他说的都是实话，"切威尔飞快地说，"诉

223

讼电脑得出结论，拒绝就德考特尼一案对你采取任何行动。鲍威尔被迫放弃这个案子而且……他的职业生涯也有很大危险。"

"是真的！"瑞克跌跌撞撞地冲向那男孩扯着他的肩膀，"是真的，切威尔？我已经清白了？可以做我的生意了？没有人会来找我麻烦了？"

"他们不再盯着你了，瑞克先生。你可以做你的生意，没有人来打扰你。"

瑞克爆发出一阵胜利的狂笑。他大笑的时候，伤筋断骨的残躯令他呻吟起来，热泪刺痛了他的双眼。他硬生生撑住，同切威尔擦身而过，离开了警察局局长的办公室。他笑着，呻吟着，身上泥血斑斑，一瘸一拐却又傲慢地走过警察局的走廊，活像个尼安德特人的后裔。如果肩头再扛上一头死鹿，或是身后沉重地拖着一只洞熊，这个形象就更完满了。

"我会用鲍威尔的脑袋让这幅画面圆满的，"他对自己说，"制成标本，挂在我的墙壁上。再把德考特尼联合企业塞进我的口袋。上帝啊，只要给我时间，我会把整个银河系镶进画框，这才圆满。"

他穿过总部的钢门，在台阶上站了一会儿，凝视着被雨水冲洗过的街道……广场对面的娱乐中心，在整个透明的穹顶下一个又一个闪亮的街区……上行的人行道两边排满了开门营业的店铺……这个城市夜晚喧嚣而灿烂的夜市开始了……背景是高耸的办公楼群，两百层的巨型立方体……将它们联结在一起的蕾丝般的空中航路……上蹿下跳的跳跃器闪烁的车灯，就像肆虐田畴的蝗虫的红眼睛……

"我会拥有你们全部！"他大喊，举起双臂将整个宇宙拥入怀中，"我会拥有你们全部！身体、热情和灵魂！"

然后他的目光遇上了那个高大、阴森、熟悉的身影，它正穿过广场，隐秘地注视他。一个黑色阴影，浴着钻石般的雨点儿……森然逼近，沉默无语，虎视眈眈，可怕呀……**没有面孔的男人。**

一声窒息的喊叫，弦绷断了。瑞克像一棵枯萎的树，倒在地上。

∞

8:59，超感行业协会十五名委员中的十人在宗主席的办公室里集合。有紧急情况需要他们讨论。9:01，情况处理完毕，休会。在这一百二十超感秒内，发生了以下事情：

一声槌响

一张钟面

时针指向9

分针指向59

秒针指向60

紧急会议

审核林肯·鲍威尔的动议：以鲍威尔为渠道，实施"密集式精神力量集中投放行动"。

（惊骇）

宗会长：你在开玩笑，鲍威尔。你怎么能提出这种要求？有什么事儿需要采取这种非同寻常而且极度危险的措施？

鲍威尔：德考特尼案出现了惊人的进展，请大家都看一看。

（检查）

鲍威尔：你们都知道瑞克是我们最危险的敌人。他支持肮脏的反超感运动，对我们大肆诽谤。除非这个运动被制止，不然我们超感师将遭受历史上受歧视的少数派的共同命运。

@金斯：完全正确。

鲍威尔：他还支持着超感义士团。除非这个团体被封杀，否则我们也可能被卷入一场内战，最后陷入内部混乱的沼泽。

弗兰辛：是这样。

鲍威尔：但是除此之外，你们都检查到了另一个进展。瑞克即将成为一个星系的焦点……一个已经发生的过去与可能的未来之间最关键的联结点。此刻他正处于强势调整的边缘，时间是关键。如果在我们有所作为之前调整成功，重新定位自己，我们的现实将对他无能为力，我们的攻击也无法再伤害他，他将成为整个星系中理性与现实的致命敌人。

（恐慌）

@金斯：你肯定在夸大其词吧，鲍威尔。

鲍威尔：是吗？检查我脑海里的图景吧。看看瑞克在时间与空间中的位置，他的信念会变成这个世界的信念，他的真实会成为这个世界的真实，难道不是这样吗？以他无与伦比的权力、精力和智慧，发展下去会如何？这绝对是一条通向彻底毁灭的道路。

（信服）

宗会长：那是真的。尽管如此，我还是不愿意批准实施"密集式精神力量集中投放"。你应该记得，在以往的尝试中，集中投放摧毁了渠道，无一例外，鲍威尔，你太有价值了，不应该被毁灭。

鲍威尔：请务必允许我冒这个险。瑞克是一个罕见的宇宙的破坏者……现在还是孩子，但就要成熟了。而现实中的一切……超感师、普通人、生活、塔拉、太阳系、宇宙自身……所有的一切都发岌可危，命系于他，绝不能允许他在错误的现实中觉醒。我在此提出请求。

弗兰辛：你在让我们为你的死亡投赞成票。

鲍威尔：或是我死，或是我们熟知的一切都要死亡。我提出请求。

@金斯：瑞克想怎么觉醒都由他去吧。既然我们已经警觉了，就有时间在下一个十字路口攻击他。

鲍威尔：请求！我提出请求！

（同意请求）

休会

一张钟面

时针指向9

分针指向1

秒针指向"毁灭"

∞

一小时后，鲍威尔回到了家中。他写下了遗书，付清了账单，签署了文件，安排好了一切。行会里一片沮丧的情绪。当他回到家时，这里也是如此。玛丽·诺亚斯在他进门的刹那就读出了他做了什么。

"林克——"

"别说了，一定要那样做。"

"但是——"

"我还有生存的机会。哦……提醒你一声，实验室在我死后需要立刻进行大脑解剖……如果我死的话。我签了所有的文件，但假使有麻烦，我希望你帮忙。他们希望在我僵硬之前得到尸体。如果他们得不到整具尸体，单有头也行。你来处理，行吗？"

"林克！"

"抱歉。现在你最好收拾一下，把宝宝带到金斯敦医院去，她在这里不安全。"

"她已经不再是宝宝了。她——"

玛丽转身跑上楼，留下一条熟悉的感官印象：雪／薄荷／郁金香／塔夫绸……现在却夹杂着恐惧和眼泪。鲍威尔叹了口气，接着，一个仪态万方的少女出现在楼梯顶端，无忧无虑地走下楼来。鲍威尔微笑了。她穿着一件连衣裙子，带着预先演练过的惊奇表情。她在半途停了下来，让他好好欣赏裙子和自己的风姿。

"哟！是鲍威尔先生吗？"

"是的。早上好，芭芭拉。"

"今早是什么风把您吹到我们的寒舍来了？"她走下剩余的梯级，指尖从扶栏上轻拂而过，在最下一级绊了一下，"哦，比普！"她的抱怨冲口而出。

鲍威尔接上了她的话头。"波普。"他说。

"比姆。"

"巴姆。"

她仰望着他。"你就站在这里，我要重新下一次楼，而且我敢打赌这次我一定能做得很完美。"

"我打赌你不能。"

她转过身，小跑着上楼，然后又在第一级楼梯处摆出姿势。"亲爱的鲍威尔先生，你一定认为我心不在焉……"她又开始款款下楼，"你必须对我重新估价，我不再是昨天那样的小孩子了，我比那个小孩大了很多很多。从现在起，你必须像对成年人那样待我。"她越过了最后一级台阶，然后热切地注视着他，"重新评判评判，我做得如何？"

"有时候再来一次倒也不错，亲爱的。"

"我觉得这话还有别的意思。"她突然放声大笑，将他推进一张椅子里，然后扑通一声扑倒在他的膝盖上。鲍威尔叹了口气。

"轻点儿，芭芭拉。你不仅年纪大了很多，分量也重多了。"

"听着，"她说，"我怎么会——以前会——认为你是我的父亲？为什么？"

"把我当父亲又怎么了？"

"咱们坦白一点儿，真正的坦白。"

"当然。"

"想想你自己的感受，你觉得自己像我的父亲吗？我觉得我对你的感受不像女儿对父亲那种。"

"哦？你有什么感受？"

"我先问，所以你先回答。"

"我是这么想的，我就像个孝顺的儿子。"

"不，别开玩笑。"

"我下定决心，要像一个值得信赖的儿子一样对待所有女人，直到火神①在行星中获得它应得的地位。"

她气愤地红了脸，从他膝盖上跳起来。"我要你认真点儿，因

---

① 也叫火神星、祝融星，19世纪假设在太阳和水星之间运行的行星，该假设后被广义相对论排除。这里指"永远像儿子一样对待所有女人"，是一句玩笑。

为我需要建议。但如果你……"

"对不起，芭芭拉。怎么了？"

她在他身边跪下来，牵起他的手。"我对你有很多不同的感觉，它们都搅在了一起。"

她用年轻人特有的、惊人的率直望着他的眼睛。"你知道的。"

他停顿了一下，点点头。"是的，我知道。"

"你对我的感觉同样全都混淆了。我知道。"

"是的，芭芭拉。是真的，我确实如此。"

"这是错误的吗？"

鲍威尔从椅子上撑起身，闷闷不乐地踱步。"不，芭芭拉，这不是错误，只是……时机不对。"

"跟我说说，好吗？"

"跟你说？是的，我想我最好说说。我……我打算这么解释，芭芭拉，我们两个人其实是四个人。你有两个人格，我也有两个。"

"为什么？"

"你一直在生病，亲爱的。所以我们不得不把你变回婴儿，让你重新成长，所以你才成了两个人。里面是成年的芭芭拉，外面是婴儿。"

"那你呢？"

"我身上有两个成年人。一个是我……鲍威尔……另一个是超感行会管理委员会的成员。"

"那是什么？"

"没有解释的必要。那是我的一部分，把我搅昏了……天知道，也许搅昏我的是婴儿的部分，我不知道。"

她很认真地想了想，然后慢吞吞地问："当我觉得自己对你的感觉不像你的女儿时……是哪一个我这样感觉的呢？"

"我不知道，芭芭拉。"

"你知道的。你为什么不说？"她走向他，双臂搂住他的脖子……一个举止如孩童的成年女人，"如果这没有错，为什么你不说？如果我爱你……"

"谁说过什么爱和不爱！"

"我们不正在说吗？不是吗？我爱你而且你也爱我，不是吗？"

"这下可好，"鲍威尔绝望地想，"终于来了。你要怎么做？承认事实？"

"对！"玛丽手中拿着旅行箱走下楼梯，"承认事实。"

"她不是透思士。"

"忘记那条规定吧，她是个女人。而且她爱你，你也爱她。求你了，林克。给自己一个机会。"

"一个什么机会？我活着走出瑞克的烂摊子之后可以搞的私情？最多不过如此。你知道行会是不会允许我们和一般人结婚的。"

"她自己会想办法的。让她想办法，她就会很感激。问我，我知道。"

"如果我不能活着回来，她就什么都没有了……只有一份似是而非的爱情，半真半假的回忆。"

"不，芭芭拉，"他说，"根本不是这么回事儿。"

"是这么回事儿，"她坚持道，"是的！"

"不，这是你的婴儿那一部分在说话。那婴儿认为她爱上了我，而那个女人没有。"

"她会长大，会变成那个女人的。"

"到那时她就会忘记有关我的一切。"

"你会让她记得。"

"我为什么要这么做，芭芭拉？"

"因为你对我就是那种感觉。我知道。"

鲍威尔大笑道："孩子！孩子！孩子！是什么让你觉得我那样爱着你？我没有，我从来没有。"

"你有的。"

"睁开你的眼睛，芭芭拉。看着我，看着玛丽，她比你年纪大多了，不是吗？你还不明白吗？这么明白的事儿还需要我跟你解释吗？"

"看在上帝的分儿上，林克！"

"抱歉，玛丽。只能利用你。"

"我已经准备好说再见了……也许是永别……难道我到这时还要忍受这一套？现在这样对于我还不够糟吗？"

"嘘——轻点儿，亲爱的……"

芭芭拉瞪着玛丽，然后看看鲍威尔。她慢慢摇摇头。"你在撒谎。"

"我有吗？看着我。"他将双手放在她的肩上，望着她的脸。"不诚实的亚伯"又回到了他身上。他的表情和蔼，带着宽容，仿佛被逗乐了，一副长辈模样。"看着我，芭芭拉。"

"不！"她喊，"你的脸在撒谎。可……可恨！我……"她痛哭起来，哽咽着说，"哦，走开，快走开。"

"走的是我们，芭芭拉。"玛丽说。她走上前去，抓住姑娘的胳膊，带着她走向门口。

"外头有部跳跃器在等着，玛丽。"

"我等着你，林克。永远。还有切威尔&@金斯&乔丹&&&&

&&——"

"我知道，我知道，我爱你们大家。吻。×××××××。祝
福……"

一株四叶苜蓿，兔子脚爪，马蹄铁的图案①……

鲍威尔回了个开玩笑的图像。

轻笑。

告别。

他站在门口，荒腔走板地吹着一曲忧伤的小调，看着跳跃器向
北消失在通向金斯敦医院的钢蓝色天空，他筋疲力尽。对自己做出
的牺牲有一点儿小小的自豪，又为这自豪的心理感到深深的羞愧。
显然是忧郁症。他是否应该服一粒兴奋剂，让自己的情绪爬上兴奋
的顶点？有什么鬼用？看看这个巨大的肮脏城市，一千五百五十万
人，却没有一个人属于他。看看……

第一束脉冲来临了。隐隐约约，一道细小的溪流。他清晰地感
觉到了，瞥一眼手表，10:20。这么早？这么快？好，他最好赶紧
准备。

他转向屋子，箭步冲上楼梯进入更衣室。能量冲击流开始啪
嗒、啪嗒响起来……就像暴风雨来临前夕最初的雨滴。他的大脑
打开，吸收这些细小的能量细流，思维开始膨胀、震动。他换了衣
服，既不太冷也不太热，然后……

然后如何？啪嗒、啪嗒声变成了一道道水流，从他身上淋漓
而下，让他的意识打了个寒战……充满了让人难以忍受的情感火
花……充满……对了，浓缩营养胶囊。别忘了，牢牢记住。营养，

---

① 这些都是西方民俗中的吉祥物。

营养，营养！他跌跌撞撞地走下楼梯，进入厨房，找到那个塑料包，啪地捏碎，然后吞下一打胶囊。

能量现在已如急流般涌来。城里每一个超感师的每一股潜能汇集成为溪流、大河，一个指向鲍威尔、调整到他的频段的密集投放的汹涌海洋。他打开所有的屏障，将它们全部吸收。他的神经系统和这个海洋混在一起，尖啸着，大脑仿佛成了急转的涡轮，响声越来越大，难以忍受。

他已到了屋外，在街道上漫无目的地乱转一气，眼不能见，耳不能听，毫无知觉，沉浸在沸腾的潜伏力量的巨大集合中……犹如一艘遭遇台风的航船，奋战着要把飓风涡流的能量化为将自己引向安全的力量……鲍威尔奋战着，要吸收那可怕的急流，要控制那潜能，集中它，引导它，指向瑞克的毁灭，趁一切还不算太迟、太迟、太迟、太迟、太迟……

第十六章

摧毁这座迷宫。

捣毁这片迷雾。

删除这道难题。

（X2φY3d! 空间／维度! 时间）

解体。

（操作，表达，因素，片段，能量，说明，根本性，同一性，平衡，发展，变化，交换，决定因素，解决办法）

消除。

（电子，质子，中子，介子和光子）

抹去。

（凯利，汉森，利林塔尔，查努特，兰利，莱特，滕伯尔和S&爱立信[1]）

---

[1] 疑指19—20世纪在数学、物理、航天航空、材料等领域有重要贡献的一系列名人。

删去。

（星云，星团，星流，双子星，巨星，主星序和白矮星）

消散。

（鱼纲，两栖类，鸟类，哺乳动物，人类）

废弃。

毁灭。

删除。

解体。

抹去一切平衡。

无穷大等于零。

那里没有……

∞

"那里没有什么？"瑞克大喊，"那里没有什么？"他向上挣扎，和睡衣以及约束他的手搏斗，"那里没有什么？"

"再没有噩梦了。"达菲·威格&说。

"是谁在那儿？"

"我，达菲。"

瑞克睁开眼睛。他在一间到处挂满褶边装饰的卧房里，躺在一张镶褶边的床上，床上铺着老式亚麻被单和毛毯。衣饰挺括、精神饱满的达菲·威格&正用双手按着他的肩膀，再一次努力将他按回枕头上。

"我还在做梦，"瑞克说，"我想清醒。"

"说得再好不过了。躺下，你会继续梦下去的。"

瑞克躺了回去。"我刚才醒了。"他沉重地说，"我生命中第一次完全醒来。我听见……我不知道我听见了什么。无穷和零，重要的事情，真相，然后我又睡着了，接着就在这儿了。"

　　"纠正一点，"达菲微笑了，"你已经醒了。"

　　"我现在还在做梦！"瑞克大喊道，他坐起来。"你有针剂吗？什么都行……鸦片、大麻、催眠药、毒针……我必须醒过来，达菲。我必须回到现实中。"

　　达菲对他俯下身来，重重地吻了吻他的嘴唇。"这个呢？真实吗？"

　　"你不懂。这一切都是错觉……幻想……一切都是。我必须调整，重新定位，重新组织……否则就太迟了，达菲。否则一切都太迟、太迟、太迟……"

　　达菲双手一扬。"这药到底是怎么回事儿！"她叫道，"先是那个鬼医生把你吓昏过去，接着他发誓已经把你治好了……现在瞧瞧你的鬼样子。神经病！"她跪在床上，一只手指一戳瑞克的鼻子，"你再多说一个字我就打电话给金斯敦。"

　　"什么？谁？"

　　"金斯敦，金斯敦医院的那个金斯敦。他们要的就是像你这样的人。"

　　"你说谁把我吓昏过去的？"

　　"一位医生朋友。"

　　"在警察局前的广场上？"

　　"广场正中。"

　　"肯定？"

　　"我当时和他在一起，正在找你。你的仆人把爆炸的事情告诉我了，我很担心。幸好及时赶到了。"

"你看到他的脸了吗？"

"看到？我还吻了他呢。"

"看上去什么样？"

"普通的脸罢了。两只眼睛，两片嘴唇，两只耳朵，一只鼻子，三重下巴。听着，本，你时而清醒，时而昏睡；时而觉得是真的，时而觉得在做梦。你一直这样翻来覆去没完没了，这可不行。要是作诗……这种诗可卖不出去。"

"是你把我带到这里来的吗？"

"当然。我怎么能放过这样的机会呢？这是唯一能把你弄到我床上的机会。"

瑞克咧嘴笑了。他松弛下来，说："达菲，现在你可以吻我了。"

"瑞克先生，你已经被吻过了。当时你醒着吗？记不得了？"

"没关系。一场噩梦，仅仅是噩梦。"瑞克放声大笑，"做噩梦罢了，我担心什么？剩下的全世界都攥在我手心里。那些噩梦也会被我攥住的。你是不是曾要求我把你从阴沟里拉出来，达菲？"

"只是孩子气的心血来潮。我原以为那样就可以进入上流社会。"

"说说那是条什么沟，然后它就全归你了，达菲。金沟……钻石沟。想要一条从这里直通火星的沟吗？你会有的。想让我把整个太阳系变成阴沟吗？没问题。天！只要你想，我可以将整个银河变成一条大阴沟。"他用大拇指戳戳自己的胸门，"想看上帝吗？我就在这里。来吧，好好看看。"

"亲爱的朋友，你可真是个谦逊的人哪，而且昨晚喝得太多了点儿。"

"说我醉了？行，我就是个醉鬼。"瑞克脚一蹬，跳下床，站起来，东倒西歪。达菲立刻走到他身边，他胳膊搂着她的腰，支撑住身体。"我为什么不能醉呢？我干掉了德考特尼，我打败了鲍威尔。我现在四十岁了，我将在未来六十年里拥有整个宇宙。是的，达菲……整个见鬼的世界！"他开始和达菲一起巡视整个房间，房间的布置充分反映出她情欲炽烈的思想，两人就像在她头脑里漫步。一个超感室内装潢师完美复制了达菲的思想，将它再现于房间的装饰上。

"愿意和我一起开创一个王朝吗，达菲？"

"开创王朝的事儿我可不懂。"

"你和本·瑞克一起开创。首先你嫁给他，然后……"

"那就够了。我什么时候开始？"

"然后你生孩子。男孩子，很多很多男孩子。"

"女孩子，而且只生三个。"

"然后你看着本·瑞克接受'德考特尼'与'帝王'合并。你看着敌人倒台……就像这样！"瑞克一大步跨上前去，一脚踢在一张梳妆台上。它倒塌下来，连带将一堆水晶玻璃瓶倾翻在地。

"在'帝王'与'德考特尼'并成瑞克联合公司以后，你将看着我把所有剩下的都吃掉……那些小公司……那些跳蚤。金星案件代理公司，吃掉！"瑞克的拳头捣碎一张裸体人形桌，"火星联合交易公司，捣碎然后吃掉！"他摔了一张精致的椅子，"木卫三、木卫四和木卫一上的CGI集团……木卫六化学与原子公司……然后是小跳蚤——背后诽谤我的、仇恨我的透思士行会，道学家、忠臣义士们……吃掉！吃掉！吃掉！"他把拳头重重捶在一尊大理石裸体雕塑上，它从基座上坠了下去，摔成了碎片。

"别犯傻了，坏蛋，"达菲挂在他脖子上，"为什么浪费那么多宝贵的力气？把我抱紧一点儿。"

他把她举起来抱在怀里，摇晃她，直到她叫唤起来。"不过，这世上有一部分人却能尝到甜头……比如你，达菲；还有一部分将臭名远扬……但是我会把他们所有人都囫囵吞掉。"他放声大笑，压在她身上，"我对上帝的工作没多少了解，但是我知道我自己喜欢什么。我们将把一切撕个粉碎，达菲，然后我们将用适合我们的方式将它们重新建立起来……你和我还有我们的王朝。"

他抱着她来到窗边，扯掉帘幔，踢开窗户，哗啦一声巨响，玻璃粉碎。窗外，整个城市沉浸在一片天鹅绒般的黑暗里，只有空轨和街道闪烁着灯光，还有天边不时掠过的跳跃器深红色的眼睛。

雨已经停了，上弦月苍白地挂在天上。夜风的耳语轻悄悄地飘进窗来，穿过房间里香水打翻后过度甜腻的空气。

"你们外面的人！"瑞克吼道，"你们听得到我的话吗？你们所有人——睡着的，做梦的。从现在开始，你们都要做我的梦！你们……"

陡然间，他不作声了。他松开达菲，任由身边的她滑坐在地上。他抓住窗户边缘，将脑袋远远伸进夜色里，扭动脖子朝上看。头转回屋内时，他的脸上带着一种不知所措的昏乱表情。

"星星，"他咕哝着，"星星到哪儿去了？"

"什么到哪里去了？"达菲想知道。

"星星。"瑞克重复道。他畏缩地对着天空做了个手势。"那些星星，它们不见了。"

达菲好奇地望着他。"什么不见了？"

"那些星星！"瑞克大喊，"抬头看看天空，那些星星不见了，那些星座不见了！大熊座……小熊座……仙后座……天龙座……飞马座……它们都不见了！除了月亮什么都没有！看啊！"

"一直都是这样的。"达菲说。

"不是的！那些星星到哪里去了？"

"什么星星？"

"我不知道它们的名字……北极星和织女星……见鬼！我为什么要知道它们的名字？我不是天文学家。我们出了什么事情？那些星星出了什么事儿？"

"那些星星是什么？"达菲问。

瑞克凶狠地拽住她。"太阳……沸腾的，熊熊燃烧的光，千千万万个、亿兆个……穿过夜空闪亮。见鬼！你到底出了什么毛病？你不明白吗？太空中发生了大灾难，那些星星不见了！"

达菲摇摇头，脸上露出被吓坏的表情。"我不知道你在说什么，本。我不知道你在说什么。"

他一把将她推开，转身跑进浴室，将自己反锁在里面。他匆匆忙忙地洗澡更衣时，达菲不断重重打门，乞求他。终于，她沉默了。几秒钟后，他听见她用小心戒备的声音打电话给金斯敦医院。

"让她去解释那些星星的事儿吧。"瑞克喃喃道，半是气愤半是恐惧。他着装完毕，走进卧室。达菲慌忙切断电话，转身面对他。

"本。"她开口道。

"在这儿等着我，"他吼道，"我要去弄明白。"

"弄明白什么？"

"星星的事儿！"他喊，"那些见鬼的、神圣的、消失的星星！"

他急冲出公寓楼外，奔上街头。在空荡荡的人行道上，他再次驻足仰望。月亮挂在夜空里，还有一个明亮的红色光斑——火星，另一个光斑——木星。其他什么都没有了。黑暗，黑暗，黑暗，它悬在头顶，谜一般，无法消除，令人惶恐。由于眼睛的视觉误差，黑暗仿佛朝下压来，沉重、令人窒息、致命。

他开始奔跑，一边跑一边仰望。他在人行道转角处和一个女人撞了个满怀，把她撞翻在地。他将那女人拉起来。

"你这个莽撞的浑蛋！"她尖叫道，修整自己的装饰，接着腻声问道，"想找乐子吗，飞行员？"

瑞克抓住她的手臂。他向上一指。"看，那些星星不见了。你没有注意到吗？星星不见了。"

"什么不见了？"

"星星。你没有看到吗？它们不见了。"

"我不知道你在说什么，飞行员。噢，来，咱们来场舞会吧。"

他甩开她的手，跑掉了。人行道上有个公共视像电话亭。他踏进去，拨给信息部。屏幕亮了，一个机器人的声音说："问题？"

"星星出了什么事儿？"瑞克问，"什么时候发生的？大家一定注意到了，原因是什么？"

一声咔嗒响之后，暂停了一下，然后又响了一声："你能拼一下那个词语吗？请。"

"星星！"瑞克大吼，"X-ī-n-g，星！"

咔嗒一声，暂停，咔嗒一声。"名词还是动词？"

"滚吧！名词！"

咔嗒一声，暂停，咔嗒一声。"没有这个标题的信息。"那个录音的声音宣布。

瑞克咒骂起来，然后尽量控制自己。"这个城市最近的天文台在哪里？"

"请指明是哪一个城市。"

"这个城市，纽约。"

咔嗒一声，暂停，咔嗒一声。"克拉顿公园的月球观测站在三十英里以北，也许可以乘坐跳跃器到北路227对应站。月球观测站是由捐款建立，建立于两千……"

瑞克啪嗒一声挂断了电话。"没有这个标题的信息！我的天！他们都疯了吗？"他跑上街头，寻找公共跳跃器。一部人工驾驶的机器慢速巡行而过，瑞克发了个信号，它俯冲下来接起他。

"北站227[①]，"他又急又快地说，同时踏进车厢，"三十英里以北的月球观测站。"

"加班时间要加钱。"那司机说。

"我会付的。快！"

跳跃器飞射出去。瑞克尽力控制住自己，五分钟内什么都没说，之后，他假装若无其事地开口问道："注意到天空了吗？"

"怎么了，先生？"

"那些星星不见了。"

逢迎的大笑。

"这不是笑话，"瑞克说，"星星不见了。"

"如果不是笑话，那就需要解释了。"那司机说，"星星究竟是什么？"

一股怒火悬在瑞克唇上颤抖，差点儿发作，这时跳跃器降落在观测站接近圆顶的场地上。他甩出一句："等着我！"然后跑着穿

---

① 北路227对应站的简称。

过草地，进入小小的石头入口。

门半开着。他进入观测站，听到了控制圆顶的机械发出的呜呜声，还有天文钟安宁的嘀嗒声。除了钟面上发出的暗淡的光，房间里一片黑暗，十二英寸长的折射望远镜正处于工作状态。他可以看到观测员模糊的轮廓，蹲伏在导向望远镜的接目镜处。

瑞克向他走去，不安、紧张，因为自己脚步响亮的噼啪声打破了宁静而退缩。空气中穿过一阵寒流。

"听着，"瑞克低声开口道，"抱歉打扰了你，但是你一定注意到了。你是研究星星的。你注意到了，不是吗？那些星星，它们不见了，所有的都不见了。出了什么事儿？为什么之前没有任何警示？为什么每个人都假装没事儿？我的天！星星！我们一直对它们习以为常。但是它们现在不见了。出了什么事儿？星星到哪里去了？"

那身影慢慢挺身，转向瑞克。"不存在什么星星。"他说，是那**没有面孔的男人**。

瑞克大叫一声，转身便逃。他夺门而出，下楼，穿过草地，跑向等待着他的跳跃器。他啪的一声重重撞在跳跃器的水晶盖上，双膝着地摔倒了。

司机将他拉起来。"你没事儿吧，老兄？"

"我不知道，"瑞克呻吟，"我要是知道就好了。"

"虽然与我无关，"那司机说，"但是我想你应该去看透思士，你说话疯疯癫癫的。"

"关于星星的事儿？"

"没错。"

瑞克一把紧紧抓住那人。"我是本·瑞克，"他说，"'帝王'

的本·瑞克。"

"没错，先生。我先前就认出你了。"

"好。你知道如果你帮我一个忙，我能给你多大好处？金钱……新工作……任何你想要的东西。"

"你什么都不能为我做，老兄。我已经在金斯敦被调教过了。"

"那就更好了，一个诚实的人。看在上帝或者随便什么你爱的人的分儿上，你能帮我一个忙吗？"

"没问题，先生。"

"进那栋大楼，看看望远镜后面的那个男人。好好瞧一瞧，回来对我描述一下他的样子。"

司机离开了，去了五分钟，然后回来了。

"如何？"

"只是个普普通通的家伙，老兄。看起来六十多岁的样子，秃顶，脸上的褶子已经很深了，招风耳。还有他的下巴，是大家说的那种软下巴，你知道，有点儿向后缩。"

"不是什么人物……不是什么人物。"瑞克喃喃自语。

"什么？"

"关于那些星星，"瑞克说，"你从来没有听说过它们吗？你从来没见过它们吗？你不知道我在说什么吗？"

"不。"

"哦，天哪……"瑞克哀叹，"老天啊……"

"别把你自个儿弄糊涂了，老兄。"那司机用力在他背上拍了一记，"告诉你一些事情：他们在金斯敦把我好好教导了一通，其中有一件就是……这么说吧，有的时候你会有一种疯狂的想法，是刚冒出来的，明白吗？但是你以为自己一直这么想。就像……比如说，你以为自己一直觉得人只有一只眼，现在，突然之间，他们有了两只。"

瑞克瞪着他。

"于是你到处乱跑，喊着：'老天啊，为什么每个人突然之间都成了两只眼了？'而他们说：'人一直都是两只眼的。'然后你说：'是才见鬼呢。我清清楚楚地记得每个人都只有一只眼睛。'而且老天在上，你确实相信这一套。他们花很长时间才能将这种想法从你的脑子里赶出去。"那司机又重重拍了他一记，"我觉得，老兄，你就好像在声明'人是独眼的'。"

"一只眼，"瑞克喃喃，"两只眼睛。紧张，忧惧，纠纷从此开始。"

"什么？"

"我不知道，我不知道。上个月我的日子很难过。也许……也许你是对的。但是……"

"你想去金斯敦吗？"

"不！"

"你想留在这里为那些星星犯愁？"

陡然间，瑞克大喊一声："我担心那些星星干吗？"他的恐惧变成了万丈怒火。肾上腺素涌入他的身体系统，带来了勇气的波涛和高昂的精神。他纵身跳进车厢，"我已经拥有了世界，即使有点儿错觉又在意它做什么？"

"这才对，老兄。去哪儿？"

"皇宫。"

"哪儿？"

瑞克大笑："'帝王'。"他说，大笑起来，从草地飞行到高耸的帝王塔，一路上大笑不止，但那是一种半歇斯底里的笑。

办公室是按日夜倒班的，瑞克闯进来时，夜班人员正处于昏昏欲睡的状态。虽然上个月他们很少见到瑞克，但员工们对于这种拜访已经习惯了，他们立刻平稳顺利地转换成高效率的工作状态。瑞克走进办公室，他身后跟着秘书和助理秘书，带着当天的紧急日程。

"所有这些都等等再说。"他不容分说地指示，"把员工都叫来……所有部门主管和在编的管理人员。我要发布一个公告。"

乱哄哄的场景抚慰了他，让他恢复了自信。他又活过来了，又真实起来了。眼前这一切才是唯一的真实……忙乱，喧嚣，公告铃声，低声的命令，飞快地充满他办公室的景仰的面孔。与未来相比，这些只能算一场预演，到那时，铃声将在行星和卫星间鸣响，世界的管理者们将匆忙赶到他的桌前，带着一脸敬畏的表情。

"你们都知道，"瑞克发话了，一边缓慢地踱步，一边向那些望着他的面孔投以充满穿透力的目光，"帝王一直在和德考特尼联合企业进行殊死搏斗。克瑞恩·德考特尼前些时候被杀了，有很多复杂的问题刚刚被解决。你们将高兴地听到，道路现在已经为我们敞开，我们可以着手运作AA计划了，接管德考特尼联合企业。"

他暂停了一下，等待着他的宣布带来的兴奋的低声反应。

没有反应。

"也许，"他说，"你们有的人并不理解这项工作的规模和它的重要性，我们换一种解释方式……用你们都能理解的方式。你们中间那些城市级的主管将升为洲际主管，洲际主管将升级为星球主管。从此以后，'帝王'将统治整个太阳系；从此以后，你们所有的人必须了解以太阳系为架构的工作模式；从此之后……"

围绕着他的面孔毫无表情，瑞克警觉起来，他支吾了，环视四周，然后单独叫出秘书主管。"到底出了什么鬼事情？"他低低地吼叫，"有什么我没听说的新闻吗？坏消息？"

"不，不，瑞克先生。"

"那为什么你们都哑巴了？这是我们一直期待的事情。有什么不对的？"

秘书主管结结巴巴道："我们……我……我很抱歉，先生。我不——不知道你——你在说什么。"

"我在谈德考特尼联合企业。"

"我……我从、从来没有听说过这个组织，瑞克先生。我……我们……"秘书主管转身寻求支持。瑞克难以置信地看着全体下属，他们都在困惑不解地摇头。

"火星上的德考特尼！"瑞克大喊。

"在哪里，先生？"

"火星！火星！H-u-ǒ-X-ī-n-g！十大行星之一，距离太阳第四位的行星。"他的恐惧又回来了，瑞克不连贯地吼叫起来，"水星，金星，塔拉，火星，木星，土星，火星！火星！火星！距离太阳1.41亿英里，火星！"

下属们又一次摇头。他们的脚在地下不安地蹭着，沙沙作响，略微从瑞克身边退开。他猛冲向秘书们，从他们手里夺下公事文件。"在这里你们有一百份关于火星德考特尼的备忘录，你们应该有。我的天，过去十年里我们一直在和德考特尼战斗。我们……"

他把那些文件乱扯一气，疯狂地将它们向各个方向抛掷出去，办公室里飞满了雪花般的纸片。没有涉及德考特尼或者火星的文件，没有任何关于金星、木星、月球和其他星球的文件。

"我桌子里有备忘录，"瑞克喊叫道，"成百上千，你们这些无耻的骗子！看看我的桌子……"

他蹿到桌前，大力猛拉出所有的抽屉。只听一声沉闷的爆炸，桌子被炸得分了家。飞舞的碎片戳伤了下属，瑞克自己被炸飞的桌面撞个正着，像被一个巨人猛击一掌，身体被猛抛到窗户上。

"没有面孔的男人！"瑞克喊道，"全能的上帝！"他发疯般摇晃着脑袋，抓住最重要的问题不放，"那些文件到哪儿去了？我要给你们看那些文件……德考特尼和火星还有所有其他的那些。我也要让他见识见识。**没有面孔的男人**……来啊！"

他跑出自己的办公室，冲进地下档案室。他狂奔过一个又一个架子，乱翻文件，一串串电子记忆水晶，电信记录，微缩胶卷，分子拷贝。没有关于火星的德考特尼的记录。没有关于金星、木星、水星和小行星、卫星的任何记录。

现在的办公室真是生机勃勃，充满忙乱、喧嚣、警报铃声、尖叫的命令声。人们惊逃溃散，三个从"娱乐部"赶来的粗壮的先生奔进地下室，血流不止的秘书指挥着他们，一边催促："必须这样！必须这样！我负全责！"

"放松，放松，放松，瑞克先生，"他们说话时发出马车夫安抚发狂的种马的嘘嘘声，"放松点儿，放松点儿。"

"滚远点儿，你们这些混账！"

"放松，先生。放松。没事儿的，先生。"

他们分散开来，站好位置。与此同时，忙乱与喧嚣仍在不断升级，警报铃响个不停，远远传来叫喊声。"谁是他的医生？找他的医生来。谁给金斯敦打个电话。通知警方了吗？不，别通知！不要丑闻。找法律部来，还不去！医务室还没有开门？"

瑞克咆哮着，大口喘息着。他推倒文件架，挡住那些彪悍先生们的来路，伏下脑袋，然后像斗牛一样从他们中间挤撞过去。他冲过办公室，到了外面的走廊和气铁。他打着门。他重重捶打"科学城57"。他踏进空气穿梭机然后被发射到科学城，他迈步而出。

他正在实验室这层楼。楼里一片黑暗，下属们很可能以为他已经跑到街上去了，他还有时间。他依然沉重地喘息着，一路小跑到实验楼图书馆，啪地打亮灯，走进查询间。一面结霜的水晶，像一块倾斜的绘图板，放置在桌椅前面。还有一面复杂的镶嵌板，上面布满了控制按钮。

瑞克入座，重按一下启动。薄板点亮了，一个录音声音从头顶上方的喇叭里传来："主题？"

瑞克按下"科学"。

"分类？"

瑞克按下"天文学"。

"问题。"

"宇宙。"

咔嗒——暂停——咔嗒。"宇宙，完整的物理意义上指一切存在的物质。"

"以什么方式存在？"

咔嗒——暂停——咔嗒。"物质聚集成各种集合体，小到原子，大到一种被叫作天体的集合。"

"天体中最大的物质集合是什么？"瑞克按下"图示"。

咔嗒——暂停——咔嗒。"太阳。"那水晶盘子展示出一张加速运行的耀眼的太阳的照片。

"其他的呢？星星呢？"

咔嗒——暂停——咔嗒。"没有星星。"

"行星？"

咔嗒——暂停——咔嗒。"就是塔拉。"

一张塔拉自转的照片出现了。

"其他行星呢？火星？木星？土星……"

咔嗒——暂停——咔嗒。"没有别的行星。"

"月亮？"

咔嗒——暂停——咔嗒。"没有月亮。"

瑞克颤抖着深吸一口气。"我们再试一次，回到太阳的位置。"

太阳再次浮现在水晶板上。"太阳是天体中最大的物体。"录音开始说。突然间，它停下了。咔嗒——暂停——咔嗒，太阳的照片开始缓慢地褪去。那声音说："没有太阳。"

模型消失了，留下的残像①望着瑞克……森然逼近，沉默无语，令人恐惧——**没有面孔的男人**。

瑞克号叫起来。他跳起来，将椅子向后推倒，又一把抓起它，狠狠砸碎那个吓人的图像。他转过身，跌跌撞撞地离开图书馆，进了实验室，之后到了走廊。在垂直气铁处，他按下"街道"。门打开了，他踉跄着扑进去，连降五十七层，落到帝王科学城的主厅。

这里挤满一早赶往各自办公室的员工。瑞克推推搡搡地从他们中间穿过，被割伤的鲜血直淌的脸吸引了许多惊骇的目光。他发现十几个穿着制服的帝王保安正向他合围，他以一阵狂乱的爆发力加速奔下主厅，闪过保安。他滑进旋转门，急转向人行道方向。

然后他陡然停步，仿佛撞上了白热的钢铁。这里没有太阳。

---

① 眼睛受强烈光线或色彩图像刺激后，即使图像消失，视觉信号在短时间内依然会在脑海里停留一段时间。

251

街灯亮着，空航的航道闪闪发光，跳跃器的红眼睛浮上跃下，商店光辉闪耀……头顶上什么都没有……什么都没有，除了深邃、黑暗、无穷无尽的黑暗。

"太阳！"瑞克大叫，"太阳！"

他向上指。办公室的职员用疑惑的目光望着他，继续忙于手头的工作，没有人朝上看。

"太阳！太阳到哪儿去了？你们难道不明白吗，你们这些傻瓜！太阳！"瑞克拽住他们的胳膊，冲着天空挥舞拳头。就在这时，第一个保安穿过转门，于是他撒腿就跑。

他跑下人行道，突然右转，冲过明亮繁忙的长廊商场。长廊远处是通往天空航路的垂直气铁的入口。瑞克一跃而入。门在他身后关上，他瞥见追赶他的保安离他仅有二十码。他上升了七十层，出现在天空航路上。

在他旁边是一个小小的停车场，铺成一面向上通向帝王塔外表面的斜坡，一条跑道通向天空航路。瑞克跑进去，扔了几个钱给管理人员，跳上车，按下"走"。车开了出去。到了跑道脚下他按了"左"，车子左转后继续行驶。所有他可以进行的操控就是这些：左、右，停、走，剩下都是自动的。此外，汽车都被严格地控制在天空航路以内行驶。他也许要花几个小时在城市上空绕圈子，就像一只被困在旋转笼子里的狗。

这部车不需要照管。他间或扭头仰望天空。没有太阳……人们做着自己的事儿，好像天上从来没有过太阳。他战栗了。这难道又是一次"独眼声明"？突然，车慢了下来，停住了。他孤悬在帝王塔和宏伟的视像电话电报大楼正中的天空航道上。

瑞克一拳砸在控制键上，没有反应。他跳了起来，抬起车厢后盖检查点火器。这时他看到保安正沿着天空航路向他奔来,他明白了,这些车是由发射的能源驱动的,他们在停车场切断了能源然后追赶而来。瑞克掉过头,奋力冲向视像大楼。

天空航道从那栋大楼穿过,两边有店铺、餐厅、剧院……还有一个旅行办公室!肯定可以从这里出去。他可以抓一张票,进入一部单人舱,通过发射槽将自己投射到任意一个降落场。他需要一点儿时间来重新整顿……重新确定方向……他在巴黎有栋房子。

他连跑带跳穿过安全岛,躲闪着路过的汽车,跑进办公室。

它看上去就像一家微型银行。一个短小的柜台,一扇隔着防盗塑料栅栏的窗子。瑞克走向窗口,从口袋里掏出纸币来,啪的一声摔在柜台上,从栅栏下推送过去。

"去巴黎的票。"他说,"不用找了,去客舱怎么走?快呀,伙计!快呀!"

"巴黎?"回答是,"没有什么巴黎。"

瑞克透过阴沉的塑料隔板望去,他看到了……虎视眈眈,森然逼近,沉默无语……**没有面孔的男人**。他转了两圈,心如鹿撞,太阳穴狂跳不已。他确定了门的方位,奔了出去。他盲目地奔向天空航路,想避开一部冲过来的汽车,却被撞进了逐渐合围的黑暗中……

8

废弃。

毁灭。

删除。

解体。

（矿物学，岩石学，地理学，地文学）消失。

（气象学，水文学，地震学）抹去。

（X2φY3d维度：空间／维度：时间）消除。

删除项确定为——

$$\infty$$

"——确定为什么？"

删除项确定为——

"——确定为什么？什么？**什么**？"

一只手盖上他的嘴。瑞克睁开双眼。他在一间小小的平房里，一家警务派出所。他躺在一张白桌子上，周围是成群的保安，三个穿制服的警察，身份不明的陌生人。所有人都小心地写着报告书，嗡嗡地说话，混乱地交换着位置。

陌生人将他的手从瑞克的嘴上拿开，向他俯下身来。"没事儿了，"他温和地说，"放松，我是个医生……"

"一个透思士？"

"什么？"

"你是透思士吗？我需要一个透思士。我需要一个可以进入我脑袋的人，证明我是正确的。我的天！我必须知道我是对的。我不在乎花钱，我……"

"他想要什么？"一个警察问。

"我不知道。他说透思士。"医生转回到瑞克这边，"那是什么意思？告诉我们，透思士是什么？"

254

"超感师！思想阅读者……"

医生微笑起来。"他在开玩笑，表明自己状态很好。很多病人都那样，他们在意外之后假装一副沉着冷静、泰山崩于前而色不变的架势，我们称为绞架上的幽默感……"

"听着，"瑞克绝望地说，"让我起来，我想说点儿事儿……"

他们扶着他站了起来。

他对警察们说："我的名字是本·瑞克，'帝王'的本·瑞克。你们知道我的。我想要招供，我想对林肯·鲍威尔警长招供，带我去鲍威尔那里。"

"鲍威尔是谁？"

"还有，你想招供什么？"

"德考特尼的谋杀。上个月我谋杀了克瑞恩·德考特尼。在玛丽亚·博蒙特家……告诉鲍威尔，我杀了德考特尼。"

警察们惊讶地面面相觑。其中一人晃到角落里，拿起一部带通话手柄的老式电话。"局长，这里有个家伙，说自己是帝王的本·瑞克，想对一个叫鲍威尔的警长招供，宣称他自己上个月杀了一个叫克瑞恩·德考特尼的人。"停顿片刻，他问瑞克，"怎么拼写？"

"德考特尼！大写的D，一撇，然后是大写的C-O-U-R-T-N-E-Y。"

那警察拼了出来，然后等待着，短暂停顿后他嘟囔一声挂断了电话。"疯子。"他将笔记本收回口袋。

"听着——"瑞克道。

"他没问题吗？"警察看也不看瑞克，问那医生。

"只是有点儿受惊过度。他没事儿。"

"听着！"瑞克大叫。

警察猛地把他拽起来，推向门口。"好了，伙计。出去！"

"你一定要听我说！我……"

"你听我说，伙计。警察编制中没有什么林克·鲍威尔，也没有什么德考特尼谋杀记录在案，而且我们根本不在乎你这种人会说什么屁话。现在……出去！"他将瑞克丢在街头。

人行道古怪地裂开着。瑞克跟跟跄跄，然后重新恢复了平衡，站住不动，木然，迷失。比刚才更暗了……永恒的黑暗。只有少数路灯还亮着，天空航道消失了，跳跃器不见了，原先的航道上是巨大的裂口。

"我病了，"瑞克呻吟，"我病了，我需要帮助……"

他双手捂住肚子东倒西歪地走下街道。

"跳跃器！"他喊着，"跳跃器？这个被上帝抛弃的城市还有什么东西吗？一切都到哪里去了？跳跃器！"

什么都没有。

"我病了……病了。一定要回家。我病了……"他再一次大喊，"有什么人能听见我吗？我病了，我需要帮助……救命！救命！"

毫无回音。

他又一次呻吟，然后吃吃笑起来……虚弱地，空洞地，他用嘶哑的嗓门儿唱起来："八，先生……五，先生……一，先生……紧张再紧张……紧张……忧惧……纠纷从此开始……"

他哀声呼唤："大家都去哪儿了？玛丽亚！灯光！玛——丽——亚——！停止这疯狂的'沙丁鱼'游戏！"他绊倒了。

"回来，"瑞克呼喊，"行行好，回来吧！只剩我一个人了。"

没有回答。

他寻找公园南路9号，寻找博蒙特别墅——德考特尼的死地……和玛丽亚，尖声尖气、荒淫堕落、能让人安心的玛丽亚·博蒙特。

什么都没有。

黑色的苔原，黑色的天空，陌生的荒凉。

一无所有。

瑞克大叫了一声——沙哑、口齿不清、充满惊骇与狂怒的喊声。

没有回答。甚至没有一声回响。

"看在上帝的分儿上！"他大叫，"一切都到哪里去了？把它们送回来！这里除了空间一无所有……"

在包围着他的荒凉之外，一个身影聚集起来，越变越大，熟悉，阴森，像一个巨人……一个黑色的阴影，虎视眈眈，森然逼近，沉默不语……没有面孔的男人。瑞克看着他，瘫软了，吓得不能动弹。

然后，那身影说话了："没有什么空间。什么都没有。"

瑞克的耳中只听见一声尖叫，那是他自己的声音，然后是他心脏狂跳的声音。他正跑下一条张开大口的奇异小径，全无生命，全无空间，奔跑着，在一切太迟、太迟、太迟之前，奔跑着，趁还有时间，时间，时间……

他头也不回向前直冲，撞上一个黑影。一个没有面孔的黑影。

那黑影说："时间不存在，时间不存在。"

瑞克倒退，转身。他摔倒了。他虚弱地爬过永恒的虚空，锐声嘶叫："鲍威尔！达菲！奎扎德！泰德！哦，老天！大家都到哪儿去了？一切都到哪儿去了？看在上帝的分儿上……"

他和没有面孔的男人打了个照面，他说："没有上帝，什么都没有。"

现在已经逃无可逃。只有无穷无尽的虚无、瑞克和没有面孔的男人。在这个虚无的母体中被固定、冻结的无助的瑞克终于抬起眼睛，深深地望向那个致命的敌人的脸……他无法再逃避的人……他梦魇的恐惧所在……毁灭了他的存在的人……

那是……

他自己。

德考特尼。

两者都是。

两张脸融为一体。本·德考特尼，克瑞恩·瑞克。德考特尼—瑞克，德—瑞。

他无法作声，他无法动弹，没有时间，没有空间，也没有物质。除了正在死亡的思想，什么都没剩。

"父亲？"

"儿子。"

"你是我？"

"我俩是我们。"

"父亲和儿子？"

"是。"

"我无法理解……出了什么事儿？"

"你游戏玩儿输了，本。"

"'沙丁鱼'游戏？"

"宇宙的游戏。"

"我赢了，我赢了。这世界每分每寸都属于我。我……"

"所以你输了。我们输了。"

"输掉了什么？"

"生存。"

"我不明白。我没法明白。"

"我们俩之中我是明白的，本。如果你没有将我从你这里赶出来的话，你也会明白的。"

"我是怎么把你从我身上赶出去的？"

"通过你的堕落。"

"你竟然这么说？你……叛徒，想杀我的是谁？"

"那是没有恶意的，本。要赶在你把我们俩都毁灭之前摧毁你，为了生存，为了帮助你失去这个世界，失去这个世界，你就能赢得这个游戏，本。"

"什么游戏？什么宇宙游戏？"

"这迷宫……这错综复杂的世界……所有的宇宙，是一个谜题，是为了让我们解谜而创造的。这些星系，这些星星、太阳、行星……我们所知道的世界。我们是唯一的真实。所有剩下的都是虚构的……玩具、木偶、布景……假装的感情。这是一个为我们而造出的虚拟世界，是一个要让我们去解开的谜题。"

"我征服了这个世界，我拥有了这个世界。"

"但是你没有解开这个谜，你失败了。我们将永远不知道答案是什么，只知道它不是偷盗、恐惧、仇恨、贪婪、谋杀、掠夺。你输了，于是这个世界完全毁灭了，解体了……"

"但我们会怎么样？"

"我们也被毁灭了。我试图提醒你，试图阻止你。但是，我们输掉了这场测试。"

"但是为什么？为什么？我们是谁？我们是什么？"

"谁知道呢？没能找到肥沃土壤的种子知道它是谁或者它曾经是什么吗？我们是谁，我们现在是什么，这些问题还有意义吗？我们失败了。我们的测试结束了。我们完了。"

"不！"

"也许，如果我们解开了那个谜题，本，一切将依然是真实的。但是它结束了。真实被变成了可能，而你最后终于惊醒……在虚无中惊醒。"

"我们回去！我们再试一次！"

"不存在回去的问题，已经结束了。"

"我们能找到办法，一定有办法的……"

"没有。已经结束了。"

结束了。

现在……毁灭。

第十七章

他们在第二天早晨找到了这两个人，远在那座岛上，俯瞰哈莱姆河的公园里。他们俩各自漫无方向地奔波了一整夜，穿过人行道和天空航路，对周围的一切毫无知觉，直到两人不可避免地彼此吸引，聚到一起，就像在杂草丛生的池塘上两根漂浮的磁针。

鲍威尔双腿交叉坐在潮湿的草皮上，他的脸枯萎皱缩，了无生气，几乎没有呼吸，脉搏极为微弱。他如老虎钳般抱紧瑞克，瑞克的身体像胎儿那样紧紧蜷曲着。

他们匆忙地将鲍威尔带到他在哈德孙河坡道的家中，整个超感实验室的组员轮流在他身上辛勤工作，然后祝贺他们自己成功实施了超感行会历史上第一次密集式精神力量的集中投放。对于瑞克则没有什么可着急的，经过适当程序和手续后，他毫无生气的躯体被运送到金斯敦医院，等待毁灭。

就这样，七天无事。

第八天，鲍威尔起身，洗澡，穿衣，一个回合就成功地挫败了不让他下床的护士，然后离开了屋子。他在糖果店停了一站，出来时多了一个硕大的神秘包裹，然后继续前往警察总部，亲自向克拉比局长做报告。途中，他把脑袋探伸进贝克的办公室。

"嘿，杰克。"

"祝福（诅咒）你，林克。"

"诅咒？"

"押了五十信用币，赌你下周三才下得了床。"

"你输了。老家伙莫斯有没有再次驳回我们提出的德考特尼案的犯罪动机？"

"锁定了，正在读入信息，高速运行。判决需要一个小时，瑞克现在完蛋了。"

"不错。好，我最好上楼去克拉比那里费——力——解——释这件事儿。"

"你胳膊下面是什么？"

"礼物。"

"给我的？"

"这次不是，给你的只有思念。"

鲍威尔走到克拉比的办公室外，敲敲门，听到一声傲慢的"进来"，然后进了房间。克拉比表现出恰如其分的热情，却很生硬。

德考特尼案并没有增进他和鲍威尔的关系，案件的结局更是额外的打击。

"这是一桩复杂得非同寻常的案子，阁下，"鲍威尔巧妙地开场了，"我们没有谁可以理解它，而且谁都不应该受到责难。你看，局长，就连瑞克自己都没有意识到为什么要谋杀德考特尼。唯一领会到这个案子的是诉讼电脑，而我们当时以为它在闹着玩儿。"

"那台机器？它理解？"

"是的，阁下。当我们第一次运行我们的最终数据时，电脑告诉我们证明'感情动机'的资料不足。我们都推定犯罪动机是利益，瑞克本人也这样认为。我们自然以为那电脑在耍小脾气，坚持将'利益动机'输入电脑。我们错了……"

"而那台可恶的机器是对的？"

"是的，局长。它是对的。瑞克对自己说，他杀德考特尼是出于经济上的原因。那是他下意识的伪装，以掩饰真正的感情动机。这种感情是无法抑制的。他向德考特尼提出合并，德考特尼接受了。但是瑞克前意识中强迫自己误解这个信息。他必须误解，他必须继续让自己相信他是为了钱而谋杀。"

"为什么？"

"因为他无法面对真实的动机……"

"是什么？"

"德考特尼是他父亲。"

"什么？"克拉比瞪大了眼睛，"他父亲？他的亲生父亲？"

"是的，阁下。事实就在我们眼前。我们只是看不见它……因为瑞克看不见。比如，木卫四上那份产业，就是瑞克用来贿赂乔丹博士让他离开塔拉的地产。瑞克从他母亲那里继承了下来，他母亲则是从德考特尼那里得到的。我们都推断瑞克的父亲用欺诈手段从德考特尼公司诈取了这份产业，置于妻子名下。我们错了。是德考特尼将它送给了瑞克的母亲，因为他们是爱侣，那是送给他孩子母亲的爱的礼物。瑞克就是在那里出生的。一旦我们走上正确的方向，杰克逊·贝克就揭开了事实真相。"

克拉比张开嘴，随即又合上。

"其实还有很多其他线索。德考特尼的自杀倾向，起因于遗弃亲子的深切内疚。他遗弃了自己的儿子，这将他撕成了两半。此外，芭芭拉·德考特尼不知从哪里获知她和瑞克是异母同胞，所以她的意识深处才会有自己和本·瑞克的双头连身的形象。瑞克也知道，在无意识层里，他想摧毁抛弃自己的、可恨的父亲，但他却无法让自己伤害妹妹。"

"但是，你们是什么时候发现这些的？"

"在结案之后，阁下，当瑞克袭击我的时候，他指责我设置了那些诱杀装置。"

"他宣称是你做的。他……但如果不是，鲍威尔，是谁做的？"

"瑞克自己，阁下。"

"瑞克！"

"是的，先生。他谋杀了自己的父亲时，释放了自己的仇恨。但是他高层面的自我……他的良心，无法允许他在这样一桩可怕的罪行之后不受惩罚。当事实表明警方无力惩罚他之后，他的良心就接受了这个工作。那就是瑞克梦魇中那个形象的意义……**没有面孔的男人**。"

"没有面孔的男人？"

"是的，长官。那是瑞克和德考特尼的真实关系的象征。那身影没有脸，因为瑞克无法接受真相……那就是，承认德考特尼是自己的父亲。当他决心杀死自己的父亲，那个身影便在他的梦境里出现了，始终没有离开过他，先是威胁，如果他犯下自己谋划的罪行，他会受到什么惩罚。然后，它自己成了谋杀的惩罚。"

"那些诱杀装置？"

"完全正确。他的良心必须惩罚他。但是瑞克从来没有对自己承认过：谋杀是因为他恨拒绝并抛弃了自己的父亲德考特尼。因此，惩罚必须在无意识层发生。瑞克在无意识状态下为自己设置了这些陷阱……在他睡着的时候，在梦游行为中……在白天，在短暂的失忆状态中……对意识真实地、短暂地背离。大脑的工作真是奥妙无比。"

"但如果瑞克对这些一无所知……你又是怎么知道的，鲍威尔？"

"阁下，那正是困难所在。我们不能通过透思来得到它。他充满敌意，而要得到这种材料，你需要主体的完全合作，要花上几个月。还有，如果瑞克从他遭遇的一连串惊吓中恢复过来，他将有能力重新调整、重新定位，然后我们就再也伤害不了他了。那也是危险的，因为他处在一个有能力摇撼太阳系的位置之上。他是一个罕有的世界撼动者，这种人的欲望可能会扯碎我们的社会，让我们顺应他的精神病式的思维模式。"

克拉比点点头。

"还差一点儿他就成功了。这些人偶尔会出现，但是并不寻常……过去和未来之间的纽带。如果他们被允许成熟……如果纽带顺利产生、确定……这世界就会发现自己和一个可怕的明天联系在一起。"

"那么你们做了什么？"

"我们采用了'密集式精神力量集中投放'，阁下。这很难解释，但我会尽力而为。每个人都具备两种能量，潜能和已经利用的能量。潜能是我们的储备，即我们大脑中没有被开发的自然资源。密集式精神力量，是指我们可以发挥出投入使用的潜能。我们大多数人仅仅使用了很小一部分潜能。"

"我理解了。"

"当超感行会采取密集式精神力量集中投放措施时，每一个超感师都打开他自己的头脑，也就是说，将他的潜能贡献出来送到池子里。某一个特定的超感师独自打开这个池子的闸口，成为这股潜能依托的渠道。他利用它，将它投入使用。他可以完成巨大的事情……如果他可以控制住它的话。这种操作十分困难，而且危险，我相当于骑着爆炸筒飞向月球……嗯，我是指……不是我……"

突然间，克拉比咧嘴笑了。"真希望我也是个透思士，"他说，"我想得到你脑子里的真实图像。"

"你已经猜出来了，阁下。"鲍威尔以同样的笑容回应。两人之间第一次产生了和谐的关系。

"我们继续用没有面孔的男人来对抗瑞克，"鲍威尔继续说，"这样做很有必要。我们不得不在我们找出真相之前就让他亲眼看到真相。我使用那种潜能，为瑞克建立了一种常见的心理模式……一种幻觉——让他认为那个只有他一个人存在的世界是真实的。"

"为什么？我——那真的是常见的？"

"哦，是的，阁下。那是惯常的逃避形态之一。当生活太严酷时，你就倾向于用这种幻想来逃避现实：这一切都是虚构的，只是一个巨大的恶作剧。瑞克身上早就有那种脆弱的种子，我只不过推动它们，让瑞克打败他自己。生活对于他越来越严酷，我劝他相信宇宙是个骗局……一个谜语盒。我将它一层层剥开，让他相信这个测试已经结束了，这个谜题已经被解错了。然后我留下瑞克独自一人和没有面孔的男人在一起，他在那张脸上望见了自己和他的父亲……然后我们就得到了全部信息。"

鲍威尔拿起包裹，站起身来。克拉比跳起来，送他到门口，一只手友好地搭在他肩头。

"你完成了一项了不起的工作，鲍威尔。真的了不起！我简直没法说……做超感师一定妙不可言。"

"妙不可言但也糟糕透顶，阁下。"

"你们一定都很快活。"

"快活？"鲍威尔在门前停下脚步，看着克拉比，"你乐意在医院里度过你的人生吗，长官？"

"医院？"

"那就是我们住的地方……我们全部。在一个精神病院里，无处可逃……无处躲藏。为你不是透思士庆幸吧，阁下。为你只能看到人们的外表庆幸吧，为你从来没有见过那些激情、仇恨、嫉妒、怨毒和邪恶而庆幸吧……为你很少见到人们内心骇人的真相庆幸吧。如果每个人都是透思士，每个人都能检点自己的时候，这个世界将是一个更好的地方。但是在那之前，感谢你的视而不见吧。"

他离开总部，雇了一辆跳跃器，飞速向北赶往金斯敦医院。

他坐在车厢里，包裹放在膝盖上，俯视着美丽的哈德孙河谷，荒腔走板地吹着口哨。他突然咧嘴一笑，喃喃自语："喔！那只是我对克拉比的说法，我必须修补我们俩的关系。现在他对透思士感到抱歉，而且友好。"

金斯敦医院进入了视野……起伏的一亩又一亩壮观的园林。日光浴室、池塘、草坪、运动场、健身房、宿舍、诊所……洋溢着新古典主义的设计风格。当跳跃器下降的时候，鲍威尔可以看到病人的身影……晒成古铜色，活泼，大笑着，玩耍着。他想起董事会不得不采取警戒措施，以阻止金斯敦变成另一个太空岛。太多上流社会的逃避责任者企图装病以获得准入许可。

鲍威尔签字后进入访客间，找到芭芭拉·德考特尼住的地方，穿过场地向她奔去。他很虚弱，但是他想跳过树篱、跃过栅栏，像赛跑一样狂奔。七天昏迷之后，他醒来时有一个问题……有一个问题要问芭芭拉。他感到欣喜若狂。

他们同时看到了对方。这是一块宽阔的草坪，两侧是石头露台和花园。她向他飞奔而来，挥舞着双手，他也向她奔去。他们靠近的时候，双方都忽然羞涩起来，在距离几英尺的地方停住，不敢望向对方。

"你好。"

"你好，芭芭拉。"

"我……我们到树荫下面去，好吗？"

他们走向露台的墙壁，鲍威尔从眼角偷瞧她。她又有了生气……那样生气勃勃，他从来没见过她这样。还有她孩子气的表情……他曾经以为是治疗期间回到童年时残留下来的，可那种表情至今仍在。她看上去很顽皮，兴致勃勃，迷人，却又是个成年人。其实他并不了解她。

"我今晚就出院了。"芭芭拉说。

"我知道。"

"我感激得要命，为了所有你……"

"请别那么说。"

"为了所有你做过的事情。"芭芭拉坚定地继续说。他们坐在一张石头长椅上。她用感激的目光望着他。"我想告诉你我有多么感激。"

"求你了，芭芭拉。你吓坏我了。"

"是吗？"

"我曾经那么了解你，在你……嗯，是个孩子的时候。可现在……"

"现在我又长大了。"

"是的。"

"你得更了解我才行。"她露出动人的微笑，"要不，我们……明天下午5点喝茶去？"

"下午5点……"

"非正式的，不用考虑着装。"

"听着，"鲍威尔绝望地说，"我不止一次帮你穿过衣服，还帮你梳过头，替你刷过牙。"

她轻快地挥挥手。

"你吃饭时总需要别人提醒。你喜欢鱼，讨厌羊肉，还用一根排骨打过我的眼睛。"

"老早以前的事儿了，鲍威尔先生。"

"两周以前的事儿，德考特尼小姐。"

她款款起身。"真的，鲍威尔先生。我觉得最好结束这次会见，如果你觉得有必要按时间顺序来诽谤我……"她停下话头，望着他，孩子气的表情再次浮现在她的脸上，"按时间顺序来吗？"她询问。

他扔下包裹，将她搂进怀里。

"鲍威尔先生，鲍威尔先生，鲍威尔先生……"她喃喃道，"你好，鲍威尔先生……"

"我的上帝，芭芭拉……芭芭亲爱的。有一会儿我以为你是当真的。"

"你让我长大，这是我的报复。"

"你一直是个好报复的孩子。"

"你一直是个不怎么样的父亲。"她后仰着离开他一点儿，望着他，"你到底是什么样子的？我们在一起是什么样子？我们有时间弄清这一切吗？"

"时间？"

"首先……透思我。我说不出口。"

"不，亲爱的。你一定要说出来。"

"玛丽·诺亚斯告诉我了，一切。"

"哦，她这么干了？"

芭芭拉点点头。"但是我不在乎，我不在乎。她是对的。不论什么事情我都能对付，即使你不能和我结婚……"

他大笑起来，开心得直冒泡。"你用不着应付任何事儿。"他说，"坐下，我想问你一个问题。"

她坐下了，在他的膝盖上。

"我不得不重新回到那个晚上。"他说。

"博蒙特别墅？"

他点点头。

"要说那个可不容易。"

"要不了一分钟就行。现在……你正躺在床上，睡着了。陡然间你惊醒了，冲进了兰花套间，剩下的事情你都记得。"

"我记得。"

"一个问题。那声惊醒你的喊叫是什么？"

"你知道的。"

"我知道，但是我想要你说出来，大声说出来。"

"你觉得会不会……又会让我变得歇斯底里？"

"不会。说吧。"

长长的停顿后，她低声说："救命，芭芭拉。"

他点点头。"是谁喊的？"

"怎么了，那是……"突然间，她停住了。

"不是本·瑞克，他不会呼喊救命，他不需要别人的救助。谁需要？"

"我……我父亲。"

"但是他不能说话，芭芭拉。他的喉咙坏了……癌症。他一个字都说不出来。"

"我听见他了。"

"你接收了他的思想。"

她的目光定住了，然后，她摇摇头。"不，我……"

"你接收了他的思想，"鲍威尔轻声重复，"你是一个潜在的超感师。你父亲的呼喊是在心灵感应层面上的。如果我不是个大傻瓜，又一门心思放在瑞克身上，我很久以前就应该发现了。你住在我家里时，一直在无意识地透思玛丽和我。"

她无法接受。

"你爱我吗？"鲍威尔对她发出信号。

"我爱你，当然了，"她轻声回答，"但我还是觉得你是在制造借口……"

"谁问你了？"

"问我什么？"

"是否爱我。"

"怎么，你不是刚刚……"她顿住了，然后再次说道，"你刚才说……你、你……"

"我没有说出来。现在你明白了吗？我们俩自己好好相处，不需要担心其他任何事儿。"

似乎只过了几秒钟，但事实上过了半个小时，他们头顶的露台上传来一阵猛烈的撞击声。他们分开了，惊愕地抬头望去。

一个赤身裸体的家伙出现在石墙上，嘴里叽里咕噜地胡扯，尖叫着，战栗着。他从墙边翻了下来，向下撞穿花床落到草地上，哭着，痉挛着，好像有一股持续不断的电流倾倒在他的神经系统上。

是本·瑞克，正处于毁灭过程中，几乎难以辨认。

鲍威尔将芭芭拉拉到自己身体内侧，背对着瑞克。他用手托起她的下巴，说："你还是我的丫头吗？"

她点点头。

"我不愿意让你看到这个。虽然并不危险，但是对你没有好处。你能做个好姑娘，跑回凉亭，在那里等着我吗？好……现在开跑！要快！"

她匆忙抓起他的手，飞快地吻了一下，然后头也不回地跑着穿过草地。鲍威尔望着她离去，这才转过身来查看瑞克的情形。

当一个人在金斯敦医院被毁灭时，他的整个意识都将被摧毁。系列的渗透性注射，一开始针对最高级的外皮层的神经腱，然后缓慢深入，关闭每一个电路，消灭每一段记忆，毁灭每一个自出生以来建立的最细微的思维模式。模式被清除时，每一个粒子释放出它那一部分的能量，使整个身体成为一个混乱不堪的旋涡。

毁灭的可怕之处并不是痛苦，真正恐怖的是：头脑从未迷惑。当意识被抹掉时，头脑能够感觉到自己正缓慢地退缩，退回死亡，直到它最后消失、等待重生，头脑正在诀别，仿佛在一场无休无止的葬礼中哀悼。在瑞克那双眨巴着、抽搐着的眼睛中，鲍威尔看到了，瑞克意识到了自己的毁灭……那种痛苦……那种悲恸的绝望。

"见鬼，他从哪儿掉到这里来的？我们是不是必须把他捆起来照管？"吉姆斯医生的脑袋从露台边伸了出来，"哦，嘿，鲍威尔。那是你的一位朋友，记得他吗？"

"再清楚不过了。"

吉姆斯医生转头说："你到草地把他带上来，我会留意看着他的。"他转向鲍威尔，"他是个精力充沛的男孩，我们对他抱有很大的希望。"

瑞克号啕大哭起来，痉挛着。

"治疗进行得如何？"

"好极了。他的精力太了不起了，可以尝试任何事情。我们正在加快他的进度，一年以内就可以重生了。"

"我等待着那一刻。我们需要瑞克这样的人，失去他就太可惜了。"

"失去他？怎么可能？你以为那样摔一下他就会……"

"不，我不是指这个。三四百年前，警察捉到瑞克这样的人就会径直把他杀掉，他们称之为极刑。"

"你开什么玩笑。"

"我以童子军的荣誉起誓。"

"可那样做没道理呀。如果一个人拥有挑战社会的天赋和胆略，他显然高于普通水平。这种人应该留着，让他走上正路，才能大大有益于社会。为什么把他扔掉呢？这么做的话，最后剩下的只有绵羊了。"

"我不知道。也许在那个年代他们想要绵羊。"

看护小跑着穿过草地将瑞克拉起来。他挣扎着，尖叫着。他们敏捷熟练地用动作柔和的金斯敦柔术将他制伏，小心检查他的伤口和扭伤。最后，他们放心了，准备将他带走。

"稍等！"鲍威尔喊道。他转向石头长椅，拿起那个神秘的包裹，打开包装。这是糖果店最华丽的糖盒子。他带着它，走到那个被毁灭的人那里，递了过去。"这是给你的礼物，本。拿着。"

对方向鲍威尔低下身子，然后转向那盒子。终于，笨拙的双手伸了出来，拿过礼物。

"这是他妈的怎么回事儿，我就像他的保姆。"鲍威尔喃喃自语，"我们都是这个疯狂世界的保姆。这值得吗？"

从瑞克的混沌意识传来炸裂的碎片。"鲍威尔——透思士——鲍威尔——朋友——鲍威尔——朋友……"

如此突如其来，如此出人意料，这份感激是如此真挚炽烈，让鲍威尔心头温暖，感动得流下泪来。他勉强笑了笑，然后转身而去，漫步穿过草坪，走向凉亭，走向芭芭拉。

"听着，"他欣喜万状地喊，"听着，普通人！你必须学习它，必须学习如何做到它。必须推倒障碍，撕去面纱，我们看到了你们无法看到的真实……那就是，人类除了爱与信仰、勇气与仁慈、慷慨与牺牲之外别无其他。余下所有都只是让你盲目的障碍。有一天我们都将思想对思想，心灵对心灵……"

∞

无穷无尽的宇宙中，万事因循旧轨，无异无新。微不足道的人类视为意外的事件，在上帝的巨眼观照之下，也许是必然会发生的寻常事。这个生命中奇特的刹那、那桩非同寻常的事件，还有关于环境、机遇、邂逅的惊人巧合……都将在太阳系的某颗行星上一再重演。这个星系每两亿年循环一次，已循环九次之多。那里曾经有过欢乐，那里还将产生欢乐。

读客®
科幻文库

跟着读客读科幻，经典科幻全看遍

太空歌剧、赛博朋克、奇幻史诗……

中国、美国、英国、俄罗斯、波兰、加拿大、日本、牙买加……

读客汇聚雨果奖、星云奖、轨迹奖获奖作品

精挑细选顶尖的科幻奇幻经典

陪伴读者一起探索人类文明的过去、现在和未来

亿亿万万年，直至宇宙尽头

打开淘宝，扫码进入读客旗舰店，
下一本科幻更经典！

读客科幻文库